imaginist

布鲁

荒唐

Paul

THE

BRO

FOL

[美] 保罗·奥

九 州 出 版 社

献给我的女儿苏菲

目 录

1 序曲
13 邂逅
23 告别宫廷
26 炼狱
36 危墙倾倒
40 阮陧话旧
56 无赖小议
61 睹其本人
74 精子库奇事
89 布鲁克林皇后
101 愚蠢男人
111 食饮之夜
124 吸烟间歇
126 愚蠢男人（之二）
138 猴子把戏
150 敲门之声

168 驾车北行

180 可乐之计

191 生存饭店的良辰美景

235 叛卖行为

245 反击

254 告别

262 事态发展

279 山楂街或霍桑街

289 欢笑的女孩

301 飞返纽约

319 新生活

339 “就像托尼”

345 灵感

353 X 标志位置

序曲

我在寻找一个清静的地方去死。有人建议布鲁克林。第二天上午我便从韦斯切斯特动身去那地区看看。五十六年来我一直没有回去过，所以什么也不记得了。我三岁时父母就搬离了布鲁克林，但我本能地觉得自己正在返回我们曾经居住过的社区，像一条受伤的狗一样爬回家，爬回我出生的地方。当地一个地产经纪人带我转了一圈，看了六七栋褐石公寓，傍晚时分终于在一座有花园的公寓租下有两个卧室的房子。该公寓坐落在第一街，离展望公园只有半条街远。我不知道、也不在乎我的邻居都是些什么人。他们干的都是朝九晚五的工作，都没有孩子，所以这座楼总是比较安静，而我最渴望得到的就是安静，我可悲而又可笑一生的宁静终局。

那所在布朗克斯维尔的房子已经签约出售，等月底买卖双方交割手续办完，钱就不成问题了。前妻和我打算平分这笔售房收益，有四十万美元存入银行，就足以维持到我停止呼吸的那一天。

起初，我不知道如何安顿自己。我在中大西洋事故和人寿保险公司曼哈顿分公司的办公室与郊区城镇之间往返奔波了三十一年，而现在我不再工作，每天有太多的余裕时间。搬入这座公寓后大约一星期，我已婚的女儿雷切尔从新泽西州开车来看望我。她说，我应参与一些事情，为自己做一个计划。雷切尔这孩子不傻。她有芝加哥大学生物化学博士学位，在普林斯顿郊外一个大药厂当研究员。她很像她母亲以前那样，罕有一日说些别的事，却尽来些老生常谈——都是些充填当代智慧垃圾场的陈词滥调和陈旧思想。

我解释说，我大概不到年底就会死掉，根本没有想过什么劳什子计划。一瞬间，雷切尔似乎要哭，但她还是把眼泪眨了回去，竟说我是个残忍而自私的家伙。她又说，难怪“妈妈”最终要和我离婚，难怪她无法忍受了。跟像我这样的男人结婚肯定是一种无止境的折磨，是一个活地狱。一个活地狱。唉，可怜的雷切尔——她简直控制不住自己啊。我的独生女生活在这世间二十九年，可从没有讲出些富有新意的话，完完全全属于她自己的话。

是的，我承认，有时候在我身上是有某些令人讨厌的东西。但并非所有的时候——而且也不是什么原则问题。在我快活的日子里，我像我认识的所有人一样友善和蔼而讨人喜欢。如果你对客户持敌视态度，就不可能像我这样成功地推销人寿保险，至少不可能推销漫长的三十年。你得有同情心。你得善于倾听。你得懂得如何吸引人。所有这些优点我都有，只多不少。我不否认我也有状态糟糕的时候，但人所共知，在家庭生活紧闭的门后潜伏着什么样的危险。家庭生活可能令所有相关者感到厌恶，尤其当你发现自己或许压根儿不配结婚时。我曾喜欢和伊迪丝做爱，但过了四五年，激情似乎自然消退了。从此，我就成了一个不够完美的丈夫。从雷切尔的话来看，作为家长，我也是不完美的。我不想说些与她的记忆相悖的话，然而事实是我以我自己的方式关爱她们俩，即使有时我发现自己坐怀于别的女人，我对这些风流韵事从不认真以待。离婚并非我的意愿。无论如何，我是打算和伊迪丝白头偕老的。是她要离婚的，但念及这些年来我所犯的过失和错误的程度，我真的不能埋怨她。在同一屋檐下生活了三十三年，走出家门分道扬镳之际，我们之间几乎不剩下任何东西了。

我告诉雷切尔，我的日子已屈指可数，但那不过是一时情急下对她咄咄逼人的劝告的回答，纯粹是夸大其词。

其实我的肺癌有所缓解，肿瘤科大夫在我最近一次复查后说，我有理由持审慎乐观的态度。不过，我没相信他的话。癌症所引起的惊恐如此强烈，以致我仍然不相信有可能幸免于死。我已把自己交给死神，一旦肿瘤从我肺叶上切除，经受摧残体质的放疗和化疗的煎熬，一旦忍受阵阵恶心和眩晕之苦，失去头发，失去意志，失去工作，失去老婆，我难以想象如何生活下去。于是我来到布鲁克林。于是我无意识地回到了我的故事开篇之地。我已是快六十岁的人了，不知我的残年还有多久。或许还有二十年，或许只有几个月。不论医生对我的病情作何预测，要紧的是不要把任何事情视为命中注定。只要我活着，我就得思虑出一条重新开始生活的路子，即使我活不了多久，我也得做些事情，而不能光坐着等死。我的科学家女儿通常总是正确的，尽管我往往过于固执，不愿接受她的忠告。我得让自己忙碌起来。我得干些事情，不能老呆坐着。

初春时分，我搬进新居。开始几个星期我用很多时间逛我们的社区，有时在公园里散步很久，有时在后花园里种种花——那一小块地荒芜多年，垃圾狼藉。我的头发又长出来了，便到第七大道上的“公园坡*理发店”去理了发。在一个名叫“电影天堂”的店铺里，我租了录像带。我还

---

* 布鲁克林西北部的社区，整体位于展望公园的西坡上。

常去“布赖特曼阁楼”，一家管理不善、把书堆得乱七八糟的旧书店，店主名叫哈里·布赖特曼，一个浮夸做作的同性恋者（后面还要谈他）。大多数早晨，我自己在家做早餐，但由于我不爱做饭，也缺乏烹调才华，所以往往在餐馆吃午饭和晚饭——总是独自一人，总是有一本书摊开在我面前，总是尽量缓慢地咀嚼我的饭菜，以便把用膳时间拖得越长越好。在附近地区试尝了好几家餐馆后，我固定在“宇宙小馆”用午餐。那里的饭菜充其量是二流的，但女侍者中有个可爱的波多黎各姑娘，名叫玛丽娜，我很快就炽热地爱上了她。她的年纪只有我的一半，已婚，也就是说风流事已无可能。她看上去是那么容光焕发，接待我的态度是那么温文尔雅，对我的不太好笑的玩笑那么容易发笑，以至于在她不来上班的日子里我真的非常想念她。从严格的人类学观点看，我发现，比起我先前接触的各地区的人，布鲁克林人是最愿意和陌生人说话的。他们会随意干涉别人的事情（老妇人会对年轻妈妈骂骂咧咧，因为她们没有让孩子们穿得足够暖和，过路人会一把抓住遛狗的人，埋怨他把牵狗的绳子拉得太紧）；他们会像发狂的四岁孩子那样七嘴八舌地争论有争议的停车位问题；他们妙语连珠，俏皮话脱口而出，好似天性使然。一个周日早晨，我走进一家挤满了人的熟食店，店名很怪：快乐硬面包圈。我想要一个桂皮葡萄干硬面包圈，可这话在我嘴里给卡了一下，说出来就成了桂皮里根*。柜台后的那个年轻人泰然自若地回答我说："对不起，我们没有那东西。你要不要裸麦粗面尼克松†？" 油嘴一张。多厉害的一张油嘴，我差一点儿尿湿了内裤。

这次无意中的口误发生后，我终于冒出一个可能会得到雷切尔赞同的想法。或许这也不是什么了不起的想法，但至少这是个事情，如果能像我打算的那样严格而认真地坚持做下去，我便会有一个我期待的项目，一个像小孩儿骑木马那样的小癖好，从而让我摆脱懒懒散散、昏昏沉沉的日常生活。这个项目虽然不怎么起眼，但我决定给它起一个壮观而有点儿夸大的标题——这是为了欺哄我自己，让我以为自己在从事一项重要的工作。我称之为《人类愚行大全》，我打算在此书中用尽可能简单、清晰的语言，把我作为人的漫长而曲折的一生中所犯的所有错误、所有失败、所有窘迫、所有蠢举、所有弱点和所有无聊行为通通写进去。当我想不出我自己的故事时，我可以把我认识的人的故事写下来，而当故事素材枯竭时，我可以采用历史事件，记下我的人类同伙在始自古代世界文明消失直至二十一世纪最初岁月的各时期所干下的蠢事。我想，这件

---

* 桂皮里根（cinnamon-reagan）为"桂皮葡萄干"（cinnamon-raisin）的口误。

† 此处原文 pumpernixon，为"裸麦粗面包"（pumpernickel）的调侃化用。

事即使没有什么了不起，只用来消遣消遣也是好的。我不愿暴露我的精神状态，也不愿沉溺于阴郁的内心自省。那贯穿的语调应是轻松可笑的，我的唯一目的就是每天用尽可能多的时间来使自己保持快乐。

我把我的项目称作“大全”，其实它根本不是一本书。我是在编一部相当于札记的东西，一些互不相关的逸闻趣事的大杂烩，用的是一些黄色标准拍纸簿、活页纸、信封背面以及垃圾邮件中信用卡和家居装潢贷款的申请表格等，每写完一则，就把它扔进一个纸板箱。这些疯狂行为没有什么章法可言。有些纸条至多几行字，还有一批，尤其是那些记下我喜爱的首音互换和荒唐用词错误例子的，往往只有一个句子。比如中学三年级时，有一次把烤的干酪汉堡包说成了冷冻的油脂汉堡包*，或者婚姻生活中某次剧烈的争吵，对伊迪丝无意中说过一句颇为深奥、有些神秘的话：我相信的时候，就会看到。每次坐下写作，我总先闭上眼睛，让思想朝它选择的方向飘游。强迫自己用这种方式松弛下来，我设法从遥远的往昔挖掘出了相当数量的素材，在此之前，我以为这些材料都已丧失殆尽。上六年级时，有那么一回（且引用这样一个记起的例子），在一节地理课

---

* 烤的干酪汉堡包和冷冻的油脂汉堡包，原文分别为 grilled cheeseburger 和 chilled greaseburger，容易发生口误。

上一个寂静无声的时刻，一个名叫达德利 · 富兰克林的男孩突然放了一个长长的有如小号尖声的响屁。当然，我们都笑了起来（对一屋子十一岁的孩子来说，没有什么比这种气流的声音更可笑）。这本来只是有点儿尴尬的小事，结果却越出这一范畴，上升到经典地位，成了奇耻大辱编年史上不朽的杰作——无辜的达德利因为来了个道歉而铸成了致命大错。“原谅我。”他说，低头望着课桌，脸色发红，最后他的双颊红得像一辆刚喷过漆的消防车。人永远不应该当众承认自己放屁。这是不成文的法律，是美国礼仪中最为严格的一条。屁并非来自谁和来自何处，它们是匿名的散发，属于整个团体，即使屋子里的每一个人都可指向肇事者，其唯一明智的做法就是否认。然而，不明事理的达德利太老实了，不会那样做，而他始终没有得到大家的原谅。从那天以后，大家都叫他“原谅我富兰克林”，这个外号一直跟着他直至中学毕业。

这些故事看来可冠以几个不同的标题，在我把这个项目做了大约一个月之后，我放弃了只用一个纸板箱的做法，而用上多箱分类的办法，这样便可以用更有条理的方式保存我已做完的东西。有一箱专存词语错误，另一箱是自然灾害，还有失败的想法，还有社交场合的失礼，等等。渐渐地，我对记录日常生活中滑稽可笑的情景产生了特殊兴趣。不仅记下了那些年头里我不知多少次动不动就碰脚趾撞脑袋，多少次一弯腰系鞋带眼镜就从衬衫口袋里掉出来（紧接着更有失体面的是身体往前一冲，把眼镜踩碎在脚底下），而且要选出那些自童年最早岁月起我在不同时期所犯的极其罕有的愚昧可笑的错误。比如1952年参加劳工节野餐，正张嘴打哈欠时一只蜜蜂乘机飞进我嘴里，我又惊恐又恶心，竟忘了吐出去，而是一口咽了。又比如更扫兴的，七年前一次出差，准备登机时我把登机牌捏在大拇指和中指之间，不料后面有人推挤，我没能捏住它，眼看着它从手里滑落，掉进舷梯和机槛之间的狭缝。那是狭缝中最窄之缝，最多不超过十六分之一英寸，甚至更窄——然后，令我万分惊讶的是，它恰如其分地滑过那简直不可能通过的空间，掉在了二十英尺下的停机坪上。

这些仅仅是例子。在起初两个月内，我写了不少这样的故事，虽然我尽力采用轻松愉快的笔调，却发现这不总是可以做到的。人人都容易产生黯淡心情。我承认，我自己就有很多被阵阵袭来的孤独感和伤感击倒的时候。我一生工作的大量时间都花在与死亡相关的生意上。也许我听了太多的悲惨故事，以至于在我自己情绪低落的时候，往往就情不自禁地回想起来。想起那些年头我拜访过的所有人，想起我推销的所有保险契约，想起我与客户们交谈时私下与闻的所有恐惧和绝望。最后，我为我的大杂烩又增加了一个纸板箱，贴上一条标签：残酷的命运。我首先放进去的是一个名叫乔纳斯·韦恩伯格的男子的故事。1976年，我推销给他价值百万的普通人寿保险，这在当年是个极高的数额。记得他当时刚庆贺了六十岁生日。他是哥伦比亚大学长老会医院的内科大夫，他说的英语略带德语口音。卖人寿保险可不是一件冷漠无情的事，在和客户进行艰巨而复杂的谈判时，一个好的经纪人必须善于控制自己。死亡的前景必然会使人沉浸于严肃思考，卖保险的工作一部分固然只是为了赚钱，但也与最重大的形而上学问题相关。生活的目的是什么？我会再活多少年？我死后该怎样保护我心爱的人？韦恩伯格大夫由于职业性质，对人类生命之脆弱、对从生存簿上勾销名字之轻易有着敏锐的感觉。我们在他中央公园西区的公寓楼会面。当我从正反两方面谈到各种适合于他的保险时，他开始回忆他的往昔。他告诉我，他1916年生于柏林，父亲在第一次世界大战中战死，他由当演员的母亲抚养成人。母亲是一个极度独立、有时甚至桀骜不驯的女人，从未流露过丝毫再婚的意愿。即使我没有太仔细地分析他的谈论，我也相信他在暗示一个事实，即他母亲更喜欢的是女人而不是男人。在魏玛共和国的混乱年代里，她很可能公开张扬过她的性取向。与倔强任性的弗洛·韦恩伯格相反，小乔纳斯是一个安静而书生气的孩子，他功课出色，向往当一个科学家或医生。他十七岁那年希特勒攫取了政权，他母亲在几个月内做好了让他离开德国的准备。他父亲的亲戚住在纽约，他们同意收留他。1934 年春天，他离开德国。他母亲虽然敏锐地感觉到身在第三帝国的非雅利安人迫在眉睫的危险，其感觉也已经得到证实，自己却固执地拒绝了出国的机会。她对儿子说，她的家族当德国人已有数百年之久，如果她听凭某个微不足道的暴君把她放逐出去，那她就该入地狱。不论有多大的艰难险阻，她决心挺住。

由于某种奇迹，她挺住了。韦恩伯格叙述的细节不多（有可能他自己从未听到过完整的故事），但他母亲显然在各个关键时刻都得到一批非犹太人的帮助，1938 年或 1939 年，她设法弄到一套假身份证。她完全改变了自己的容貌——对一个擅长扮演各种古怪角色的女演员来说，这并非难事——她还用基督徒的新名字为自己在汉堡郊外一个小镇找到一份工作，为一家干货店当簿记员，把自己假扮成一个穿着过时、戴眼镜的金发女人。1945 年大战结束时，她已有十一年没见过儿子了。那时乔纳斯 · 韦恩伯格已快三十岁，是一个在贝尔维尤医院实习期满的合格医生，得知母亲挺过了这场战争，他便开始为她办理到美国来看他的各种手续。

每件事情都安排得具体入微。飞机将在某时某刻降落，将在某号门停机，乔纳斯 · 韦恩伯格将前往迎接母亲。然而，就在他快动身去机场的时候，医院通知要他做一个紧急手术。他能有什么选择？他是医生，尽管他急于在阔别多年后重见母亲，但他首先要负责的是他的病人。立即实行新方案。他给航空公司打电话，请他们派一个代表在他母亲抵达纽约时给她解释一下，告诉她说，他在最后一分钟被叫去动手术，所以她得自己叫一辆出租车送她到曼哈顿。钥匙给她留在公寓楼的看门人那里，她得自己上楼，在家里等他。弗洛·韦恩伯格照他的话做，很快叫到了出租车。那司机开得很快，在通往城里的路上开了十分钟后，他的方向盘失去控制，车头撞上另一辆汽车，司机及其乘客均严重受伤。

那时，韦恩伯格大夫已在医院准备做手术。那手术只做了一个小时多一点儿。做完之后，这个年轻医生洗了手，换上自己的衣服，急忙走出更衣室。他回家心切，渴望着姗姗来迟的母子团聚。就在他走进大厅的时候，他看见有个新病人被推进手术室。

这个病人就是乔纳斯·韦恩伯格的母亲。这个医生告诉我说，她没有恢复意识就死了。

邂逅

我已经喋喋不休地说了十多页了，但至此我的唯一目的还只是把我自己介绍给读者，并为这个我将要叙述的故事烘托一个背景。我并非这个故事的中心人物。担当本书男主角的荣誉属于我的外甥汤姆·伍德，我已故妹妹琼的独子。我三岁时妹妹出世，我们把她叫作“小琼虫”。正是她的降生促使我们的父母把家从布鲁克林的逼仄公寓房搬到了长岛的加登城。妹妹和我始终是忠实的朋友，二十四年后（我们的父亲去世后六个月）她结婚了，是我陪伴她走过教堂的通道，把她交给了她的丈夫、《纽约时报》商业版记者克里斯托弗·伍德。他们生了两个孩子（我的外甥汤姆，外甥女奥罗拉），但十五年后他们的婚姻破裂了。又过了几年，琼再婚，又是我把她护送到圣坛之前的。她的第二任丈夫菲利浦·左恩是新泽西人，一个富裕的股票经纪人，他的“包袱”包括两个前妻和即将长大成人的女儿帕梅拉。后来，在她四十九岁这个早得令人心痛的年纪，8月中旬一个燠热的午后，她在花园里干活时突发大面积脑出血。第二天太阳重又升起之前，她去世了。作为她的哥哥，这是他从未受到过的最沉重的打击，即使几年后他自己患了癌症、临近死亡时，他也没有感到像他妹妹去世时所感到的悲痛。

妹妹的葬礼之后，我和家里失去了联络。直至2000年5月23日，我才在哈里·布赖特曼的书店里偶然遇到了近七年未见的汤姆。他一直是我最喜爱的孩子，即使在他还是个小淘气的时候，他给我的印象就是他将是个出类拔萃、不同凡响、这一生会取得重大成就的人。不算琼葬礼那天，我们的最后一次交谈是在他母亲的新泽西州南橘镇家里。汤姆刚以优异成绩从康奈尔大学毕业，即将前往密歇根大学用四年的奖学金攻读美国文学。我为他预见的一切正在变为现实。我记得那次有如温馨盛会的家宴，全家人都高举酒杯，为汤姆的成功干杯。我在我外甥这个年龄的时候，曾希望自己走一条类似他所选择的路。像他一样，我的大学专业也是英语，心怀攻读文学或许也试读一下新闻的秘密愿望，可结果这两门我都没有勇气去学。我的生活成了这个样子：当兵两年，工作，结婚，家庭责任，必须挣更多更多的钱——如果我们缺乏自我奋起的精神和劲头，我们就会陷入所有这些淤泥而不能自拔。但我从未失去对书本的兴趣。读书是我的消遣，我的安抚，我的慰藉，影响我抉择的力量：为纯粹的乐趣而读，为环绕你四周的幽静而读，你听见作者的话语在你的脑海里回响。汤姆一直与我有同样的爱好，从他五六岁时，我就决定一年送他几回书——不仅是他的生日或圣诞节，还有我偶然想到他会喜欢的时候。在他十一岁那年，我就向他推荐了爱伦·坡。因为坡是他大学毕业论文论述的作家之一，他要向我谈谈他的论文就是很自然的事情，而我愿意听他讲讲也是很自然的事情。那时家宴已经结束，其他人都到后院去坐着了，但汤姆和我留在了餐厅，喝着剩下的葡萄酒。

“纳特*舅舅，为你的健康。”汤姆举着酒杯说。

“为你的健康，汤姆，”我答道，“也为《假想的伊甸园：美国内战前的精神生活》。”

“很抱歉地说，这个题目很玄虚。可我想不出更好的了。”

“玄虚好。这就要教授们熬夜写批语。你得了个 A+，是吗？”

汤姆总是很谦虚。他把一只手在空中一挥，好似为了贬低这分数的重要性。我接着说：“你说，你一部分写的是

---

* 内森（Nathan）的昵称。

坡。那另一部分写的是谁？”

“梭罗。”

“坡与梭罗。”

“埃德加·爱伦·坡与亨利·大卫·梭罗。你不觉得‘O’这个韵母不吉利吗？这些‘O’都把嘴撑大了。我常想有人会震撼得处于永久的惊讶状态。Oh（噢）！ Oh no（噢不）！ Oh Poe（噢坡）！ Oh Thoreau（噢梭罗）！”*

“有点儿麻烦，汤姆。人们要是读坡而忘记梭罗，这是一种悲哀，你说是吗？”

汤姆开怀而笑，再次举起酒杯：“祝你健康，纳特舅舅。”

“祝你健康，大拇指博士†。”我说。我们每人又抿了一小口波尔多葡萄酒。我一边把酒杯放回桌子，一边叫他概括一下他的论点。

“是关于一个并不存在的世界，”我外甥说，“一项心灵庇护所的研究，一个不再可能生活在现实世界的人所前往之地的地图。”

“精神。”

“没错。先写坡，分析他的最被忽视的作品中的三部：《家具哲学》、《兰多的小楼》和《阿恩海姆的领地》。单独

---

* “坡”、“梭罗”、“噢不”原文单词中均有字母“o”的发音。

† 这是内森对汤姆的谑称。英国民间故事里有个“大拇指汤姆”的小不点儿人物，十九世纪纽约巴纳姆博物馆曾展出一个外号“大拇指将军”的侏儒。

来看，每一部只是写得离奇古怪而已。把它们放在一起，你得到的是一个精心而确切构建的人类渴念体系。”

“我从没读过这些作品，我想连听也没听说过。”

“它们所描写的是理想的房间、理想的房子和理想的风景。然后，我又跳到梭罗那里，查看在《瓦尔登湖》里出现的房间、屋子和风景。”

“这就是我们所说的比较研究。”

“还没有人同时谈论过坡和梭罗。他们俩站在美国思想的截然相反的两头。而那就是美妙之处。一个是来自南方的酒鬼——政治观点反动，举止风度有贵族气派，想象力奇幻莫测。另一个是来自北方的绝对戒酒主义者——政治观点激进，行为有如苦行僧，作品清晰犀利。坡灵活狡诈，午夜在单人套间里郁郁寡欢。梭罗单纯简朴，在户外满面喜色。尽管有这些差异，他们的年龄仅相差八岁，这使他们成了同代人。两人都是英年早逝——一个四十，另一个四十五。两人都没有过上单身老人的生活，都没有留下孩子。梭罗入土时完全可能还是个处男。坡和还是少女的表妹结了婚，但这一婚姻在其岳母弗吉尼亚·克莱姆去世之前是否实际完成至今还是个疑问。称他们俩为平行线，也可称他们俩为重合，但这些外在事实的重要性比不上他们各人的内心真相。两人都以各自怪异的方式把重塑美国的责任担在自己身上。坡在其评论文章中为新颖的本土文学而战，要让美国文学摆脱英国和欧洲大陆文学的影响。梭罗的作品对现状进行无休止的攻击，为寻找新的美国生活方式而战。两人都相信美国，又都认为美国越来越糟，正被逐渐增高的机器和金钱之山压得死去活来。人怎能在喧嚣声中思索？他们俩都想远离尘世。梭罗迁居康科德市郊，自称是自我放逐于林莽——不为别的原因，只为证明此事可为。一个人只要有胆识拒绝社会要他干的事情，他便可以过上按自己意愿过的生活。目的何在？自由。自由的目的又何在？读书，写书，思考。能自由地写一本像《瓦尔登湖》这样的书。坡则脱离现实，进入完美之梦。看一看《家具哲学》，你会发现他的想象之室是为完全同样的目的设计的。也就是一个阅读、写作和思考的地方。这是一所让人沉思默想的拱顶屋，一个寂静无声、可让灵魂最终找到一定程度的和平的圣所。是不可能实现的乌托邦吗？是的。但这也是当年局势下的一种明智抉择。因为事实是，美国真的变得越来越糟。国家一分为二，我们都知道仅仅十年之后就发生了什么事情。四年的死亡和毁灭。就是那些我们原以为可以使大家幸福富裕的机器，引发了人类的血战。”

汤姆这么聪明，口才这么好，这么博学，这使我感到把自己当作他家族一员的荣耀。近几年来伍德一家人经历了够多的风波，但汤姆看来经受住了他父母婚姻破裂的痛苦，也经受住了他妹妹的青春期反叛风暴——她反对母亲的第二次婚姻，十七岁时离家出走。汤姆以清醒、冷静而不是茫然自失的态度对待生活。我赞赏他始终脚踏实地的作风。他父亲离婚后迅即迁居加利福尼亚州，在《洛杉矶时报》找到了一份工作。他和他父亲很少，甚至没有联络。他也像他妹妹一样（尽管以温和得多的态度）对琼的第二任丈夫没有多大好感或尊敬。他和他母亲很亲近，与母亲有如同舟共济的伙伴，他们经历了奥罗拉离家出走的戏剧性事件，承受同样的绝望和希望，同样的殷切期待，同样的无穷忧虑。罗莉*一向是我认识的最有趣、最讨人喜欢的小女孩之一：她是一阵唐突言辞和豪壮行为的旋风，一个无所不知的万事通，一台不倦的任性而为和恶搞的马达。她两三岁时，伊迪丝和我就常叫她"笑妞"，而她在伍德家里就如表演家——一个始终机智伶俐、笑语喧哗的丑角一般长大成人。汤姆只大她两岁，但他总是悉心照看她，在他们的父亲离开家庭舞台后，他就成为她生活中的坚稳力量。在他去上大学后，罗莉便失去了控制——先是逃到纽约，后来在同她母亲短暂和好后又消失了，跑到人所不知的地方。在举行庆贺汤姆毕业的家宴时，她已经生下那个非婚生女孩（她叫露西），回家把这婴儿往她母亲腿上一撂，

* 奥罗拉的昵称。

随后就又不见了。十四个月后琼死了。汤姆在葬礼上告诉我说，奥罗拉最近回家来接孩子，两天后又走了。她没有在她母亲葬礼上露面。汤姆说，她可能回来了，可谁也不知道怎样或在哪儿与她联络。

尽管家里风波迭起，尽管他二十三岁时就失去了母亲，我始终相信汤姆会在这世界上获得成功。他具备极多的有利条件，因而不会失败；他性格极坚强，因而不会被不可预测的苦难和厄运的风暴抛出轨道。在他母亲的葬礼上，他悲痛万分，茫然自失，神情恍惚地来回走动。我或许应该跟他多说些话，但我自己也惊骇悲恸，不能给他更多的安抚。拥抱一下，一起流泪，这就是我们所能做的了。后来他返回安阿伯*的大学城，我们便失去了联系。我主要是责备自己，但汤姆年纪也够大了，可以主动跟我联系，随时给我来个片言只语。或者，不给我，也可以给他的表姐——雷切尔当时也在中西部，在芝加哥读研究生。他们自幼相知，总是相处甚欢，但他也没有往她那儿去走动走动。岁月消逝，我总不时地感到有点儿内疚，但我自己处境也不顺（婚姻问题，健康问题，金钱问题），过于分心而不能想他很多。每次念及他，我便想象他在学习道路上稳步前进，攀登着学术梯子，井井有条地发展事业。2000 年

* Ann Arbor，密歇根大学所在地。

春天，我心里断定他已在伯克利或哥伦比亚这样的名校找到工作——一个年轻的知识分子新星已在写他的第二本或第三本书。

那就请想象一下我走进布赖特曼阁楼所感到的震惊吧。那是5月里一个星期二的上午，一进书店我便看见我的外甥坐在柜台后，正给一个顾客找钱。幸好是我先看见汤姆，他后看见我。要是我没有这十秒或十二秒的工夫把我的惊讶压下去，天知道从我嘴里会溜出什么样可悲的话来。我不仅是指这个我以为不可能发生的事实：他在那儿，在一个旧书店当一名下手，而且也是指他外貌的彻底变化。汤姆的身材一向属于壮实型。大家都笑他生就一个宽肩膀农民的体格，可挑千斤重担——这是他那个缺席的半酒鬼父亲给他的遗传。即使如此，我上一次见到他的时候，他的体形还是比较好的。是的，他很胖，但也强壮、有力，步伐像运动员一样矫健。然而现在，七年之后，他的体重足足增加了三十到三十五磅，看上去既肥胖又矮小。他下颌长出了双下巴，连他的双手也变得粗短厚实，一般只有中年水管工才有这样的手形。这是一幅悲伤的景象。曾在外甥眼里闪亮的火花已经熄灭。他身上的一切都意味着失败。

等那买书的顾客付完账，我悄悄走到她刚腾出的地方，把双手放在柜台上，身子往前靠了靠。这时汤姆正好弯下腰找一枚掉在地板上的硬币。我清了清嗓门，说道：“喂，你好啊，汤姆，好久不见。”

我外甥抬头一看，起初一刹那，他看来完全糊涂了，我担心他认不出我来。但一会儿他就笑了。随着他笑逐颜开，我看到了与先前一样的汤姆式笑容，心头感到很振奋。他的笑容也许多了一丝忧郁，但还不足以把他改变得像我所担心的那么严重。

“纳特舅舅！”他喊了起来。“哟，你在布鲁克林干什么？”

还没等我回答，他就从柜台后冲出来，伸出双臂抱住了我。我自己也没想到，泪水很快湿润了我的眼睛。

告别宫廷

同一天稍晚时候，我带他去宇宙小馆吃午饭。快活的玛丽娜为我们端来火鸡肉三明治和冰咖啡，我比平时稍微放肆地挑逗她，或许是因为我想给汤姆留点印象，或许只是因为我心情畅快。我并未意识到我如何想念我的老大拇指博士，而现在我们居然成了邻里——完全出于偶然，两人都住在了纽约古老的“布鲁克林王国”，彼此仅相隔两条街。

他说，他在布赖特曼阁楼书店已有五个月了，我没能早些遇见他的原因是他常在楼上工作，为哈里书店的善本书和手稿誊写每月书目，这部分的图书比楼下的旧书要多赚很多钱。汤姆不是售货员，从不操作现金出纳机，那天上午平时的那个售货员有约去看医生，哈里便叫汤姆在他回店之前顶替他一下。

汤姆接着说，那工作没啥可说的，但至少比开出租车强。从研究生院辍学回纽约之后，他开过出租车。

“这是什么时候的事？”我问道，尽量掩饰我的失望。

“两年半以前，”他说，“我修完了所有的课程，也通过了口试，可在博士论文上卡了壳。纳特舅舅，我贪多嚼不烂。”

“汤姆，别叫我什么纳特舅舅了，就叫我内森，别人都这样叫我。现在你母亲已经不在了，我再也不觉得自己是舅舅了。”

“好吧，内森。可不管你喜欢不喜欢，你仍然是我的舅舅。我想，舅妈伊迪丝或许不再是我的舅妈，但即使她降至‘前舅妈’的类别，雷切尔仍然是我的表姐，你仍然是我的舅舅。”

“就叫我内森吧，汤姆。”

“我会的，纳特舅舅，我保证。从今之后，我将永远叫你内森。反过来，我要你叫我汤姆。别再叫我大拇指博士，好吗？这让我觉得不舒服。”

“可我一向是这样叫你的，你是小孩子的时候就这样叫你。”

“我也一向叫你纳特舅舅，不是吗？”

“说得对。我放下剑停战。”

“我们进入了一个新时代，内森——家庭后、学生后、过去后的玻璃和木头*时期。”

“过去后？”

“就是现在。也是以后。但不再生活在那时。”

“往事不可追，汤姆。”

前大拇指博士闭上眼睛，把头往后一仰，把食指向空中一指，好像要试着记起淡忘已久的什么事情。然后，他用低沉的、模仿演戏的嗓音背诵了雷利†的诗《告别宫廷》的开头几行：

> 仿佛不真实的梦境，我的欢乐已经过期，
> 所有我受宠爱的日子都已归返过去，
> 我的爱情引错了路，幻想全已退休：
> 过去的所有一切，只剩下了悲戚。

---

* 内森的姓氏为格拉斯（Glass，“玻璃”），汤姆的姓氏为伍德（Wood，“木头”），此处一语双关。

† Sir Walter Raleigh（约 1554—1618），英国军事冒险家，早期美洲殖民者，诗人，历史学家，伊丽莎白一世的宠臣。因被指控阴谋反对詹姆斯一世而入狱，在被监禁的十三年内写了很多诗歌及未完成的《世界史》，最后被处死。

炼狱

没有人在成长中会认为自己命里注定要当出租车司机。至于汤姆，这个工作对他来说是一种特别残酷的惩罚，是对他最为珍惜的抱负突然失败的哀悼方式。他并不想向生活索取优厚待遇，而他所要求的那一点儿他竟不能抓到：完成博士论文，在某大学英语系谋得一个教职，然后在此后四五十年里教书和著书。这就是他所渴望的一切，也许，再加上娶一个妻子，还有一两个孩子跟她形影相随。他从不觉得这些东西是种奢求，但经过三年的埋头苦干，他终于明白自己没有能力写完论文。或者说，即使有能力写完，他也不能使自己信服所写的东西有任何价值。于是他离开安阿伯，回到了纽约。已是二十八岁的人了，却毫无往何处走或命运朝何处变的线索。

起初，开出租车只是个临时措施，是寻觅其他工作之际为交付房租而采取的权宜之计。他找教学工作找了好几个礼拜，可当时私立学校的所有位子都满了，而一旦他适应了这个每天轮班开十二个钟头车的苦差事，他便发现自己找工作的动力越来越小了。这临时性工作似乎成了永久性工作。尽管汤姆知道他在糟践自己，但另一方面他又想，这工作或许会给他带来好处，如果他注意考虑自己在做什么和为什么要做，出租车会教给他在任何别的地方学不到的功课。

他始终没有搞清楚，这是些什么功课，但当他每周六天，每天从下午五点到翌日清晨六点驾驶着破旧的黄颜色出租车在大街上来回奔忙时，他无疑把这些功课学得很好。这个工作的不利方面显而易见又无所不在，实在令人压抑，除非你采取漠视态度，否则就注定要过一种悲苦而抱怨不尽的生活。工作时间长，收入低，人身危险，缺乏运动——这些都是大家知道的基本事实，你也许想去改变气候，却不可能想去改变开出租车的现状。汤姆小时候就不知多少次听他母亲向他唠叨这些话：“你不能改变天气，汤姆。”琼的意思是，有些事情原本就是如此，我们无可选择，只能接受。汤姆懂得这个道理，但那时候，当暴风雪和寒风刮得他蜷缩小小的身子、瑟瑟发抖的时候，他始终没法不去咒骂。现在，雪又在下了。他的生活进入了一场与风雨冰雪的漫长搏斗，要是抱怨天气的话，现在正是时候。但汤姆不抱怨。汤姆也不为自己感到遗憾。他发现了弥补自己愚笨的方法，要是他能承受得住这个经历而没有完全丧失勇气，那或许是因为他毕竟还抱有希望。他坚持开出租车，并不是想要在艰苦处境中勉为其难。他在寻找一条能获得某种机缘的路，在明白究竟是什么样的机缘之前，他没有权利把自己从桎梏中解脱出来。

他住在第八大道和第三街街角的一居室公寓房里。他一个朋友的朋友离开纽约到另一个城市——是匹兹堡还是普拉茨堡，汤姆一直记不清楚——打工，就把这个签下长期租约的公寓房转租给了他。这是个又暗又脏的小房间，厕所间有金属淋浴器，两扇窗子面对一堵砖墙，逼仄的小厨房里有一台带轮子的冰箱和有两个炉头的煤气炉。还有一个书架，一把椅子，一张桌子，放在地板上的一个床垫。他从没有住过这种最小的公寓房，但每月固定房租只有四百二十七美元，汤姆因此觉得很幸运。不过在他搬进去的头一年里，他很少待在那里。他往往要出去走动走动，去看看留在纽约的中学和大学伙伴，去见见通过老朋友认识的新朋友，去酒吧花点儿钱，有机会也与女人约会，总之想要建立自己的生活，或一种类似生活的生活。但这些社交尝试往往以令人不快的沉默告终。他的老朋友们都记得他是一个才华横溢的学生，一个极为幽默的健谈者，而他现在的境遇使他们万分惊诧。汤姆从被神选中的地位悄然消失，他的跌落动摇了他们的自信心，为他们自己的生活前景开启了一道新悲观主义之门。汤姆体重大增，他原就胖乎乎的身体现已接近不堪入目的肥胖球形，这事就不大妙了，而更令人不安的是他看来没有任何计划，从不谈谈他打算怎样弥补他给自己造成的损失，怎样重新站立起来。每次提起现在的工作，他总用些古怪，甚至宗教的术语来做描述，推断诸如精神力量、用忍耐和谦恭发现出路之重要性一类的问题。这些谈论使他们困惑不解，使他们坐立不安。汤姆的智力并未因为开出租车而退化，但谁也不再想听他要谈的东西，尤其是那些他约会的女人，她们期待年轻男子有满脑子勇敢的思想，有怎样去征服世界的妙计良策。汤姆的怀疑和内省，他对现实本质的晦涩见解，他的踌躇神态，都使她们失去了兴趣。开出租车谋生已经够糟糕了，可他还是一个哲学家似的出租车司机，穿着军品店买来的衣服，腹部隆起一个大肚子，这就没有什么太多的要问了。当然，他是个令人愉快的家伙，没有人对他强烈反感，但他不是一个正当的候选人——不适合结婚，甚至不适合一时的寻欢。

他变得越来越自闭内向。又一年过去了。当时他是如此孤独，最后落得一个人庆祝自己的三十岁生日。事情是这样的：因为没有一个人打电话来向他祝贺，或说些祝愿的话，他压根儿忘了自己的生日，直到第二天凌晨两点才最终想起来。他在皇后区某个地方庆祝了自己生存的第四个十年的开始，当时他刚在一个名叫“人间快乐园”的脱衣舞夜总会放下两个烂醉如泥的商人。他把车开到北方大道上的大都会小馆，在柜台旁坐下，点了一杯巧克力奶昔、两个汉堡包和一盘炸薯条。

要不是哈里·布赖特曼的缘故，那就说不上他要在出租车行当这个炼狱里待多久。哈里的书店在第七大道，离汤姆的住处只有两条街。顺便去一下布赖特曼阁楼成了汤姆的习惯，成了他每天日程的一部分。他很少买书，但喜欢在上班前花上一个多小时或半个小时去浏览浏览放在底层的旧书。那里有数千册书塞在书架上——什么书都有，从绝版的词典到已被人遗忘的畅销书，再到皮封面的《莎士比亚全集》——在那陵庙般的书库里，翻翻那一堆堆被丢弃的书，闻闻那陈年的尘味，汤姆总感到像在家里一样亲切。在开始访问书店的时候，有一次他向哈里·布赖特曼问了一个关于卡夫卡传记的问题，两人竟然交谈了起来。他们后来有很多次简短交谈，这是第一次。汤姆来时，哈里不总在那里（他大部分时间都花在楼上），但在后来几个月里他们有足够的时间交谈，哈里因此知道了汤姆家乡的地名，知道了汤姆流产的博士论文（《克拉瑞尔》——梅尔维尔巨大而难读的史诗），并且领会了汤姆没有兴趣与男子做爱的实情。尽管他对此有所失望，但他也很快明白，汤姆可以成为他的理想助手，负责二楼的善本书和手稿业务。有一次他表示愿意给他这个工作，后来又说了许多次，尽管汤姆一再不愿接受，哈里却从不放弃希望，相信有朝一日他会说“好吧”。他知道汤姆正处于冬眠阶段，在盲目地与绝望的黑天使搏斗，但事情终究会有转变。这转变是十分肯定的，尽管汤姆自己尚未知道。而他一旦知晓，所有关于开出租车的无稽之谈都会立即成为往日不可告人的秘密。

汤姆喜欢和哈里交谈，因为哈里是这样一个有趣而直爽的人，他那些喋喋不休的挑逗话语和肆无忌惮的反驳言辞，使你永远想不到他嘴里接着要说出些什么来。看着他，你会想，他就是另一个正在变老的纽约“女王”*。他所有表面的言行举止——包括染过的头发和睫毛，阿斯科特式丝质领巾，游艇俱乐部色彩鲜艳的上装，说话的女人腔，都旨在达到同一效果。但一旦你多了解了他一点儿，才知道哈里原来是一个敏锐而具挑战性的家伙。他对你保持一种挑衅性的姿态，当他那些诡秘而过于隐私的问题直通通地说出来时，他以一种智力的投射和猛击逼使你做出出色的回答。一般的回答，对哈里而言，是远远不够的。你说的话得有火花闪亮，有冒泡的东西来证明你不仅仅是一个在

* Queen，指脂粉气的同性恋男子。

生活道路上步履蹒跚的笨蛋。在那些日子里，汤姆主要就是把自己看成笨蛋，所以在和哈里说话时尤要勉力对付。那工作最吸引之处就是与哈里对谈。汤姆喜欢使自己思维敏捷。为了变化而把思想推往一个不习惯的方向时，当被迫蹑手蹑脚保持警觉状态时，他尤感精神振奋。在他们最初交谈的三四个月里——当时他们相识不久，谈不上是朋友或伙伴。汤姆意识到，在纽约认识的所有人当中，没有一个男人或女人，让他可以像和哈里·布赖特曼那样坦率畅快地交谈。

然而汤姆仍不答应为哈里做事。这个书商要他来工作的建议，他有半年多避而不谈。当时他找了很多不同的借口，摆了很多哈里应另请高明的理由，结果他的推托成了他们之间的经常性笑话。汤姆起初采用的方式是即兴制定关于出租车司机生活的本体论价值的复杂理论，以此来维护他眼下工作的优越性。“这个工作给你一条通往无实体存在的捷径，”他会这样说，竭力忍住笑，搬来一些他过去搞学术研究用的晦涩话语，“一个宇宙混乱基质的唯一进入点。你整夜开车在城里转，你永远不知道下面你要去哪儿。乘客爬上出租车的后座，要你把他开到某某地方，那就是你所去之处。里弗代尔，格林堡，默里小丘，远罗卡威，月之暗面。每个目的地都是任意的，每个抉择都是偶然而定。你飘啊，晃啊，尽快地开到那儿，但你对事情真的没有发言权。你是诸神的玩具，你没有你自己的意志，你身在那里的唯一原因是为他人的突发念头服务。”

“什么突发念头，”哈里说，眼里闪着一丝恶意，“该是什么淫猥冲动吧。我打赌，从你的后视镜里，你看到了不老少。”

“无奇不有，哈里，我都见到了。各种形式的手淫、通奸和醉酒。呕吐物和精液，屎和尿，血和泪。一次又一次，人的什么样的体液都溢在了我的后座上。”

“谁来擦呢？”

“我擦。这是我工作的一部分。”

“好，年轻人，你就记住，”哈里一边说，一边把手背压在前额做歌剧名伶晕厥状，“你来给我做事，你会发现图书不会出血。书也肯定不会排粪。”

“不过也有愉快的时候，”汤姆紧接着说，不想让哈里把话说完，“是美好、小小兴奋、意外奇迹的难忘时刻。凌晨三点半缓缓驶过时代广场，没有一辆车，你突然独自一人处于世界中心，霓虹灯光从空中各个角落如雨点一般洒在你身上。或者是拂晓前驰骋在环形公园大道，让速度计超过七十英里，一边闻着从打开的车窗吹进来的海洋的气息。或者是正当满月升入拱门之际，你穿越布鲁克林大桥，所能看见的就是明亮的黄色月晕，那光圈大得甚至使你害怕。你忘了你是生活在地球上，想象自己在飞翔，出租车长上了翅膀，你竟遨游在太空之中。没有书可以写出这样的良辰美景。我说的是超凡出世，哈里。你把躯体抛在后面，进入世界的丰富和厚实。”

“我的孩子，要做这个你不必开出租车。开任何旧汽车都行。”

“不，这有差别。开一般的车，你就失去苦役的因素了，而对这整个体验而言，苦役是极其重要的。精疲力竭，枯燥乏味，单调而头脑僵化，所有这一切体验。然后，不知从何而来，你突然感到一小阵自由，一两个真正而绝对的狂喜时刻。但你得为此付出代价。没有苦役，便没有狂喜。”

汤姆自己也不知为什么用这种方式拒绝哈里。他对哈里所说的话，他自己能相信的也只有十分之一，但每当重提换工作的话题时，他就寸步不让，开始编造一些荒唐可笑的反对论据和自我辩解之词。汤姆明白，他若为哈里做事境况会好些，但当一个书商助理并不是个动人的前景，在他梦想彻底改变生活之际，这个想法未曾在他脑子里出现过。不管怎样，在丧失如此多的东西后，要能使自己感到满足，这个步子未免太小，这种差事未免太轻。哈里便继续他的“求爱”，而汤姆越瞧不起自己的工作，就越固执地维护自己的惰性，而惰性越重，就越瞧不起他自己。在如此凄凉的境况中年届三十，他感到慌乱不安，因而思想上有所触动，但还不足以促使他付诸行动，尽管在大都会小馆柜台餐桌上吃的那顿饭吃到最后时，他决定在始自那夜的一个月之内找到别的工作。可一个月过去了，他仍在为三D出租车公司工作。汤姆一直想知道这三个D代表什么，现在他觉得他明白了：黑暗，崩溃，以及死亡。* 他告诉哈里，他会考虑他给的工作，而他却又像一贯表现的那样什么也没有做。如果没有发生一件意外，谁知这种僵持还要继续多久呢？那是1月份的一个寒夜，在第四街和B大道交界的街角，一个吸食烈性古柯碱"快克"、结巴而兴奋的瘾君子，竟把一把枪捅进他的嗓子眼。汤姆终于得到了教训，第二天上午便走进哈里的书店，对他说他决定接受工作，他当出租车司机的日子就这样倏忽告终。

"我三十岁，"他对新老板说，"超重四十磅。一年多没有和女人睡过觉，在过去的十二个上午梦见在全市十二个不同地方发生交通堵塞。虽然换工作也许是错误的决定，但我想我已做好准备。"

* 原文三个词的首字母均为字母"D"。

危墙倾倒

汤姆去为哈里做事了，渐渐地意识到哈里·布赖特曼此人并不存在。这姓名最多是个姓名，属于此姓此名的生活从来就没有过。那倒不妨碍哈里讲他过去的故事，可由于他的过去是伪造的，所以汤姆以为了解哈里，其实他所知道的一切几乎都是假的。别提什么在旧金山度过童年，母亲是社交界名流，父亲是医生。别提什么上过埃克塞特大学和布朗大学。别提什么 1954 年夏天断绝父子关系，飞往格林威治村。也别提什么在欧洲的漂泊岁月。哈里其实来自纽约州水牛城，从未在罗马当过画家，从未在伦敦管理过剧院，也从未在巴黎当过拍卖行顾问。家里收入都靠父亲每周带回家来的工资支票，他在中央邮局工作，是个拣信员。哈里十八岁时离开水牛城，不是去上大学，而是应募加入海军。四年后退伍，后来他是勉力拿到了一些本科学分——在芝加哥的德保罗大学——但他觉得自己学龄毕竟太大，只读了三个学期就辍学了。不管怎样，芝加哥他是待过，但九年前他怎样来到纽约（在伦敦一起股票诈骗案中亏钱之后）的故事又纯粹是虚构的。不过，他说在纽约待了九年，这是真的；他说他到纽约后起先不懂经营图书生意，这也是真的。但当时他的名字不叫哈里·布赖特曼，而是哈里·邓克尔。他也不是从伦敦来到纽约的，而是从芝加哥奥黑尔机场飞过来的，过去两年半的邮址则是伊利诺伊州乔利埃特联邦监狱。

原来这就是哈里不愿讲真话的原因。人到五十七岁要开始新的生活，这并非易事。当一个人的唯一家当是自己的头脑和舌头时，他在决定张嘴说话之前必须想得很周到。哈里并不为自己所做的事感到羞耻（他就是被逮着而已，厄运又怎能视之为犯罪？），但他无疑不愿谈起它。在他如今生活的小天地里，他工作极努力，工作时间极长，他也不打算让任何人知道他曾受过多少苦。因此，汤姆对哈里在芝加哥的经历一直一无所知。在芝加哥，哈里有一个前妻，一个三十一岁的女儿，一个他开在密歇根大道、经营了九年的画廊。要是汤姆知道那诈骗案及哈里坐牢的事，他还会不会接受哈里给他的工作呢？或许会的。又或许不会。哈里不好意思说出自己的事情，所以他咬住舌头，从不吐露一言。

4月初一个下雨的早晨，当时我搬到这个社区还不到一个月，汤姆在布赖特曼阁楼书店工作了大约三个半月，那堵诡秘大墙竟然倒塌了。

事情始自哈里女儿突然的来访。汤姆正好下楼，见她走进店堂，浑身湿透，雨水从衣服和头发上往下流。此人衣冠不整，目光逼人，身上发出刺鼻的臭味。汤姆知道这是从来不洗澡的人身上的味道，疯子身上的味道。

“我要见我父亲。”她说，两臂拢在胸前，两手抱住胳膊肘，被尼古丁熏污的手指在瑟瑟发抖。

汤姆对哈里过去的生活一无所知，所以不明白她在说些什么。

“你大概搞错了。”他说。

“不，”她猛然把他挡回去——忽地激动起来，勃然大怒，“我是弗洛拉！”

“好啊，弗洛拉，”汤姆说，“我想你走错了地方吧。”

“我可以把你抓起来，你知道。你叫什么名字？”

“汤姆。”汤姆答道。

“当然。汤姆·伍德。对你这个人，我什么都知道。在人生的半途中，我在昏暗的树林里迷了路。但你太愚蠢，毫无所知。那些小人不能从树木见到森林，你就是其中之一。”

"听着，"汤姆用温和而平静的语气对她说，"你也许知道我是谁，但我不能帮你任何忙。"

"先生，别跟我耍赖。就因为你是木头*做的，这并不意味着你是好的。懂吗？†我来这儿见我父亲，我要立刻见到他！"

"我想他不在。"汤姆说，突然改变了策略。

"他不在？胡扯！那囚犯住在楼上公寓房里呢。你以为我是傻瓜？"

弗洛拉用手指捋着她的头发，把水溅在柜台附近桌子上的新购书堆上。然后，她一边大声咳嗽，一边从她撕破了的宽松衣裳口袋里掏出一包万宝路烟。点上一支后，她把还亮着的火柴扔在地板上。汤姆未露惊讶，镇定地用脚把那火柴灭了。他懒得告诉她书店里禁止吸烟。

"我们在说谁呢？"他问道。

"还有谁啊？哈里·邓克尔呗。"

"邓克尔？"

"要是你不知道，我告诉你，那词意味着黑暗‡。我父亲是个黑暗的人，他住在黑暗的树林里。他现在自称是个辉煌的人，但那只是一个诡计。他还是很黑。他将永远黑下去——直到他死的那天。"

---

* 此处双关，伍德（wood）本意"木头"。

† 原文为西班牙语。

‡ 邓克尔（Dunkel）是德文词，本意"黑暗"。

阮隍话旧

哈里花了七十二个小时才说服弗洛拉恢复药物治疗，又花了整整一星期叫她回芝加哥她母亲那里。她离去后的第二天，他邀请汤姆和他一块儿到第五大道上的迈克和托尼牛排馆吃晚饭，自九年前从监狱出来第一次泄露他过去的秘密——他虚度的一生中严酷而愚蠢的完整故事。他一会儿笑，一会儿哭，向他半信半疑的助手吐露着心事。

开始他在芝加哥马歇尔·菲尔德公司香水部当营业员。两年后，他升到一个多少高了一点的职位——橱窗设计助理，如果没有与贝特·多姆布罗斯基的看似不可能的婚姻，他无疑会在这个位子上待下去。贝特是千万富翁卡尔·多姆布罗斯基（通常被称为“中西部尿布服务之王”）的小女儿。第二年哈里完全是用贝特的钱开了画廊。在当时，金钱给他带来了预想不到的舒适愉快和社会地位，但也因此被认为他娶她只是因为她富裕，或是以欺诈取财的手段获得新生活。这就不对了。在他的性取向问题上，他对她总是坦率相告，但这也不妨碍她认定哈里是她所认识的最富魅力的男人。她那时已三十五六岁了，是个相貌平常、不谙世故的女子，眼看就要成为永久的老处女。她明白，她要是不坚持嫁给哈里，就必定要在她父亲家里度过余生，成为众人嘲笑的对象，成为她侄甥辈愚笨的处女姑姨，一个被放逐而又被困于自己家庭中心的流亡者。幸好她更感兴趣的是伴侣而非性事，她所想望的是跟一个可赐予她所缺乏的活力和自信的男人共享生活。如果哈里偶尔放纵自己偷偷调情嬉戏一场，她也不会反对。她说，只要他们结婚就好，只要他知道她多么爱他就好。

哈里以前的生活中先后有几个女人。从他青春期的最早岁月开始，他的性史是对肉欲与情感这不同的两者一视同仁的记录。哈里很高兴自己走了这条路子，很高兴自己不受某种偏见的影响，那种偏见会迫使他拒绝一半人类的诱惑力。在 1967 年贝特向他求婚之前，他从未想过自己会步入固定的家庭生活，更不消说发觉自己变成了丈夫。哈里过去多次爱过别人，但很少得到爱的报答。贝特的激情令他惊讶。她不仅无条件地以身相许，同时又给予他完全的自由。

当然，他也要与某些不利因素较量一番。首先是贝特的家庭，她父亲是个夸口大王，干预女儿婚事，咄咄逼人，几次三番警告他女儿说，要是她不跟那个“讨厌的娘娘腔家伙”离婚，他就会把她的名字从遗嘱中删除。然后是贝特自己的事，可能更令人不安。倒不是说她的为人和心计，而是她的身体，她的外部形象。她的眼睛小而又斜视，垂在肥胖前臂上的黑色汗毛，叫人看了不入眼。哈里对美有一种本能的、高度的鉴赏力，从不会爱上任何缺乏魅力的人。如果说有什么问题使他在与贝特结婚这件事上犹豫不决，那就是她的外貌。但贝特是那么温柔，那么急切地想让他喜欢她，哈里就冒险一试了。他知道，作为已婚男子，自己要做的第一件事就是把他的妻子陶冶成为某种女性的复制品，即在适当的环境和适当的光线下，这种女人可以在他身上撩起情欲之火。有些改观可以轻易做到。她的眼镜被隐形眼镜代替了，她的行头翻新了，她的臂毛和腿毛定期接受费事的剃除处理。但还有哈里无法控制的其他因素，要全靠他的新娘自己的努力来解决了。贝特居然做成了。在他们结婚后的头一年里，她以上帝圣女的自我克制和磨炼精神想办法节食，使体重减少了近五分之一，从一百五十五磅降到一百二十六磅，臃肿的体态竟变得苗条了。哈里深为自己的伽拉忒亚[*]的顽强毅力所感动。贝特在丈夫的监督和严密审视的目光下青春焕发，两人彼此的赞赏越来越多，以至发展成为牢固而持久的友情。弗洛拉1969年的出世并非那种一夜露水夫妻关系的产物。哈里和贝特婚后早些年里有足够的同床时间，贝特的怀孕必不可免，一个可推断的既成事实。哈里的朋友当中有谁能预见这样的善果？他和贝特结婚是因为她答应给他自由，但一旦两人同居成家，他发现自己很少或根本没有兴趣来实践那种自由。

画廊于1968年2月开张。三十四岁的哈里的宿志终于如愿以偿，他竭尽努力使经营获得成功。芝加哥不是艺术世界的中心，波邓克[†]那些落后的地方更不是。但在这个城市里流动着足够的财富，一个聪明人可引来其中一部分填满自己的口袋。经过一个时期的深思熟虑，他决定给画廊取名为“邓克尔兄弟”[‡]。哈里并无兄弟，但他感到这个店名赋予画廊某种旧大陆的色彩，意味着买卖艺术品的生意是这个家庭的悠久传统。他觉得，德语专有名词和法语修饰语相连，这会在顾客们的头脑里产生一种既醒目又愉快的

---

* 希腊神话中塞浦路斯王皮格马利翁爱上了自己用象牙雕刻的少女像，爱神阿佛洛狄特见其感情真挚，便为之祈祷，终使雕像有了生命，取名为伽拉忒亚（希腊神话中海洋女神之名）。

† 原为康涅狄格州一印第安小镇名，后泛指落后、不重要的小城镇。

‡ 这里“邓克尔”用了德文单词“Dunkel”，“兄弟”又用了法文单词“frères”。

含混感觉。有人会以为这两种语言的连用表明有阿尔萨斯*的背景。另有人会想，店主来自迁居法国的德国犹太家庭。还有人一下子不知道该怎么理解。没有人会弄清楚哈里的身世，而一个人如果能为自己营造一种神秘气氛，他在与公众打交道时总能占上风。

他专门买卖年轻艺术家的作品——大多是绘画，也有雕塑和装置艺术作品，还有两三件“偶发艺术”作品，这种美术流派在六十年代晚期尚在流行。画廊还主办诗歌朗诵会和音乐晚会。因为哈里对美的所有形式都感兴趣，邓克尔兄弟画廊并不把自己局限于一个狭隘的艺术领域。波普艺术和视觉艺术，极简艺术和抽象表现派，图案画和摄影，录像艺术和新表现主义——年复一年，哈里及其有名无实的兄弟展出了体现当时所有流派和倾向的美术作品。大多数展览都砸锅了。那在意料之中，而对画廊的未来更为危险的是，哈里前一阵所发现的六七个真正的画家背离而去。他往往给某个男的或女的青年艺术家崭露头角的机会，用他惯常的夸耀才能推销其作品，为之开辟市场，并开始赚取可心的利润，然后，在接着的两三次展览后，这位艺术家就会把阵地转移到纽约的美术馆。以芝加哥为基地确是个问题，哈里明白，对真正的天才而言，这个转移

* 法国东北部一地区。

是他们必须做的。

但哈里是个幸运者。1976 年，一个三十二岁、名叫亚历克 · 史密斯的画家带着一包幻灯片来到画廊。那天哈里不在店里，第二天下午接待人员把那包东西送来给他。他除去封套，对着窗户把幻灯片举起来很快看了一眼——无所期待，准备失望——却立刻意识到他在看的东西非常了不起。史密斯的作品包括了一切：气魄、色彩、活力、光线。人物形象纷繁，笔触十分鲜明，与感情的炽烈呼号相共鸣，这人性的呼喊是如此深沉，如此真实，又如此激昂，以至于似乎在同一时刻既表现欢乐，又表现绝望。那些画面与哈里先前看到的毫无相似之处，这在他身上产生了强烈效果，他的手在瑟缩发抖。他坐下来，在便携式光台上仔细看了那四十七幅画，然后立刻操起电话告诉史密斯，他要给他开画展。

与哈里赞助的其他青年画家不同，史密斯不再向往纽约。他已在那里待了六年，城里所有画廊都拒绝了他，他只好返回芝加哥。他又痛苦又气愤，内心充满了对美术界及其所有吸血、搂钱的“娼妓”的蔑视。哈里称之为他的“乖戾天才”。尽管史密斯的性格粗鲁，有时还很好斗，可这个粗人的内心却有良好教养。他懂得忠诚的含义，一旦被关进了邓克尔兄弟这个马厩，他就不再想随便逃跑了。哈里是把他从湮没无闻状态中救出来的恩人，所以哈里将是他终生的经纪人。

哈里发现了他的第一个、也是唯一的重要画家，后来的八年里史密斯的作品使画廊免于借债度日。1976年画展成功后（到画展第二个周末所有十七幅画和三十一幅素描全部售罄），史密斯带着妻子和幼儿急急忙忙离开芝加哥，在墨西哥瓦哈卡买了一所房子。从此之后，这个画家便拒绝挪动，再也没有踏上美国的土地——甚至不参加在芝加哥举行的他的作品年展，更不消说博物馆的回顾展，随着他的名声逐渐增大，美国许多城市都举办了这种画展。如果哈里想见他，他得飞到墨西哥去——平均每年两次，而多数时候他们用书信、偶尔也用电话联系。对邓克尔兄弟画廊主管人而言，这些都不成问题。史密斯的作品数量庞大，每隔一个月就有新的装满油画和素描画的货箱运到芝加哥画廊，销售量也大增，很令人愉快。这是一个理想的局面，如果史密斯不出事的话，无疑会延续数十年之久。可不料在他四十岁生日的前三天晚上，他往肚子里灌满了墨西哥龙舌兰酒，从自己家的屋顶上跳了下来。他妻子坚持说，这是过了头的胡闹；他的情人声称这是自杀。不管是怎么回事，反正亚历克·史密斯是死了，“哈里·邓克尔”号轮船也即将沉没。

又来了个青年画家戈登·德莱尔。在史密斯大难临头前六星期，哈里就给德莱尔办了首展，并不是因为对他的作品有好印象（刻板而过于理性抽象，一幅也卖不出去，也得不到一篇好评），而是因为德莱尔自身是一种富有诱惑力的存在。他三十岁，看来却不超过十八，脸娇嫩、有女子气，手细长、白如大理石，而那嘴，哈里在第一眼看到时就想亲吻。经过同贝特的十六年夫妻生活之后，汤姆未来的雇主终于挡不住那诱惑了。不仅是偶然来一次、短暂的一夜热火，而是亢奋的全身心陶醉，一种异乎寻常的热恋。德莱尔野心勃勃，急切希望在邓克尔兄弟画廊展出他的画作，也就自愿接受了哈里这个五十岁矮胖子的引诱。或许是反过来，是德莱尔引诱了哈里。不论是何种情况，这桩事在画廊业主到画家画室去看他的最新油画时就发生了。这个年轻帅哥很快就领悟到哈里的意向。两人就几何图形极简艺术的优点只断断续续地交谈了二十分钟，德莱尔便轻率地跪了下来，拉开了这名经纪人裤子上的拉链。

在德莱尔的反应冷淡的画展之后，那拉开拉链的事就频频发生。不久以后，哈里就每星期要好几次过访画家的画室。德莱尔唯恐哈里会将他从其画家花名册上除去，而他只有自己的身体可以给他作为补偿。哈里给迷得晕晕乎乎，不明白自己在被他利用，即使明白，事情或许也不会有什么两样。这是人的心灵的一种疯狂。他向贝特保守此韵事的秘密。由于十五岁的弗洛拉已开始表现出精神分裂症的最初迹象，只要日程安排许可，他就用尽可能多的时间与家人待在一起。每天下午给了戈登，到了晚上就悄悄回家，扮演一个称职丈夫和父亲的角色。史密斯猝死的消息对他是一个严重打击，令他惊恐万状。虽然尚有一批画可以销售，但半载或一年之后库存将会耗尽。到时怎么办？邓克尔兄弟画廊会像先前那样濒临破产，而贝特已投给画廊太多的钱，哈里不能再向她求取更多的帮助。史密斯突然走了，画廊势必倒闭，不是今天，就是明天，不是明天，就是后天，因为事实是哈里没能掌握有关如何经商的基本要素。他仰仗难以驾驭的史密斯来维持他铺张浪费、自我放纵的生活方式（二百人的豪华派对和宴会，专机和配备司机的汽车，二三流赌客的愚笨赌博，卖不出画的画家的每月补贴），但那只鹅在墨西哥唱着“天鹅之歌”做了最后一跳，于是便不再有金蛋可下。

就在此时，德莱尔来了，带着从厄境中营救哈里的计划来了。他意识到，偷鸡摸狗的事也就只能做到这种程度，但如果他真能使自己成为哈里离不开的人，他的艺术家生涯也就有救了。尽管其画作体现了冷漠的理智主义，德莱尔却具有绘图员和配色师的巨大天赋。由于一种把严密和精确看得比什么都重要的思想和艺术概念，他不想露出这方面的才能来。他不喜欢史密斯过于动情的浪漫主义及其华美姿态和假英雄的冲动，但这并不意味着他就不能模仿这种风格，如果他想模仿的话。为什么不可以在史密斯死后继续创作他的画？“创作”这名夭折于全盛时期的年轻大师的最后的绘画和素描。当然，公开展销会太冒险（史密斯的遗孀会听说此事，最终会亮出底牌），但哈里可以在画廊后厅把这些画卖给史密斯的最热诚的收藏者，只要瓦莱莉·史密斯蒙在鼓里，这个计策会产生百分之百的纯利润。

哈里起初不予接受。他知道，戈登想出了一条妙计，但这使哈里感到害怕——不是因为他反对这个想法，而是因为他认为这个小伙子没有做成此事的本事。即使死死地精确克隆史密斯的作品，只要有一点儿不到家的地方就有可能把他送进监狱。德莱尔耸耸肩膀，佯称这只是他的一时之念，然后就说起别的事情来。五天后，哈里又在午后到画室访问他，德莱尔展示了他的第一幅亚历克·史密斯“原作”，这名艺术经纪人大吃一惊，不得不承认低估了自己这个年轻门生的能力。德莱尔把自己改造成了史密斯的替角，为了进入一个死者的心灵而一丝一毫地净化了自己的个性。这是一个戏剧性的转折，是一件心理魔力之作。惊骇和敬畏同时在可怜的哈里的头脑中产生。德莱尔不仅重现了史密斯一幅油画的外观和气氛，复制出画刀的粗放笔触、浓重的着色和任意的偶然滴落，而且既领会和接受史密斯，又比史密斯自己走得稍许远些。哈里意识到，这是史密斯的下一幅画作，假如他不在 1 月 11 日晚上从自己家房顶上跳下身亡，他应是在 1 月 12 日早晨开始作这幅画。

在后来的六个月内，德莱尔画了二十七幅油画，还有几十幅素描和木炭速写。哈里逐渐缓慢地压下心头的狂喜，不露声色，守口如瓶，然后开始向世界各地形形色色的收藏者抛出这些赝品。这场欺诈销售持续了一年多，卖掉了二十幅画，纯利近二百万美元。因为哈里是站在前台之人，也就是准备身败名裂的人，所以假画作者同意以三七开分成。十五年后，当哈里在布鲁克林吃晚饭时向汤姆和盘供出自己的所作所为时，他形容那几个月是他一生中最为振奋、也是最为可怕的时期。他说，他不断陷入恐惧中，但尽管害怕，尽管确信自己最终会被逮住，他还是很快乐，一生中从未有过的快乐。每次当他设法把又一幅“伪史密斯”卖给日本公司经理或阿根廷地产开发商时，他的负担过重的心脏怦然跳动，好像吃力地穿越了许多个欢乐的圈环。

1986年春，瓦莱莉·史密斯卖掉在瓦哈卡的房子，和她三个孩子回到了美国。尽管史密斯喜欢拈花惹草，她和他的婚姻风波迭起，有时还大打出手，但她始终坚定地维护他的作品，熟悉他从二十岁出头到1984年去世前所画的每一幅画。在邓克尔兄弟画廊举办首展后，她和她丈夫与一个名叫安德鲁·莱维特的整形外科医生成了朋友，他是一个富裕的绘画收藏家，1976年从哈里那里买了两幅，等到十年后瓦莱莉去他在高地公园的家赴晚宴，他已积累了十四幅史密斯的画。哈里怎能知道她会迁返芝加哥呢？他又怎能知道莱维特会邀请她去他家呢？——就在三个月之前，他还卖给这同一个莱维特一张巨幅史密斯假画。毋庸多言，那个有钱的医生得意地指点着挂在客厅墙上的那幅新买的画。也毋庸多言，敏感的遗孀立即看起那幅画来，看它究竟是哪一幅。她从来不喜欢哈里，但由于亚历克的缘故，她也从不无根据地怀疑他干什么坏事。她知道，邓克尔兄弟画廊主管人是她丈夫艺术生涯转折的最关键人物。现在她丈夫死了，哈里居然不干好事，气愤的瓦莱莉·邓顿·史密斯自然要出手毁掉他。

哈里否认一切。然而，还有七幅伪作仍锁在画廊储藏室内，警方就不难立案控告他。他继续声称对事情一无所知，但戈登已悄悄溜走，离开了芝加哥。由于他的背离，哈里的勇气丧尽。在绝望和自我怜悯的情况下，他终于精神崩溃，向贝特说出了真相。在一大堆错误和不正确判断上，又犯了一个错，又做错了一件事。在与她相处的所有这些年里，她头一次气愤地对他发表了一通满篇抨击之词的演说，其中包括有病、贪婪、恶心和变态这类词汇。贝特很快表示了道歉，但伤害已经造成，尽管她出去找了芝加哥最好的律师为哈里辩护，他却明白他的生活已经毁了。此案调查延续了十个月，从纽约和西雅图、阿姆斯特丹和东京、伦敦和布宜诺斯艾利斯这些远地方搜集证据的工作进行得很慢。库克县地区检察官以三十九项欺诈罪起诉哈里。报纸以头版黑体字标题发布了这条消息。如果哈里在法庭败诉，他会面临十至十五年有期徒刑。根据其律师的建议，他选择了认罪。后来他又供出戈登·德莱尔涉及欺诈的事实，声称此骗局一开始就是德莱尔的主意。当他发誓要把他们的风流韵事公之于众时，他（哈里）作为同谋被迫付诸行动。哈里因此又获减刑。他的合作态度使其获赏，至多判五年有期徒刑，如果表现好，还有缩短刑期的保障。侦探人员跟踪德莱尔至纽约，在克利斯托弗街一个沙龙里的新年除夕派对上逮捕了他，当时 1988 年刚开始了几分钟。他也供认服罪。但由于没供出同伙人名字，也没什么可讨价还价的，这个哈里的“前情人”被判了七年有期徒刑。

可更糟的事情还在后头。就在哈里准备入狱的时候，老家伙多姆布罗斯基终于说服贝特提出离婚。他采用了过去用过的同样的恐吓手段——威胁说要把她从他的遗嘱中除名，威胁说停止向她提供补贴，而这一次他是认真的。贝特虽不再爱哈里，可也一直没有打算遗弃他。尽管有了这件丑闻，尽管他咎由自取，离婚的念头却一次也没有想过。问题在弗洛拉身上。她快十九岁了，已出入两所私立精神病院，即使是部分康复的希望也没有。这种私立医院的看护费贵得惊人，一个疗程的费用就超过十万美元，如果贝特失去她父亲每月给的支票，女儿下次再发病，她将别无选择，只好把她送到州立医院去——这个做法贝特根本不能接受。哈里理解她的两难境地，由于他提不出自己的解决办法，只得勉强同意离婚，并且一直在发誓要在出狱时杀死贝特的父亲。

他变成了一个穷人，一个身无分文也毫无对策和计划的罪犯，一旦在乔利埃特监狱服刑期满，他就会像一把五彩纸屑一样被四面八方的风吹走。说来也够奇怪的，正是他很鄙视的岳父插手救助了他。老头儿以一个冷酷苛刻的代价提出了条件，这使哈里一直没有从他接受条件时所感受的羞辱和强烈反感中恢复过来。但他还是接受了。他太虚弱了，对未来太忧虑了，他不能不接受，但当他在契约上签字时，他明白自己签走了灵魂，永远地堕入了地狱。

当时他服刑快两年了，多姆布罗斯基提出的条件再简单不过。哈里得迁居到这个国家别的地区，以换取足够数额的钱为自己开创新的生意，他得同意再也不回芝加哥，再也不与贝特和弗洛拉联络。多姆布罗斯基将哈里视为道德堕落者，某种不够格做人的有机体低级亚种的典型。他认为，哈里要对弗洛拉的疾病负责任。她发疯了，因为哈里使贝特怀孕的精子是病态的突变体，而现在证实他自己是个骗子兼囚犯，出狱后只好过贫穷艰苦的生活，除非他放弃当父亲的所有权利。哈里放弃了。他屈从了多姆布罗斯基的卑劣要求。对他而言，也只有屈服才有可能开始新的生活。他选择了布鲁克林，因为布鲁克林既是纽约，又不是纽约，* 碰上美术界老相识的机会很少。公园坡第七大道上有一家书店出售，尽管哈里对图书业一窍不通，那书店装饰得琳琅满目、古旧书籍凌乱堆放的景象倒很对他的胃口。多姆布罗斯基为他买下了这整座四层楼房，1991 年 6 月布赖特曼阁楼书店问世了。

汤姆说，哈里讲到那里哭了，晚饭的其余时间他谈了弗洛拉，回忆他进监狱前跟女儿一起度过的那痛苦的一天。她正处于又一次的精神崩溃状态，失去自制，疯癫狂躁，结果被第三次送进精神病院，但她神志清醒，能认出哈里是她父亲，向他说了些令人信服的话。讲到某处，她弄出一系列统计数字：某天每秒钟世界上有多少人诞生，又有多少人死亡。那数目大得惊人，但弗洛拉的数学一向很好，她很快把总数按十人一组外推计算出来：每四十一秒生下十人，每五十八秒死去十人（不管碰到什么数字都可以）。那天早晨吃早餐时，她对她父亲说，这是世界的真实情况，为了抓住这个实情，她决定一整天坐在她房间里的摇椅上，每四十一秒喊一下高兴这个词，每五十八秒喊一下悲哀这个词，以此纪念十个辞世者的离去，庆祝十个新生者的到来。

---

* 布鲁克林原为一个独立的市，在近半个世纪内曾是美国第三大城市，1898 年与皇后区、布朗克斯和斯塔腾岛同纽约（曼哈顿）合并为纽约市。

哈里多次悲伤心碎，但现在心里也不过塞满一堆空洞的灰烬。在他自由的最后一日，他在女儿床上坐了十二个小时，注视着她，看她在摇椅上摇晃，听她间断地喊着高兴和悲哀。床头柜上有一个闹钟，她随着钟面上秒针持续移动画出来的弧形喊着。“高兴！”她喊道。“为每四十一秒正在诞生、即将诞生、已经诞生的十个人高兴。为他们高兴，不要停止。不断地高兴，为这非常肯定、非常真实、毫无疑问的事实：十个以前没有活过的人现在活着。高兴吧！”

接着，她紧紧把住扶手，加快摇速，盯着她父亲的眼睛喊道：“悲哀！为十个消失的人悲哀。为不再生存、踏上通往浩瀚陌生世界之路的十个人悲哀。为死者无休止地悲哀。为十个好男人、好女人悲哀。为十个坏男人、坏女人悲哀。为十个身体不行了的老人悲哀。为提前早逝的年轻人悲哀。为一个允许死亡把我们从世界上带走的世界悲哀。悲哀吧！”

无赖小议

在布赖特曼阁楼书店偶然碰到汤姆之前，我记得我和哈里只交谈过两三次，而且没说两句话，敷衍地打招呼。听了汤姆讲他老板过去的故事后，我觉得自己有兴趣想更多了解这个古怪人物，面对面地见见这个无赖，亲眼观察一下现实中的哈里。汤姆说，他会很高兴把他介绍给我，所以我们在宇宙小馆吃了两个小时后，我就决定陪我外甥回书店，以便当天下午就实现我的愿望。我在前面收银机上买了单，又回到餐桌留下二十元小费给玛丽娜。这小费多得有点可笑，比这顿午饭钱几乎多一倍，但我不在乎。我心花怒放，高兴地朝她微笑以表酬谢，而她脸上的喜色使我心情更加欢畅，我立刻决定当晚就打电话给雷切尔，告诉她我已找到她失散已久的表弟的消息。4 月初她到公寓房来看我，那是一次话不投机、令人沮丧的来访。自此以后，我被女儿列入了黑名单，但现在我和汤姆重又联系上了，在我们迈出餐馆时，玛丽娜·冈萨雷斯又给了我一个飞吻，所以我要一切又都顺应这世界。我已给雷切尔打过一次电话，为自己对她说话难听表示道歉，可她只听了三十秒就把电话挂了。现在我要再打一次，这次我还是要好言好语，直至我们之间的气氛最终变得澄澈明净。

从宇宙小馆到布赖特曼阁楼书店有五条半街，汤姆和我在 5 月午后的温和天气里沿第七大道缓步而行，继续谈论着哈里，这个往昔“邓克尔兄弟”中的邓克尔。他逃离了过去自我的黑暗树林，像明亮的太阳出现在阴晴不定的天空。

“我对无赖们总是宽厚以待，”我说，“他们可能当不了最可靠的朋友，但我想，如果没有了他们，这生活该多单调乏味啊。”

“我不能确定哈里还是不是一个无赖，”汤姆答道，“他倒是满肚子的后悔。”

“一旦当无赖，就总是无赖。人是永远改变不了的。”

“这是个见仁见智的问题。我说他们会变。”

“你从没干过保险业。欺诈之欲普遍存在，我的孩子，一个人一旦尝到甜头，他就永远没救了。没有比横财更具诱惑力的东西。你想想所有那些故意安排车祸、搞身体受伤骗局的聪明家伙，那些放火把自己的店铺和仓库烧毁的生意人，那些虚报自己死亡的人。我注意这些欺骗玩意儿已有三十年了，兴致从来不减。人类欺骗，景象壮观。不管你喜欢不喜欢，这景象从四面八方朝你而来。这是城里最有趣的演出。”

汤姆发出一种短促的怪声，是一种不禁而出的介于窃笑和哄笑之间的气声。“我爱听你滔滔不绝的胡说八道，内森。以前我没有意识到这一点，我可是漏听了，好多都没有听到。”

“你以为我在说笑话，”我说，“我对你可是实话直说。都是我智慧的结晶。一生在经验的战壕里摸爬滚打得到的少许观点。骗子们和拐子们操纵着这世界。无赖们统治着这世界。你知道为什么吗？”

“告诉我，大师。我洗耳恭听。”

“因为他们比我们更饥渴。因为他们知道他们需要什么。因为他们比我们更相信生活。”

“说你自己吧，苏格拉底。要是我一直不那么饥渴，我就没有巨大的勇气到处去闯。”

“你热爱生活，汤姆，但你不相信生活。我也不相信生活。”

“你要把我落下了。”

“想想雅各和以扫的故事。* 记得他们吗？”

“啊，对了。你现在讲出道理来了。”

“这是个可怕的故事，不是吗？”

“是的，真的可怕。我还是个孩子时，这个故事让我苦恼了很长时间。那时我是个有道德、很诚实的孩子。我从不说谎，从不偷东西，从不骗人，对谁都从不说一句伤人的话。那个以扫就像我，踌躇满志地走自己的路，却很容易上当受骗。按理说，以撒的继承祝福应是给他的，雅各却骗取了继承权，居然还得到他母亲的帮助。”

“更糟糕的是，上帝似乎批准了这个安排。不诚实、好欺骗的雅各竟成为古希伯来人的领袖，而以扫却被打入冷宫，成了一个被遗忘的人，一个无足轻重的小人物。”

“我母亲总教导我做个好人。‘上帝要你做好人’，她对我说，那时我年纪还小，相信上帝，所以也相信母亲的话。后来我读了《圣经》里的这个故事，我就弄不明白这件事情了。那坏家伙赢了，上帝却没有惩罚他。过去看来这不公正。现在看来还是不公正。”

“这当然不公正。雅各自己生活得熠熠闪光，以扫却是个蠢货。是的，好心肠，却是个蠢货。如果你要选择一

---

* 圣经故事，雅各为以扫之弟，一天他正煮红豆汤，以扫打猎回来，饥渴难忍，向他要红豆汤喝，他便乘机用红豆汤换取长子继承权，父亲以撒因双目失明，误认雅各为以扫，给了他继承祝福。

个人去领导你们的人民，你会要一个斗士，一个有才智而又狡诈的斗士，一个有能力战胜重重困难登上顶点的斗士。你选择坚强而灵巧的人，不选择善良而软弱的人。”

“你说的这些话够损的，内森。把你的观点再引申一步，那你下面要对我讲的就是斯大林应作为一个伟人而受到崇敬。”

“斯大林是一个暴君，一个精神错乱的凶手。汤姆，我讲的是生存的本能和生活的意志。这个礼拜不论哪天，我宁要一个狡猾的无赖，也不要一个虔诚的傻瓜。无赖可能不总是按规则来游戏，但他富有活力。当你发现一个有活力的人时，这世界就还有一些希望。”

睹其本人

一进书店那条街，我忽然想到，弗洛拉来过布鲁克林，这说明哈里与其前妻和女儿仍保持联系——这显然违反了他与多姆布罗斯基签订的契约。如果这样，那老头儿何不对他来个突然袭击，收回第七大道的房契呢？据我对他们之间交易的理解，贝特的父亲可以用契约为依据来收回布赖特曼阁楼书店的控制权，把哈里轰走，让他滚蛋。我问汤姆，是不是我漏听了什么，或者这故事里还另有隐情他没有告诉我。

不，汤姆没有遗漏什么。那契约不再具有法律约束力的唯一原因是多姆布罗斯基死了。

“他是自然死亡，”我问，“还是哈里杀了他？”

“很可笑。”汤姆说。

“是你说出来的，可不是我。记得吗？你说过，哈里曾发誓，出狱那天他要把多姆布罗斯基杀了。”

“人们说过很多事情，可并不意味着他们打算去做。多姆布罗斯基三年前蹬腿死了。他九十一岁了，死于中风。”

“根据哈里的说法。”

汤姆因我这句话笑了起来，同时我感到，他对我话里的玩笑和讥诮味道开始有点儿反感。“别这样说，内森。是的，根据哈里的说法。所有的事都是根据哈里的说法。你我都知道。”

“别感到内疚，汤姆。我不会出卖你的。”

“出卖我？你在说些什么呀？”

“你再考虑一下让我知道哈里的秘密这件事。他信任你才告诉你他的事情的，但你现在辜负了他的信任，把他的事告诉了我。别担心，傻瓜。尽管有时候我的行为像一头蠢驴，但我的嘴封得很严。你懂吗？我不知道任何关于哈里·邓克尔的该诅咒的事情。今天我唯一要与之握手的人是哈里·布赖特曼。”

我们在二楼哈里的办公室里见到了他。他坐在一张很大的红木书桌后面，在电话上跟谁说着话。我记得，他穿着一件紫色丝绒夹克衫，一条五彩丝手帕在左胸前的口袋里露了出来。在这个排列着图书、略呈褐色和灰色的环境中，这条手帕像一朵盛开的罕见的热带花朵，一下子就抓住了你的眼球。他穿着的其他细节我现在记不得了，我对他的服装本就没有多大兴趣，我仔细观察的是他的双下巴宽脸，他的稍微有点鼓出的、非常圆的蓝眼睛，还有他的布局古怪的上牙——以扇形排开，齿间都有小缝，令人想起杰克灯*。我觉得，他是一个南瓜头般的奇特小傻瓜，讲究衣着，手和手指上没有一根毛，只有他圆润洪亮的男中音才使他浑身上下矫揉造作的感觉减少了些。

我在听哈里打电话时，他向汤姆挥手打了个招呼，然后把食指往上一伸，向他示意，让我们等他一分钟。我不记得布赖特曼的电话内容，因为他比那个看不见的对方要说得少，但我推测，他在跟一名顾客或书商谈论一本十九世纪初版书的销售问题。但他没有提到书名，我的思绪很快就漫游开了。为了让自己有事可做，我在屋里走动起来，浏览着书架上的书。据我粗略估计，在那个整齐有序的空间里应该有七八百册书，有相当旧的（如狄更斯和萨克雷），也有比较新的（如福克纳和加迪斯）。旧书大多是皮面装帧，当代的书则有透明的护皮包在护封上面。与书店楼下杂乱无章的状况相比，二楼是一个安宁平静、井然有序的乐园，那里藏书的总价值可达丰厚的六位数。对一个十年前找不

* 一种将南瓜挖空而做成的灯，刻有眼、鼻和嘴，如人脸，内置蜡烛或其他光源，是万圣节的传统饰物。

到排尿之地的人而言，这个前邓克尔先生干得相当出色，真的相当出色。

电话打完了，汤姆介绍了我。哈里·布赖特曼从椅子上站起来和我握手。他十分友好，笑脸相迎，龇着杰克灯牙齿，举止得体、大方堪称典范。

“啊，”他说，“著名的纳特舅舅。汤姆常常说起你。”

“我现在只是内森，”我说，“数小时之前我们把舅舅这个头衔取消了。”

“正直的内森，”他答道，皱起眉毛做出惊愕之状，“还是纯粹的内森*？我有点儿糊涂了。”

“内森，”我说，“内森·格拉斯。”

哈里用一个手指顶住下巴，做出陷于思索的姿态。“多有意思啊。汤姆·伍德和内森·格拉斯。如果我把姓氏改为斯蒂尔†，我们便可以办一个建筑公司，取名为木头、玻璃和钢铁公司。哈哈。我喜欢这个名字。木头，玻璃，钢铁。你们想要，我们就可以办。”

“或许我可改名为迪克，”我说，“人们可以叫我们汤姆、迪克和哈里。”

---

* 原文为“Nathan pure and simple”，哈里在这里跟内森开玩笑。内森说“我现在只是（just）内森”，just 一词既有“只是，只不过是”的意思，也可作形容词“正直的”。

† 斯蒂尔，英文为 steel，意为“钢铁”。

“在上流社会，人们从不用迪克这个词，”哈里说，装出因我用这个词而震惊的样子，“人说男性器官。必要时，中性词阴茎也可接受。但不能接受迪克，内森。这太粗俗。”

我转向汤姆说：“与这样一个人一道工作应该很有趣。”

“从无沉闷的时候，”汤姆答道，“他是独创猴桶*。”

哈里咧嘴笑了，朝汤姆柔情地看了一眼。“是的，是的，”他说，“图书生意真有趣，我们会因笑得太厉害而闹肚子疼。你呢，内森，你是干哪一行的？不，我收回这个问题。汤姆已经告诉过我。你是人寿保险推销员。”

“前人寿保险推销员，”我说，“我提前退休了。”

“又一个‘前’，”哈里说，若有所思地叹了一口气，“人到了我们这个年龄，内森，只是一系列‘前’而已。不是吗？† 我自己的情况是，我或许可以一口气说出十多个‘前’。前丈夫。前艺术经纪人。前海军士兵。前橱窗设计助理。前香水推销员。前百万富翁。前水牛城人。前芝加哥人。前罪犯。是的，是的，你听对了。前罪犯。我这辈子像大多数人一样，有很多坎坷。我不害怕承认这一点。汤姆了解我过去的所有情况，他所知道的，我也想你知道。汤姆就像我的家人，既然你是他的亲戚，那你也是我家里人。

---

* Barrel of monkeys，一种玩具和游戏，微型小桶内装有十二只小猴，玩时将猴倒在桌面，用手臂勾捡。

† 原文为法语。

你，前纳特舅舅，现在通称为内森了。我欠社会的债已经还了，所以我的良心是干净的。那坎坷之地已经抹平，我的朋友。现在和将来那坎坷都不再有了。”

我想不到哈里会说出这一番话，毫不掩饰地承认自己犯过罪。汤姆曾提醒我说，他的老板是一个自我矛盾而令人诧异的人物，而我还是感到困惑，在这种插科打诨式的交谈中，他居然很快觉得可以信赖一个完全陌生的人。我想，这可能与他早先向汤姆坦言不讳有关。他鼓起勇气泄露了机密，现在他又做了一次，做第二次对他来说或许并不困难。对此，我不能断定，但在此刻看来也只有这种假设才合乎情理。我愿意把这个问题考虑得稍久些，但情况不允许。交谈还在继续，仍充满了先前一样的愚蠢谈论、滑稽俏皮话、荒唐笑话和表演似的举动，但总的来说，我得承认，我的南瓜头无赖给我留下了讨人喜欢的印象。他或许稍微有点叫人厌烦，但不会使人失望。离开书店时，我邀请汤姆和哈里星期六晚上和我一起吃晚饭。

四点刚过，我回到自己的公寓。雷切尔仍在我脑子里，但给她打电话还太早（她六点才下班到家）。我想象自己拿起电话筒，拨她的电话号，却意识到或许会旧景重现。我们之间的关系变得那么令人痛苦，我觉得这也许是她再次挂断我电话的好机会，我害怕我女儿可能再一次拒绝我。我想，给她打电话还不如写封信给她。这是个比较稳妥的做法。如果我不在信封上留姓名和复函地址，那很有可能她会打开信读一读，而不至于把信撕了扔进垃圾桶。

我以为这很简单，不料信的开头写了六七次，我才找到合适的语气。一个人请求他人的原谅是件复杂的事情。这是在昂首倨傲与含泪自责之间的微妙平衡，除非你能向他人真正敞开胸怀，否则所有的道歉听来都未免空洞虚假。在我多遍起草这封信时（在这过程中，我越写越觉沮丧，为我一生中做错的一切谴责我自己，像某些中世纪忏悔者一样鞭笞我可怜而腐败的灵魂），我想起了八年或九年前汤姆为祝贺我的生日而寄给我的一本书，当时琼还健在，汤姆仍处于才华横溢、充满希望的大拇指博士的黄金时代。这是哲学家路德维希·维特根斯坦的一部传记，我听说过，但没读过——这并非特殊情况，我的阅读范围大多局限于小说，所以极少涉猎其他领域。我发现这是一部引人入胜的好书，其中有一个故事比其他故事写得更出色，我至今未忘。据作者雷·蒙克所写，作为第一次世界大战的士兵，维特根斯坦撰写了《逻辑哲学论》，他觉得自己已经解决了所有的哲学问题，永久地完成了这个题目。于是他到一个偏远的奥地利山村去当校长，但结果证明他不适合这个工作。他严厉苛刻，脾气很坏，甚至粗暴野蛮。孩子们功课学得不好，他常常责骂他们，甚至殴打他们，不仅是惯常的打屁股，而且还打脑袋，打脸，用拳头狠揍，结果造成一批学生严重受伤。有关这种凶暴行为的事传了出去，维特根斯坦不得不辞职。许多年过去了，至少二十年吧，如果我没有记错的话，那时维特根斯坦住在剑桥，再度研究哲学，是个名人，受人尊敬。他经历了一次精神危机，严重的精神失常，原因我现在忘了。他一开始康复就想明白了：恢复健康的唯一方法就是回到过去，向每一个他曾经错待或得罪过的人谦恭道歉。他愿清洗正在体内化脓而令他疼痛的罪愆，净化自己的良心，从而有一个新的开始。那条路自然而然地把他带回奥地利的那个小山村。所有他的学生现在都是成年人了，二十五六岁到二十八九岁的成年男子和成年女子，他们对凶暴校长的记忆并未随岁月的消逝而淡忘。一个挨一个，维特根斯坦敲开他们的门，请求他们宽恕二十年前他的不可容忍的残暴行为。面对他们中的好几个人，他真的跪了下来，苦苦哀求他们宽恕他所犯下的罪行。有人会想，当一个人面临这样一名真诚表示痛悔的行者时，他应感到怜悯和慈悲。可维特根斯坦过去的所有学生中，竟没有一个男子或女子愿意宽恕他。他所造成的痛苦太深重了，他们对他的憎恨超越了所有慈悲宽容的可能性。

不管怎样，我觉得有理由相信雷切尔不会恨我。她是对我失望，对我有怨气，对我灰心丧气，但我不认为她的敌意已强烈到足以在我们之间造成永久的裂痕。可我还是不能掉以轻心，在我着手撰写信的最后一稿时，我的心处于完全而彻底的悔悟状态。“原谅你愚蠢父亲的胡言乱语，”我这样开头，“以及那些他现在极度悔恨的言论吧。对我来说，世界上所有的人当中，你是最重要的一个。你是我心中之心，我血中之血，念及我某些白痴似的蠢话或许会引起我们之间的怨恨，我心里万分痛苦。没有你，我什么也不是。没有你，就没有我了。我的宝贝，我心爱的雷切尔，请你给一个痴愚的老人赎回他自己的机会吧。”

我在那种心境中又写了好几段，在信尾则报告好消息：她的表弟汤姆突然魔术般地出现在布鲁克林，他正盼望着再见到她并与特仁斯相识（特仁斯是她丈夫，生于英国，在新泽西州拉特格斯大学教生物）。或许哪天晚上我们大家可以在纽约共进晚餐。我希望，不久的某一天，最近几天或最近几周——不论什么时候，只要她有空。

这封信我花了三个多小时才写完，我觉得自己筋疲力尽，生理和心理上都很累。把信压在家里是没有用处的，所以我立刻出门把它寄了，投在第七大道邮局门口的一个邮筒内。那时已是晚饭时分，可我一点也不感到饿，便又走过几条街，一直走进了“希斯”，当地的一家酒行，给自己买了一瓶苏格兰威士忌和两瓶红葡萄酒。我不是酒鬼，但在一个男人的生活里，有酒比饭更滋补的时候。我现在又碰到了这样的时候。与汤姆重逢，我在心理上为之一振，可此刻我又是独自一人，突然意识到自己变成了一个多么可悲又孤单的人——一团毫无目的、与世隔绝的人肉。我通常不易自我怜悯，可在紧接着的大约一个小时，我就像处在忧郁青春期时那样随心所欲地沉溺于自怜。在喝下两杯苏格兰威士忌和半瓶葡萄酒后，那伤感的情绪终于渐渐消散。我在桌边坐下，给《人类愚行大全》添了新的一章，一则关于抽水马桶和电动剃刀的逸事精选。那时雷切尔在上高中，还住在家里，一个寒冷的感恩节礼拜四，大约下午三点半的时候，有十多名客人将在四点来家里做客。伊迪丝和我刚花不少钱重新装修了楼上的洗澡间，里面所有的东西都换成了新的：瓷砖，小橱，药柜，水池，澡缸和淋浴器，抽水马桶，全套设备。我在卧室里，站在衣柜镜前打领带。伊迪丝在楼下厨房里，正在处理烤火鸡的收尾工作。十六或十七岁的雷切尔上午和午饭后在写一篇物理实验报告，现正在洗澡间里忙着，准备客人的到来。她刚用新淋浴器洗完澡，正站在新的抽水马桶前，把右脚搁在马桶边上，用电动的“舒适”牌剃刀剃腿上的汗毛。就在这时，剃刀忽然从她手里滑下去，掉进了水里。她伸手下去想把它捞上来，可它紧紧地卡在了马桶的抽水口，她没法抓住它。这时她便开门叫了起来：“老爸”（那时她还叫我老爸），“我要你帮忙。”

老爸来了。最令我发笑的是那剃刀仍在水中嗡嗡地颤动。这声音持续不断，令人烦躁。这事本已很奇特、也许是前所未有的难题了，而这声音听上去在与你成心作对，混在噪音里，就变得既稀奇古怪，又令人发噱。我一看这状况就笑了，雷切尔知道我不是笑她，也跟着我笑了起来。如果要从过去与她相处二十九年的所有时光中选择一个时刻、一个记忆储存在我脑子里，我相信我会选择这个时刻、这个记忆。

雷切尔的手比我的小得多。要是她不能把剃刀弄出来，那我要胜过她的希望就很渺茫了，但我还是做了尝试，哪怕只是做做样子。我脱了夹克衫，卷起衣袖，把领带甩到左肩上，伸下手去。这个嗡嗡作响的器具卡得那么紧，我实在没有成功的可能。

水管工用的那种螺旋状铁丝也许有用，但我家没有，我便掰开一个铁丝衣架，把它扎进去。那铁丝倒是细长的，但还是太粗，无济于事。

我记得此时门铃响了，伊迪丝众多亲戚中的第一批人来了。雷切尔还穿着毛圈织物浴衣，跪在那里，看我用铁丝钩剃刀的徒劳尝试，可时间在往前走，我便提醒她或许该换装了。“我要挪动马桶，把它倒过来，”我说，“也许我可以从另一端把这小玩意儿弄出来。”雷切尔笑了笑，拍了拍我的肩膀，似乎以为我疯了，然后站了起来。在她离开洗澡间时，我说：“告诉你妈，我很快就下去。要是她问你我在干什么，你就说这不关她的事。要是她再问，你就说我在楼上正为世界和平而奋斗。”

在卧房旁边的壁橱里有一个工具箱，我关上马桶的进水开关，从工具箱内取出一把钳子，把马桶和地板分了开来。我不知这马桶有多重。我用力把它从地板上提起来，可它太重了，我不信自己能把它倒过来，而且不失手掉下来，尤其在这么逼仄的地方。我得把马桶挪出洗澡间。要是把它放在走廊上，我担心会弄坏木头地板，所以决定把它搬到楼下，放到后院去。

我每走一步，这马桶就好像重了几磅。走到楼梯最后一个台阶时，我觉得两臂好像抱着一头小白象。幸好伊迪丝的一个兄弟刚进屋，见我手抱重物，便走过来帮了一把。

“怎么回事，内森？”他问道。

“我抱着马桶呢，”我说，“我们把它搬出去放在后院。”

这时所有的客人都到齐了，大家都惊讶地看着这番奇景：感恩节，在郊区一所房子里，两个系领带、穿白衬衫的男子汉搬着音乐马桶穿过一套房间。屋里到处飘散着火鸡的香味。伊迪丝在给大家斟酒。背景音乐是弗兰克·辛纳屈唱的一首歌（《我的准则》，如果我没记错的话）。可爱的、过分忸怩的雷切尔在旁边看着，满脸羞愧的表情，知道母亲周密计划的派对被搅乱了，自己负有责任。

我们把小白象搬到室外，放在变黄的秋草上。我不记得从车库里取出了多少不同的工具，可就是没有一种管用。耙柄也好，螺丝刀也好，钻子和锤子也好，通通不管用。那剃刀还在嗡嗡作响，吟唱着冗长而单调的咏叹调。有些客人也到后院和我们做伴，但他们渐渐感到饿了，冷了，乏味了，便一个接一个悄悄回屋去了。我可没有溜，一心一意、负责到底的内森·格拉斯没有溜。当我最终意识到所有希望都已落空时，我便操起一把大锤，把那马桶砸了个粉碎。不屈不挠的电动剃刀滑了出来，掉在地上。我关了电把它放进口袋，回到屋里，递给了满脸通红的女儿。据我所知，这把该死的剃刀至今还能使用。

我把这则故事扔进标有“不幸事故”的纸板箱内，然后很快喝完另半瓶葡萄酒，爬上床去。说实话（如果我不说实话，我怎能写这本书？），我是用自慰方式让自己睡觉的。我尽力想象玛丽娜不穿衣服是什么样子，试着骗自己相信，她正要进房，在我掩护下悄然而入，急切地把她光滑而温暖的身子缠住了我的身子。

精子库奇事

第二天我和汤姆一起吃午饭（这次在一家日本餐馆，因为玛丽娜那天没去宇宙小馆上班），巧得很，自慰竟成了我们谈论的话题之一。这是由我问他是否设法与其妹妹再度联系引起的。就我所知，家里人最后一次看见她是在琼死之前，她回新泽西州的家领回婴儿露西，那是 1992 年，整整八年了。此前，汤姆没有向我提起过她。据此，我想我的外甥女以某种方式从地球表面坠落下去，再也听不到她的信息了。

事实并不如此。1993 年末，在我妹妹葬礼后不到一年，汤姆和他的两个研究生院学友想出一个挣些外快的办法。在安阿伯市郊有一所人工授精诊所，他们决定作为精子库捐赠者去提供服务。汤姆说，他们做此事只是觉得好玩儿，谁也没有考虑这样做的后果：将精液装满小玻璃瓶，旨在使他们从未见过、连手也没有挽过的女人怀孕，这些女人接着会生孩子——他们的孩子——这些孩子的姓名、生活和命运他们永远不得而知。

有人把他们分别领进一间间小密室。为了使他们进入这个项目所需要的精神状态，诊所想得颇为周到，给精液提供者看一堆色情杂志——一幅又一幅搔首弄姿的年轻裸女的诱人照片。鉴于雄性动物的本性，这样的形象很少不会引起坚挺和冲动的勃起。汤姆对工作一贯认真，此刻他急忙坐到床上，开始浏览那些杂志。一两分钟后，他的外裤和内裤都掉到了脚踝，他右手夹紧他的阳具，左手继续掀着杂志。干完此事只是个时间问题。然后，他在一份出版物上看见了自己的妹妹，后来他认出那份出版物名叫《午夜忧郁》。毫无疑问，她是奥罗拉——他一眼就看出她是谁。她甚至懒得改名换姓。六页整版的十多幅照片冠以“艳丽罗莉”之题，展现她不同程度的裸露和挑逗姿态：有一幅穿着透明的睡衣，另一幅穿着吊袜带和黑色长筒袜，还有一幅穿着齐膝漆革长筒靴，第四页上则是一个从头到脚全裸的罗莉，抚其小乳房，触其外阴部，撅起臀部，张开两腿，其宽度之大似不留一点想象空间。每张照片上她都露齿微笑，间或甚至大笑，眼睛因快乐和狂放的极度冲动而闪闪发亮，没有流露一点儿勉强或忧伤的神色，看起来她好像生活得很痛快。

“这事差一点儿把我气死，”汤姆说，“我的阳具在两秒钟里就软了下来，软得像棉花软糖。我穿上裤子，系上皮带，尽快地跑了出去。这事可把我打翻在地了，内森。我的小妹妹，竟在色情杂志上出卖色相。我是以如此骇人的方式发现这件事——晴天霹雳一般突然，在那该死的诊所，我正要手淫的那个时刻。这使我恶心，使我反胃。不仅是因为讨厌见到罗莉这个样子，而且也因为有两年没有听到她的消息，不知有什么事临到她头上，那些照片看来证实了我最可怕的梦魇。她才二十二岁，却已经堕入最低下、最卑贱的‘工作’：为金钱出卖肉体。这一切多么可悲，这使我想哭上它一个月。”

当你生活得像我一样久的时候，你往往会以为自己无所不闻，再无任何事情会使你感到震惊。你对你所知的所谓世界知识产生了一点自满情绪，然而不时地总有什么事情会发生，把你从你自鸣得意的优越之茧内震出，再一次向你提醒你还不懂得的生活的基本要素。我可怜的外甥女。那遗传彩票对她太有利，她赶上了所有赢钱的号码。汤姆的体型是从伍德家族遗传来的，奥罗拉不像他，而完全是格拉斯的。我们格拉斯家族的人普遍很瘦，高挑。她长得极像她母亲，有如一个模子刻出的——长腿，黑发，像琼一样柔媚灵秀。《战争与和平》里的娜塔莎跟她的大脚、笨拙的哥哥彼埃尔就全然相反。不用说，每个人都希望自己长得美，但在女人身上美有时会成为一种祸根，尤其你若是像奥罗拉这样的年轻美女：中学辍学，没有丈夫，赡养一个三岁的孩子，身上有狂放、反叛气质，对世界爱做拇指搁鼻端的蔑视手势，敢冒任何不期而遇的危险；一旦缺钱，外貌若是首要卖点，又何必犹豫脱去衣服、在相机前裸露自己？只要能应付局面，委屈自己接受那种类似的事，就意味着吃与不吃、生活得富裕与贫困之间任何程度的差异了。

“或许她只干了那一回，”我说，想以此稍稍安慰一下汤姆，“你知道，她付不起账单，一个摄影师来了，推荐这个工作给她。干一天就能拿很大一笔钱。”

汤姆摇摇头，从他脸上的愠怒神色来看，我的话不过是一种痴心妄想的无效练习罢了。汤姆并不知道全部实情，但他清楚，这故事既非始自《午夜忧郁》，也非止于《午夜忧郁》。奥罗拉一向是皇后区的脱衣舞娘（在人间快乐园脱衣舞夜总会，正好就是汤姆在三十岁生日那天晚上把两个醉酒商人送到的地方），曾出现在十多部色情电影里，给裸体照片杂志拍过六七次照片。她在性生意这个行当里连续干了十八个月，由于给她工钱不少，她可能会把这个惬意工作干更长时间，但就在汤姆从《午夜忧郁》上发现她照片后的九到十个礼拜之后，终于发生了一件事。

“我希望没有什么坏事。”我说。

“比坏事还坏，”汤姆答道，突然几乎要哭出来了，“在电影摄影场她被轮奸了。有导演，摄影师，还有摄制组一半的人。”

“我的天呐。”

“他们真的糟蹋了她，内森。结果她流了很多血，不得不到医院去检查。”

“我真想杀了那些害她的混蛋。”

“我也是。或者至少把他们送进监狱，但她不愿起诉。她所想的就是离得远远的，离开纽约这鬼地方。那是我得到她消息的时候。她写了一封由学校英语系转交给我的信。我意识到她当时的处境，打电话给她，要她带着露西到密歇根州来，跟我住在一起。她是个好人，内森。你知道这点。我知道这点。每个接触过她的人都知道这点。她身子里没有坏骨头。可能有点儿失控，有点儿任性，但十分单纯，轻易信赖别人，是世界上最不愤世嫉俗的人。我设想，她不羞于干这个色情行业，这对她倒也好。她以为这好玩儿。好玩儿！你能想象吗？她不知道这色情行业里多的是可憎的家伙，多的是世界上最邪恶、最卑鄙的人。”

就这样，奥罗拉带着三岁的露西搬到了密歇根州，跟汤姆一起在一所租屋的上面两层住了下来。她在离开纽约前挣的钱还算过得去，但大多已花在付房租、买衣服和为露西雇用专职保姆上，也就是说她的积蓄已快耗竭。汤姆有奖学金，但研究生生活的预算毕竟有限，所以他要在学校图书馆打份零工才能保持收支平衡。他们谈到过是否要打电话给在加利福尼亚州的父亲，向他暂借一笔钱，但最后他们决定不这样做。对在新泽西州的继父菲利普·左恩，也是一样。罗莉少年时期反叛的乖张行为有好几年弄得家里不太平，所以他们也不想去找继父——在早先那些大吵大闹的日子里，他对其继女已渐渐看不起了。关于这点，汤姆没有向妹妹提过一个字，但他知道左恩曾为他们母亲的死悄悄责备过奥罗拉。她把琼长期逼入混乱和绝望的围城，对琼的所有这些痛苦，唯一的补偿就是能养育她的外孙女，这对她而言是一件意外的礼物。可最后连这件礼物也从她手里被抢走了。左恩因而觉得，是被迫与外孙女分离的悲痛害死了她。这或许是对这个故事的一种感情用事的阐释，可有谁能说他不对呢？说句大实话，在琼的葬礼那天，我也有过同样的想法。

罗莉没有乞求施舍，倒为自己在安阿伯一家法国餐馆找到了一份侍者的工作。她并无经验，但她的笑容、她修长的腿和她美丽的脸对餐馆老板很有吸引力，也因为她是个聪明灵巧的女孩，干活很快就能赶上，几天里就学会了日常的工作。这也许是从热气高扬的纽约生活的大幅跌落，但奥罗拉如今最终的期待就是兴奋愉快。经过惩戒和伤害，施于其身的邪行罪恶仍然萦绕心头，所以她渴望的只是一个平淡又平静的喘息机会，一个恢复精力的机会。汤姆提到她那时的种种噩梦，引起突然的阵阵啜泣，久久郁闷的沉默。此外，他还记得她和他一起度过的那几个月，那是一段快乐时光，一段手足之情洋溢、彼此相亲相爱的时光。他终于让妹妹来到自己身边。能重新肩负起兄长的职责，是永远不会退减的乐趣。他是她的朋友和保护人，是她的向导和支持者，是她的靠山。

奥罗拉逐渐恢复了过去的勇气和活力，便开始谈及怎样搞到高中同等学力证书和怎样申请入大学。汤姆鼓励她去实现这个计划，并保证在她遇到太难的功课时帮助她。他反复说，要学习从不会太晚，重新开始学习从不会太晚，但在某种意义上，这已经晚了。几个星期过去了，罗莉迟迟不去实行自己的决定。汤姆明白，她的心思不在这上头。在不去餐馆上班的休息日里，她开始到当地夜总会去参加即兴表演，和三个乐师一起唱蓝调爵士乐歌曲。她有个晚上在餐馆招待他们时同他们认识的。不久这四个人就决定合作，组成一支小乐队，取名为“美丽新世界”。汤姆看了他们的表演，立刻明白罗莉继续上学的想法只是一时冲动，此时已经不存在了。他妹妹会唱歌。她一直有副好嗓子，但她现在年纪大了，她的肺脏又遭受过五万支香烟的尼古丁和烟气的侵袭，结果给她的嗓音增添了一种新的、有强烈吸引力的特色——深沉，带喉音，令人官能上感到愉悦，又有一种令人痛苦、源自挫折和不幸的真诚，让人正襟危坐，洗耳恭听。汤姆为她既高兴又担心。在一个月内，她和那个低音吉他手建立了密切关系。他知道她和露西会同他以及其他两个人离开这里，前往大一些的城市——芝加哥或纽约，洛杉矶或旧金山，不包括密歇根州安阿伯在内的美国其他城市——这只是迟早的问题。不管是不是自欺，奥罗拉把自己视为明星，除非世人的眼睛都朝她看，否则她不会感到愉快和满足。汤姆现在明白这点，所以他只是在形式上淡淡地劝她几句，希望她不要离开。昨日是色情电影，今日是蓝调歌曲，上帝知道明日是什么。他祈愿那个低音吉他手不要像他看起来那么笨。很巧，那个吉他手也叫汤姆。

那个不可避免的时刻来到了，“美丽新世界”及其小吉祥物终于登上一辆已行驶八万英里的普利茅斯牌二手面包车，朝着加利福尼亚州伯克利的方向开去。七个月之后汤姆才又得到她的消息：她午夜打来电话，在另一端给他唱“祝你生日快乐”，嗓音像先前一样甜美而纯净。

然后她又杳无音信了。像出现在密歇根州之前一样，奥罗拉彻底而神秘地消失了，汤姆一辈子也没有弄明白为什么。难道他不是她的朋友吗？难道他不是那种在她身陷任何困境时都可以依赖的人吗？他先感到受了伤害，后来是气愤，再后来是痛苦。音信全无的漫长日月又拖了一年多，他的悲伤变成了一种深沉的、不断加重的沮丧。他确信她发生了可怕的事情。1997 年秋季，他终于放弃了自己的博士论文。在离开安阿伯前一夜，他收集了自己所有的笔记，所有的图表和名录，十三章没完成的论文的大量草稿，然后一页一页地放在后院的一个油桶里烧了。那了不起的“梅尔维尔篝火”熄灭了，他的一个室友开车把他送到公共汽车站，一个小时之后他已经在通往纽约的路上了。到那里三个星期后，作为黄颜色出租车的司机，他开始了这个定时定额的工作。然后，仅六星期之后，奥罗拉突然打来了电话。汤姆说，她既不狂热，也不苦恼，既没处于绝望厄境，也没张口要钱——她只是想见见他。

第二天他们一起吃午饭，起初二三十分钟他禁不住不停地看着她。她现在二十六岁了，依然楚楚动人，像世间任何女人一样可爱，但她的整个外观改变了。她仍像奥罗拉，但现在是一个不同的奥罗拉坐在汤姆面前，他说不上自己究竟喜欢新版奥罗拉还是旧版奥罗拉。过去，她的头发又浓密又蓬乱；她总是化妆，戴大的珠宝饰物，每根手指都戴着戒指，嗜好用非传统的新款服装打扮自己：绿色皮靴和中国风拖鞋，机车夹克和丝绸裙子，花边手套和长得惊人的围巾，一种半朋克、半奢华的风格，似乎要表达她年轻而勇敢的“滚你妈的”精神。现在，相比之下，她看来绝对端庄。她的头发剪短了；除了嘴唇上抹了细微的口红外，她没有化妆；她的衣着普通得有点儿过分：蓝色褶裙，白色开司米毛衣，一双没有特征的褐色高跟鞋。没戴耳环，只有右手的无名指戴着一枚戒指，脖子上则什么也没有戴。汤姆踌躇不决要不要问她，但他真想知道，她左肩上的文身——那只硕大的鹰是否还在那儿，或者说，为了努力净化自己，她是否抹掉了自己过去生活的所有痕迹。要去除那只华丽的五彩鸟，她得经受痛苦呢。

毫无疑问，她很高兴见到他，但他同时也感到，她只谈现在的情况，而不愿意谈任何别的事情。这么长时间不和他联络，她没有表示道歉。谈到她离开安阿伯之后的来来往往，她只用几句话就把事实遮掩过去了。“美丽新世界”不到一年就解散了。她在北加利福尼亚的两三个流行乐队里唱过歌，那里有男人，后来有更多的男人，她开始吸食太多的毒品。最后，她把露西托给两个朋友。她们是一对同性恋妇人，近五十岁，住在奥克兰——她自己则进了康复诊所，在那里待了六个月，总算完全戒除了毒瘾。整个历险故事不到两分钟就讲完了，它是从汤姆耳旁快速飞过的，他听得不明不白，所以要她谈得更具体些。于是她开始讲一个名叫大卫·迈纳的人，他是康复诊所里她那个小组的头儿，在她离开戒毒中心进入这个康复项目时，他已经好转了。她说，他独自一人成功地挽救了她，没有他，她可能永远不会康复。更可贵的是，在她遇到的人中，他是唯一不认为她是愚蠢的，唯一不把性事一天二十四小时地装在脑子里，唯一不仅仅为她的肉体而追求她的人。当然，汤姆也是个例外，但妹妹是不允许嫁给哥哥的，不是吗？这是违法的，所以她要嫁给大卫。他们已经移居费城，两人都在找工作，暂时和他母亲住在一起。露西在一个很好的学校上学，大卫打算在他们婚后领养她。她到纽约来的目的是：请求汤姆为她祝福，并想知道他愿不愿意在他们婚礼上把她交给新郎。汤姆说，他当然愿意，这是他的荣幸。但他们的父亲呢，他问道，沿教堂走道把女儿送到圣坛前不正是父亲的职责吗？奥罗拉说，也许是吧，但父亲不是对他们两个都不关心吗？他完全被他的新太太和新孩子围住了，何况他又太吝啬，舍不得花销从洛杉矶到费城的机票钱。不，她说，这一定得是汤姆，非汤姆莫属。

他要她多讲些大卫·迈纳的情况，可她只说了个大概，而且说得含含糊糊，这似乎说明她对未来的丈夫知道得不像她应该知道的那么多。大卫爱她，他尊重她，他对她好，不一而足，但在这些话语里尚无足够牢靠的内容能使汤姆勾画出此人的样子。奥罗拉放低了嗓音，几乎是耳语似的补充说："他笃信宗教。"

"笃信宗教？什么教？"汤姆问道，尽力不显示出他的忧虑。

"基督教。你知道，耶稣和所有的那些东西。"

"什么意思？他属于一个特殊教派，或者我们是在谈论一个再生的原教旨主义者？"

"再生的，我猜想。"

"而你呢，罗莉？你相信所有的这些东西？"

"我试试看吧，可我不觉得自己在这方面很行。大卫说，我要耐心，总有一天我的眼睛会睁开，我将看见光明。"

"可你有一半犹太血统。根据犹太法律，你纯粹是犹太人。"

"我知道。因为妈妈的缘故。"

"还有什么？"

"大卫说，这不要紧。耶稣也是犹太人，他还是上帝的儿子呢。"

"看来大卫说得还挺多。是他叫你剪成短发、改变穿着式样的吗？"

"他从不迫使我做什么。我想做就做了。"

"有大卫的鼓励。"

"端庄朴实适合于女人。大卫说这有助于提高我的自尊心。"

"又是'大卫说'。"

"请别这样，汤米*，你就行行好吧。我知道你不赞成，但我终于得到一个稍微开心一点的机会，我不愿让这个机

---

* 汤姆的昵称。

会从我手指缝里溜走。如果是大卫要我这样穿着，这又有什么两样呢？我以前闲逛时看起来就像个荡妇。现在这样对我比较好。我感到更安全，精神更振作。我很幸运，在干了这一切乱七八糟的事情之后，我还活着。”

汤姆退缩了，改变了语气。那天下午他们分手时，两人紧紧拥抱，亲切吻别，发誓永远不再失去联络。汤姆确信奥罗拉这次是认真的，可是婚礼日期已近，他却尚未接到她的请帖——既无书信，又无电话，没有任何信息。那天午饭时候，她在一张餐巾纸上潦草地写下了带有费城区号的电话号码，他打了这个号码，可那电话录音说，这个号码不再使用。然后他试着通过当地信息寻找她的线索，跟三个大卫·迈纳通了话，可他们之中没有一个听说过名叫奥罗拉·伍德的女人。汤姆又一如往常地责备自己。他对大卫·迈纳宗教信仰的负面评论或许伤害了罗莉的感情，如果她进一步告诉她的未婚夫说，她在纽约的哥哥是个无神论者，那他就有可能不允许她邀请他参加婚礼。从汤姆听说的关于大卫·迈纳的一点儿情况来看，他似乎是这样一种人：一个把宗教戒律强加于他人的、傲慢的宗教狂热分子，一个道貌岸然的卑劣家伙。

“打那以后有她的什么消息吗？”我问道。

“一点儿也没有，”汤姆说，“我们一起吃那顿午饭后，大约三年过去了，我始终不知道她在哪里。”

“她给你的电话号码是怎么回事？你想是真的吗？”

“罗莉有很多缺点，但她不撒谎。”

“如果他们搬家了，那你应该能通过大卫的母亲跟她取得联系。”

“我试了，可没有任何结果。”

“奇怪。”

“事实上也许不奇怪。要是她的姓不是‘迈纳’呢？做丈夫的迟早要死。人们也离婚。或许她又结婚了，用了第二任丈夫的姓。”

“我为你感到难过，汤姆。”

“不必。这不值得。如果罗莉想见我，她会打电话。我现在几乎只好听天由命了。当然，我想念她，可我究竟能做些什么呢？”

“还有你父亲。你最后一次见到他是什么时候？”

“大约两年前。为一篇正在写的文章他得来一趟纽约，他邀我出去吃晚饭。”

“怎么样？”

“算啦，你知道他是哪种人。不是世界上最容易交谈的人。”

“那么左恩一家情况又怎样呢？你还和他们联系吗？”

“有点儿联系。菲利普每年邀请我去新泽西州过感恩节。他娶我母亲后，我一直不很喜欢他，但后来渐渐地改变了对他的看法。母亲的去世真的使他悲痛欲绝，当我知道他多么爱她时，我就不能再抱怨了。所以现在我们有一种文雅恭敬的友谊。同帕梅拉*也是这样。原来她给我的印象始终是一个没有脑子的势利鬼，那种对你上什么大学、挣多少钱关注太多的人。但这些年她看来变好了。她现在三十五六岁，同她当律师的丈夫和两个孩子住在佛蒙特州。如果今年感恩节你愿跟我去新泽西州，我相信他们看见你会很高兴。”

“汤姆，我得考虑考虑。目前，我只能忍受你和雷切尔这两个家人，再加一个亲戚，我就可能给噎死了。”

“雷切尔表姐好吗？我忘了问她了。”

“嗳，有摩擦啊，我的孩子。她本人，我相信她很不错，工作好，丈夫正派，住得也舒服。但几个月前我们有一场小口角，那篱笆还远远没有修补好呢。总之，很有可能她再也不想理睬我了。”

“我为你感到难过，内森。”

“不必。这不值得。我倒更愿意你让我为你感到难过。”

* 帕梅拉是汤姆的继父和其前妻的女儿。

布鲁克林皇后

第二天我和汤姆再次一起吃午饭时，我们俩都明白，我们正逐渐养成一个小小不言的习惯。我们没有用很多话来明说，但我们都把尽可能经常地共进午餐当作一件要事来做，除非另有计划安排或另有工作要做。我的年纪比他大一倍，我一度还是“纳特舅舅”，这都没有关系。正如奥斯卡·王尔德所说，过了二十五岁大家都是同一年龄，何况我们当前的情况又几乎完全一样。我们俩都是单身，谁也和女人没有关系，谁也没有很多朋友（我是根本没有）。与你的同仁、与你的同伴[*]、与你长期失散的汤玛希诺[†]一起吃

* 原文为法语。

† 汤姆的谑称。

吃喝喝，一边嚼着肥肉一边用刀叉在食盘里捣来捣去——难道还有什么比这更好的方式来排遣难耐的孤寂吗？

那天玛丽娜值班，穿着紧身牛仔裤和橙色短上衣，看上去很棒。这是一种令人愉悦的搭配。她朝我们走来（她丰满而隆起的乳房的正面）和她走开时（圆而稍胖的臀部），给了我可以审视和赞赏的东西。在我最近幻想我们的深夜幽会之后，我觉得我跟她说的话比平时少了一点儿，但上一次在这里我留给她的超额小费还是颇为重要，所以这次她请我们点菜时笑容满面，知道（我想）她已经永远征服了我的心。我不记得我们彼此说了些什么话，但我肯定自己因兴奋而在脸上露出一副傻笑。一等她走向厨房，汤姆就说我看起来有多奇怪，并问我没有什么事吧。我自信地告诉他，我的身心处于极佳状态，可刚喘一口气，我就在内心承认自己陷入了狂热的单恋。“我是竭尽全力想得到这个姑娘，”我说，“但这对我毫无好处。她是有夫之妇，而且还是百分之百的天主教徒。可她至少给了我一个梦想的机会。”

我做好了汤姆朝我发出一阵大笑的准备，他却丝毫也没有笑。他脸上露出一副全然肃穆的表情，把手伸过桌面，拍了拍我的手。“我知道你的感情，内森，”他说，“这是可怕的东西。”

现在轮到汤姆来供认自己的私情了。现在是我在听我外甥说，他也爱上了一个得不到的女人。

他叫她B.P.M.，这些首字母代表“美丽的完美母亲”（Beautiful Perfect Mother）。他不仅没有和她说过一句话，而且连她的名字都不知道。她住在他的公寓楼与哈里书店之间那条街中段的一座褐石楼里。每天早晨他去吃早饭，总看见她和她的两个小孩儿坐在楼前的台阶上，等候黄颜色校车来把他们送到学校去。汤姆说，她妩媚动人，令人注目，留着长长的黑发，碧眼闪闪发亮，而最触动他心弦的是她搂抱和抚摸她孩子的神态。他从未见过表达得如此深长而朴素的母爱，这爱有着更多的柔情和显而易见的喜悦。大多数早晨，B.P.M.坐在两个孩子之间，孩子们依偎着她，她的两臂一左一右搂着他们的腰，时而用鼻子挨擦他们的头发，时而用嘴唇亲亲他们的脸，或者把他们放在膝上逗乐儿，搂着他们互相拥抱。三人围成一圈，抱啊，唱啊，笑啊，其乐融融。“我经过时尽量走得慢些，”汤姆接着说，“像这样的情景得仔细欣赏，所以我常常佯装掉了什么东西在地上，或停下来点支烟——干什么都行，只要能把这种乐趣延长几秒钟。她好美啊，内森，看着她和她的孩子们，几乎使我想重新相信人性。我知道，这有点儿荒唐，可我每天总要想她大概二十次。”

我把我的感情藏在心里，不喜欢说出来。汤姆年仅三十，正处于男子的风华正茂时期，可一旦接近女人、追求爱情，对自己就几乎完全没有信心了。他有个研究生同学名叫琳达什么的，也可能叫别的什么名字，她是他最后一个确定情侣关系的女朋友，但在他离开安阿伯前六个月两人吹了。自此之后，他的桃花运一直不佳，于是他就逐渐退出了社交圈。两天前他告诉我，他一年多来没有约会过，这也就是说，他对B.P.M.的暗暗单恋成了他的整个爱情生活。我觉得这很可悲。这孩子应该鼓起勇气，重新开始努力。如果尚无结果，他就躺下休息，而且不要去做某个圣洁的大地母亲的梦，以免白白耗费一个又一个夜晚。当然，我和他是在同一条船上，但至少我知道我梦中情人的名字，每次我去宇宙小馆，在我固定的餐桌旁坐下，我总可以跟她说说话。对我这样过时的人来说，这就够了。我已经跳过我该跳的舞，有过我的乐趣，再有什么发生对我都不重要了。如果来了取得一项新成就的机会，我不会说不要，可这不是个生死问题。而对汤姆来说，一切都取决于有无胆量使自己迅速恢复元气，重新紧张竞争一番。否则，他将在他个人的黑暗而狭隘的地狱里凋零枯萎，几年过去之后，他会逐渐变得难以叫人接受，逐渐变成一个他不该变成的人。

“我倒想亲眼见见这个女人，”我说，“你把她说得好像是来自另一个世界的幽灵。”

“什么时候都可以，内森。哪天早晨七点三刻，你到我公寓楼来，我们可以一块儿沿着她住的那条街走，我保证你不会失望。”

第二天早晨我们提前见面，走在布鲁克林区汤姆最喜欢的这条大街上。当他谈起“美丽的完美母亲”的“催眠魔力”时，我以为他在夸大其词，结果说明是我错了。那女子确实完美，确实是天使和美的崇高化身。只要注视她坐在门前台阶上、双臂搂着那两个孩子的模样，就能使一个难以取悦的老人的心怦然跳动。汤姆和我站在街的另一边，机敏地躲在一棵高大的洋槐树的树干后面，我外甥心上人的最动人之处是她绝对自如的姿态，一种漫不经心的率性自若，使她完全沉浸于此时，一个始终存在并继续存在的时刻。我猜想她的年龄在三十左右，但她的举止像年轻女孩一样轻盈灵巧而不造作。我感到新鲜的是，身材如此窈窕的女人会穿一条白色工装裤和一件法兰绒格子衬衫出现在公共场合。我觉得，这是一种自信的表现，一种对别人的看法满不在乎的态度，只有最沉稳、最实在的人才有这种气质。我不会放弃对玛丽娜·冈萨雷斯的暗恋，但从女性美的所有客观标准来看，我知道她是远不能与 B.P.M. 媲美的。

“我打赌，她是个艺术家。”我对汤姆说。

“你根据什么这样说？”他问。

“那工装裤。画家们总爱穿工装裤。太可惜哈里的画廊歇业了，否则我们可以为她办个画展。”

“也许她又怀孕了呢？我几次见她和她丈夫在一起。那家伙高个子，金发，宽肩膀，留小撮胡子。她对他就像对她的孩子一样充满深情。”

“也许两者都是。”

“两者？”

“既怀孕了，又是画家。一个穿着两用工装裤的孕妇艺术家。另外，你注意看她的苗条身材。我打量了她的腹部，可没发现凸出来啊。”

“所以她要穿工装裤。那够宽松的，盖得住。”

当汤姆和我还在思考工装裤的意义时，校车停在了街对面的房子前，B.P.M. 和她的两个小孩儿暂时给车挡住看不见了。我意识到我不能错过这个时机。还有几秒钟，校车就要沿街开走了，B.P.M. 就要转身回屋去了。我不打算再度窥探这个女人（有些事你就是不能做），如果这是我唯一的机会，那我就得立刻行动。为了我腼腆而害相思病的外甥的精神健康，我觉得有责任去破除那主宰他生活的魔法，揭开他所渴念的对象的秘密，还其本来面目：一个布鲁克林的家庭妇女，婚姻愉快，有两个孩子，可能还有一个要来了。不是一个神圣不可接近的女神，而是一个有血有肉的女人，就像每个人一样，她也吃饭、拉屎和性交。

在这特定条件下，只有一种可能的选择。我得跨过街去跟她说话。不仅是几句话，而且是充分展开的交谈，时间要足够长，以便我向汤姆招手，叫他加入我们的谈话。至少我要让他和她握手，触摸她一下，让他的愚钝脑子终于明白，她是一个实际而可触知的人，而不是生活在他的幻想云雾中脱离躯壳的幽灵。我于是走过去了，急急地，冲动地，脑子里还没有想好先跟她说什么话。我到了街对面，那校车刚启动，她站在路沿上，就在我的面前，向她那两个宝贝抛去最后的飞吻。孩子们已在车上找到座位，已成为三四十个长呼短啸的孩子群体中的一部分了。我朝她走去，把最令人愉快、最令人放心的推销员的表情显现在脸上，对她说："对不起，我不知道能不能向你问一个问题。"

"一个问题？"她答道。她有点儿迷惑不解。我想，要不然就是吃了一惊：她面前刚才还停着校车的地方，怎么一会儿就站着一个男人呢？

"我刚搬进这个社区，"我接着说，"我想找一家比较像样的艺术品商店。见你穿着工装裤站在这儿，我想你可能就是个画家吧。所以想要跟你打听。"

B.P.M. 笑了。我说不准这是因为她不相信我，还是因为被我的愚蠢问题逗乐了。我细看她的脸，发现她的眼睛和嘴巴四周都已有了皱纹，便知道她的年纪比我开始想的要稍许大一点儿。也许三十四岁，或三十五岁——这倒没有造成一丁点儿差别，也丝毫无损于她的青春光彩。她对我只说了两个词——一个问题？——但在这三个短音节*里我听出了一个布鲁克林本地人的和谐声调，这种明显的口音屡遭美国其他地区人的嘲笑，但我认为这是所有美国之音中最令人愉快、最富人性的音调。我脑子里的思维之轮开始转动，在她说下一句话之前，我已经勾画出她的生活故事图景。我心想，她生在这里，长在这里，也许就生长在这栋她此刻正站在门前的小楼里。由于布鲁克林的振兴重建直到二十世纪七十年代中期才开始，也就是说，在她出世之时（六十年代中期或后期），这地区还是一副衰败破落景象，聚居着筚路蓝缕的移民和蓝领家庭（我童年的布鲁克林）。她父母应是工人阶级，她身后的这座四层的褐石楼房，眼下至少值八十万或九十万美元，当时买下时几乎不花什么钱。她上当地的学校，上市立大学，爱上几个男子，伤了几个人的心，最后结婚，父母去世后继承了这所她当姑娘时住过的房子。我的推想即使不十分精确，也不会差得很远。B.P.M. 在这个环境中过于自在，所以不会是新来者；她已牢牢地扎根于此，所以不会来自外地。这是她的地方，她统治着这个街区，仿佛从她生命的第一分钟

* 原文“A question”，有三个音节。

起，这里就是她的王国。

“你总是凭衣着来判断人吗？”她问道。

“这不是判断，”我说，“只是猜测而已。或许是愚蠢的猜测，但如果你不是画家或雕塑家，或任何一种艺术家的话，那么这是我第一次猜错了人。那是我的专长。我一瞧人，就知道他们是谁。”

她又绽出笑容，还笑出声来。她一定在琢磨，这个蠢货是谁，为什么对她这样说话？我相信，我做自我介绍的时刻到了。“顺便告诉你，我是内森，”我说，“内森·格拉斯。”

“哈罗，内森。我是南希·马祖凯利。我可不是艺术家。”

“哦？”

“我做珠宝。”

“你在哄我。你当然是艺术家。”

“大多数人称之为手工艺。”

“我认为这要看你的作品好到什么程度。你推销你做的东西吗？”

“当然。我有自己的生意。”

“你的店就在这个社区吗？”

“我没有店。但第七大道上有好多地方代销我的东西。我也在家里卖东西。”

“啊，我明白了。你在这儿居住很久了吗？”

“一辈子都住这儿。在这个地方生，在这个地方长。”

“一个地地道道的公园坡人。”

“是的。地道得深入骨髓啦。”

这是一则完整的自供状。福尔摩斯又一次成功，连我本人对自己的推断能力也感到惊讶，真希望我变成两个人，这样我就可以拍拍自己的背。我知道，这听起来很自负，但一个人能有多少次取得如此重大的精神胜利呢？只听了她说的两个词，我就抓住了整个有血有肉的故事。如果华生在这儿，他一定会频频摇头，喃喃低语。

此时，汤姆还站在街对面。我估计，这早已超过叫他来参加谈话的时间了。我转身向他做了个要他过来的手势，同时告诉B.P.M.，他是我外甥，主管布赖特曼阁楼书店的善本书和手稿部。

“我认识哈里，”南希说，“我结婚前还给他打过一个夏天的工呢。一个了不起的家伙。”

“是的，一个了不起的家伙。人们现在再也做不到了。”

我知道汤姆在生我的气，因为我把他硬拽到这个他不想参与的场合中，不过他还是过来跟我们在一起了——低着头，红着脸，看来像一条准备挨鞭子抽的狗。我忽然很后悔这样对他，但已经中止不了，来不及道歉，于是我索性干到底，把他引荐给这位“布鲁克林皇后”，尽管我曾在妹妹坟墓前一再发誓永远永远不再插手任何人的婚恋。

“汤姆,”我说,“这是南希·马祖凯利。刚才她和我谈了会儿当地艺术品商店的事儿，后来话题转到了珠宝首饰。信不信由你，她一辈子都住在这座房子里。”

汤姆眼睛不敢离开地面，伸出右手握了南希的手。“很高兴见到你。”他说。

“内森告诉我，你为哈里·布赖特曼做事。”她答道，满面喜悦，却不知道刚才发生了何等重大的事件。汤姆终于接触了她，终于听到她说话，不管这是否足以破除那使他走火入魔的魔法，却意味着从今天起，汤姆该以新的立场面对她。她不再是B.P.M.。她是南希·马祖凯利，像先前看起来一样美，但她只是一个以做珠宝为生计的普通姑娘。

“是的,”汤姆说,“我在那儿有六个月了。我喜欢那儿。”

“南希自己也在那书店工作过,”我说,“在她结婚之前。”

汤姆没有回答我的话，看看手表就告辞说，他得走了。他的倾慕对象仍然毫无所知，从容地挥手道别。“很高兴见到你，汤姆,”她说,“我希望在附近遇到你。”

“我也这样希望,”他答道，接着，很出乎我意料，他向我转过身来同我握手,“我们还一起吃午饭，是吗？”

“当然,”我说，知道他没有像我所想象的那样生气了，也就放下心来,“老时间，老地方。”

他沿街走了，步态笨拙，踉踉跄跄，渐渐消失在远处。

等他稍走远听不见我们说话了，南希就说："他很腼腆，是不是？"

"是的，很腼腆。可是个好人，一个高尚的人。世界上最好的人之一。"

B.P.M. 笑了笑。"你还想知道艺术品商店的名字吗？"

"是的，我还想知道。我也有兴趣看看你的珠宝首饰。我女儿的生日快到了，我还没有给她买礼物。或许你能帮我挑一个。"

"也许吧。我们干吗不进屋里去看看？"

愚蠢男人

挑选结果，我买了一条在该社区售价一百六十美元的项链（我付的是现金，所以比原价少付三十美元）。这是一件精美雅致的工艺品，在一条细金链上镶嵌着片片黄宝石、石榴石和雕花玻璃，我觉得，把它戴在雷切尔的细长脖子上一定会引人注目。关于她的生日，我撒了个谎——还差三个月呢——但我认为，在我星期二写的那封信之后，作为后续行动再寄赠一件礼品，这不应该有什么害处。当一切努力均归失败时，你就要用爱的信物来狂轰滥炸。

南希的工作室在这座房子底层的后间，窗户朝向花园。这花园其实更像一个小小游乐场，角落里有一架秋千，另一个角上有一架塑料滑梯，中间有一大堆玩具和橡皮球。

我一边细看她出售的各种各样戒指、项链和耳环，一边同她就许多话题随意闲聊。她脾气随和，容易攀谈——非常坦率，非常豪爽，十分热情和友好——但是，唉，原来不是非常聪明，不一会儿我就知道她是占星术、水晶力量以及所有其他“新世纪”噱头的虔诚信徒。哦，对了，就像一句老电影台词所说，没有一个人是完美的，即使“美丽的完美母亲”也如此。我想，这对汤姆来说太差劲了。如果他要同她作一次认真深入的交谈，他会大失所望。不过，这也许是个圆满的了结。

尽管我推算出了她生活的基本状况，可仍有好奇心，想知道我其他的福尔摩斯推理是否有效。我便继续问她问题——不刻意追问什么，而是机会来时就插问一句，尽量做到婉转巧妙。其结果说明我的推测对错各占一半。她上学的事我猜对了（公立 321 小学，密得伍德中学，布鲁克林学院，大学上两年后辍学，想试试当演员的运气，没有成功）。关于她继承了她已故父母的房子，这一点我猜错了。她父亲是死了，但母亲仍然健在，她占了最高一层楼上最大一间卧房，每星期天都要骑自行车穿越展望公园。她五十八岁了，还在曼哈顿中城一家律师事务所当秘书。我的天才判断也就不过如此。格拉斯的不会看错的眼睛也就不过如此。

南希结婚已经七年，提到她丈夫时有时叫他“吉姆”，有时叫他“吉米”。我问她，他是否姓马祖凯利*，或她是否保留了娘家姓氏，她笑了起来，说他是纯粹的爱尔兰人。好啊，我答道，至少“意大利”和“爱尔兰”的首字母都是“I”。她又笑了起来，接着又笑着告诉我，她母亲的教名和她丈夫的姓是一样的。

“嗬，”我说，“那是哪个名字？”

“乔伊斯。”

“乔伊斯？”我既诧异又疑惑，所以停顿了片刻。“你说你嫁给了一个名叫詹姆斯·乔伊斯†的男人？”

“嗯嗯。就是那作家的名字。”

“难以置信。”

“有趣的是，吉姆的父母根本不懂文学。他们甚至没有听说过詹姆斯·乔伊斯。他们给吉姆取了他外祖父詹姆斯·默菲的名字。”

“哟，我希望你的吉姆不是作家。如果头上顶着这个名字去出书，那不是很有趣的事情嘛。”

“不，不，我的吉姆不写东西。他是个福莱人员‡。”

“是什么？”

---

* 一个意大利姓氏。

† 昵称 Jim（吉姆）或 Jimmy（吉米）的正式名字为 James（詹姆斯）；詹姆斯·乔伊斯（1882—1941），爱尔兰作家，代表作为《尤利西斯》。

‡ 电影音响效果工作人员。福莱·杰克创建了如今尚在使用的现代音响效果基本技术，故用其名。

“福莱人员。”

“我不懂这是什么。”

“他为电影搞音响效果。这是电影后期制作的一部分。那些麦克风在摄影场地不能总是录到所有的音响。比如说导演想要某人脚踩沙砾通道发出的嘎吱嘎吱的声音，你明白吗？或是掀动书页的声音，或是打开饼干桶的声音——这就是吉米所做的。一个挺酷的工作，非常精确，非常有意思。他们工作真的很刻苦，要把事情搞准确。”

一点钟汤姆和我一起吃午饭时，我详尽地报告了我设法从与南希的谈话中搜集到的所有信息片断。他心情特别愉快，不止一次感谢我早晨主动出击，使他能与 B.P.M. 面对面地相见。

“我不知道你如何反应，”我说，“我走到街对面时，我很确信你会生我的气。”

“你让我吃了一惊，就这么回事。你做了件好事，内森，干得勇敢而出色。”

“但愿如此。”

“我以前从来没有这么近地看过她。她是绝色美女，你说是吗？”

“是的，很美。这个社区最美的姑娘。”

“又仁慈，这是最可贵的。你可以感到她浑身都散发着仁慈的气息。她不是那种又高傲又冷漠的美女。她喜欢人们。”

“常言道，脚踏实地，朴朴实实。”

“是，就是这样的。脚踏实地，朴朴实实。我心里不再感到发慌了。下次见到她，我会打招呼，跟她说说话。慢慢地，我们也许会成为朋友。”

“我并不愿意把你从梦幻中惊醒，但今天早晨和她交谈之后，我不认为你们俩有很多共同之处。是的，她是个可爱的孩子，但没有太多可提高的东西，汤姆。至多是中等才智。大学辍学生。对书和政治不感兴趣。如果你问她谁是国务卿，她也可能答不上来。”

“这有什么？在这个餐馆里，我读的书可能比谁都多，这对我又有什么好处呢？知识分子叫人讨厌，内森。他们是世界上最令人厌烦的人。”

“那可能是。可对于你，她最先想知道的是你的占星宫位。然后你们得把占星术谈上个二十分钟。”

“我不在乎。”

“可怜的汤姆。你是不是真的黏上她了？”

“情不自禁啊。”

“下一步怎么办？谈婚论嫁，还是一场十足的风流韵事？”

“如果我没有弄错，我相信她是跟人结了婚的。”

“小事一桩。如果你要把他轰出局，你就只管开口。孩子，我有很多可靠关系。但为了你，我可能会亲自出马处理此事。我现在就可以看见那报纸上的黑体大标题：前人寿保险经纪人谋杀詹姆斯·乔伊斯。”

“哈哈。”

“关于你的南希，我还是要说一个长处。她珠宝做得很出色。”

“你带着那条项链了吗？”

我把手伸进内衣口袋，拿出一个装着我早晨所购之物的细长盒子。就在我打开盖子之际，玛丽娜拿着我们的三明治来到我们桌前。我不想回避她，便当着她的面把盖子打开，好让她也能看见。那项链平摆在白棉絮衬垫上，她探身细看，顿时宣告了她的评判意见。“啊，多美啊*，”她说，“这么美的东西。”汤姆默默点头表示同意她的看法，他显然被感动得说不出话来，因为他在想着他亲爱的南希，是她的神工巧手做出了这件在他面前熠熠闪光的精致艺术品。

我把项链拿出盒子，举起来，端在玛丽娜面前。“你干吗不戴上它，”我说，“我们可以瞧瞧它究竟好看不好看。”

我起初的意思只是让玛丽娜给我们当模特儿，可当她把项链拿在手里，举起来让她的淡褐色皮肤一衬托（她穿着一件青绿色短上衣，最上面的纽扣没有系上，裸露出一小块皮肤），我立刻改变了主意。我要把项链作为礼物送给

---

* 原文为西班牙语。

她。我随时可以再买一条给雷切尔，而这一条对玛丽娜合适得不能再合适了，看来就已经属于她的了。同时，如果造成一个我对她有“性趣”的印象（当然，我是有，但没有希望），那她可能会感到我在把她推入一个尴尬境地而拒绝接受。

“不，不，”我说，“别只是拿着它。戴上它，我们好确信戴得很合适。”正当她在颈后摸索着扣上搭扣时，我急忙想出一个能阻止她拒绝接受的办法。“有人告诉我，今天是你的生日，”我说，“这是真的呢，玛丽娜，还是那个家伙就想捉弄我？”

“不是今天，”她答道，“是下礼拜。”

“这礼拜，下礼拜，有什么区别？快要到了，这就是说，你已经在生日的氛围中了。这已经写在你的脸上了。”

玛丽娜已戴好项链，微笑着说：“生日氛围？那是什么？”

“我今天买这条项链没有什么特殊原因。我想把它送给一个人，但不知那人是谁。现在我发现你戴上它有多好看，所以我想送给你。那就是所谓的生日氛围。这种气氛很有力，会使人们做出各种各样的怪事。我买项链时还不知道你的生日，但我是给你买的。”

起初她显得很高兴，我也就觉得不会有什么问题。从她水灵的褐色眼睛注视我的神情来看，毫无疑问，她愿意收下，并且因我此举而感动，受宠若惊。可接着，等那最初的欣喜一过去，她便开始动点儿心思了，我在那同一双褐色眼睛里看见了疑惑。“你是个大好人，格拉斯，”她说，“我很感激。但我不能接受你的礼物。这不合适。你是顾客。”

“别担心这个。如果我要给我最喜欢的女招待送点东西，有谁能阻拦我？我是个老人，而老人有自由做他们想做的事情。”

“你不认识罗伯托，”她说，“这家伙很会嫉妒。他不让我接受别的男人的东西。”

“我不是别的男人，”我说，“我只是一个想让你高兴的朋友。”

这时，汤姆为这场讨论添加了他的两美分——表示了他的意见。“我相信他不做任何伤害人的事，”他说，“你知道内森是什么样的一个人，玛丽娜。他是个狂热的家伙——常干些荒唐、冲动的事儿。”

“是的，他荒唐，”她说，“可心也非常好。我就是不想有什么麻烦。你们知道这是怎么回事。一事接一事，然后就是嘣的一声。”

“嘣的一声？”汤姆问。

“是的，嘣的一声，”她答道，“别让我解释这是什么意思。”

“行，”我说，突然意识到她的婚姻远非我所设想的那么平静，“我想我有个办法。玛丽娜收下项链，但不要带回家去，就把它一直留在餐馆里。上班时戴上它，晚上放在现金出纳机里。汤姆和我可以每天都来这儿欣赏这条项链，罗伯托永远不会知道这件事。”

这是一个多么乖戾而狡诈的建议，一个多么不坦荡而又露骨的小诡计，汤姆和玛丽娜都扑哧一声笑了起来。

“哎哟，”玛丽娜感叹道，“你真是个诡计多端的老滑头，内森。”

“不是所有老头儿都这样。”我说。

“要是我忘了自己戴着项链怎么办？”她问道。“要是有一天晚上回家我还戴着它怎么办？”

“你永远不会这样做，”我说，“你太聪明了。”

就这样，我强行将这生日礼物赠给了年轻而厚道的玛丽娜·露易莎·桑切兹·冈萨雷斯。由于我的努力，我得到了亲吻，亲在脸颊上又长又温柔的一吻。我将永远记得这个吻，直至我最后的日月。这般的特殊待遇是赐给愚蠢的男人们的。我这人什么也不是，不过是个蠢而又蠢的男人罢了。我得到了吻，得到了可掬的感谢笑容，可我也得到了比我预期的更多的东西。这就是麻烦，到了我故事的妙处，我会与“麻烦先生”相识，届时我会把发生的事情加以完整的描述。不过现在还只是星期五下午，我们还要参加另一项更为紧迫的活动。周末就要来了，在汤姆和我离开宇宙小馆不到三十小时后，我们俩和哈里·布赖特曼坐在另一家餐馆，共进晚餐，饮酒，同时为人类世界的神秘玄妙而殚精竭虑。

食饮之夜

2000 年 5 月 27 日。周六晚。布鲁克林史密斯街上一家法国餐馆。餐厅后面左角一张圆桌旁坐着三名男子：哈里 · 布赖特曼（曾用姓邓克尔）、汤姆 · 伍德以及内森 · 格拉斯。他们刚向侍者点完菜（三种不同的冷盘，三道不同的主菜，两瓶葡萄酒——一瓶红的，一瓶白的），还在喝那些他们进餐馆后不久就被端上桌来的开胃酒。汤姆的酒杯里倒了波本威士忌（野火鸡牌），哈里在品伏特加马提尼。内森又呷了一口纯麦芽苏格兰威士忌（十二年的麦卡伦），心想在开饭之前是否还有兴致喝第二杯。这出戏的背景就谈这么多。一旦对白开始，以下的舞台指示就要减少到最低程度。这是作者的意见，上述三个角色的台词比文字叙述更重要。据此原因，这里不描述他们穿的服装，不介绍他们吃的菜肴，有人起身如厕时没有停顿，侍者服务时没有中断，也一字不提内森把杯里的红酒溅在了自己裤子上。

汤姆：我不谈什么拯救世界的事。此时此刻，我只想拯救我自己。还有我关心的一些人。像你一样，内森。你也一样，哈里。

哈里：为什么闷闷不乐，孩子？你就要吃到你这些年里的最佳晚餐，你是这张餐桌旁最年轻的一个，而且我知道，迄今为止你还没有得过大病。你瞧瞧内森，他有肺癌，尽管他从不抽烟。我呢，动过两次心脏手术。你见我们抱怨过吗？我们是世界上最快乐的人。

汤姆：不，你不是，你就像我一样苦恼。

内森：哈里是对的，汤姆。不是一切事情都那么糟。

汤姆：这是的。要说呢，这甚至更糟糕。

哈里：请你把这个“这”说得明确些。我甚至都不知道我们在谈什么了。

汤姆：这个世界。我们称之为世界的大黑洞。

哈里：啊，这世界。好吧，当然。那没有什么可说的。这世界在发臭。大家都知道这点。但我们不是在尽最大努力回避这个世界吗？

汤姆：不，我们没有。我们正处于这个世界的中心，不管我们喜欢不喜欢。一切都围着我们，每次我抬起头，好好地瞧瞧这世界，我心里就充满了厌恶。悲哀和厌恶。你以为第二次世界大战把问题都解决了，至少管它个两三百年。可我们不是仍然在互相残杀、撕成碎片吗？我们仍然像先前一样互相仇视憎恨。

内森：咱们谈论的正是关于这个。政治。

汤姆：是的，许多问题中的一个。还有经济。还有贪婪。还有这个国家所转向的可怕地方。基督教权利躁狂症。二十一岁的互联网百万富翁。高尔夫频道。色情频道。令人作呕频道。资本主义胜利了，再无任何反对它的势力了。我们所有人都沾沾自喜，自鸣得意，世界上一半人口在饥饿而死，我们却不给一点援助。先生们，我是再也忍受不了了。我想离开。

哈里：离开？你要去哪里？木星？冥王星？下一个银河系中的小行星？可怜的孤苦伶仃的汤姆，就像被放逐的小王子*一样栖息在半空中的岩石上。

汤姆：你告诉我该去哪儿，哈里。我接受任何和所有的建议。

内森：一个根据你自身条件生活的地方。这不就是我们正在探讨的问题吗？“假想的伊甸园”我们重访过了。

---

* 法国飞行员、小说家圣埃克苏佩里笔下的人物。《小王子》写于纽约长岛。

可要那样做，你就得甘愿摈弃这个社会。这是你告诉我的。那是很久以前的事了，可我还记得你用了勇气这个词。你现在有勇气吗，汤姆？我们中有人有勇气这样做吗？

汤姆：嘿，你还记得那篇旧论文？

内森：给我留下了深刻印象。

汤姆：我当时只是个微不足道的本科生。我知道得不多，但可能比现在要聪明些。

哈里：我们现在说的是什么？

内森：内心庇护所，哈里。一个人在现实世界里再也不能生活下去时要去的地方。

哈里：噢。我也有过这样一个庇护所。我想每个人都有过。

汤姆：不一定吧。你想象得好，可究竟有多少人有呢？

哈里（闭上眼睛，把食指按在太阳穴上）：现在我一切都想起来了。生存饭店。我当时才十岁，但我依然记得那念头出现在我脑子里的确切时刻，我得到这个旅馆名字的确切时刻。这是第二次世界大战时期一个礼拜天的下午。无线电正开着，我坐在水牛城家中的客厅里，拿着一本《生活》杂志，看着美国驻法部队照片。我从未进过一家旅馆，但我跟我母亲到市中心去时经过的旅馆也够多的了，知道那是些特别的地方，是保护你脱离肮脏卑下的日常生活的城堡。我爱那些站在雷明顿武器公司饭店前身穿蓝色制服的男子。我爱怡东酒店*旋转门上黄铜配件的光泽。我爱悬在丽兹饭店休息厅里的巨型枝形吊灯。旅馆的唯一目的就是使你愉快舒适，你一旦登记入住，上楼进入你的房间，需要做的事情就只是要求这个要求那个，这里都是你的了。旅馆象征着保证你有一个更好的世界，一个不仅是地方的地方，而且还是一个机会，一个生活在你梦想之中的机遇。

内森：你讲的是旅馆部分。你在哪里发现生存这个词？

哈里：那个礼拜天下午从收音机里听来的。这个节目我只听到了一半，有人在谈论人类生存，听上去很不错。生存法则，那声音说，以及我们在生存过程中必须面临的危险。生存大于生活。生存是所有人的生活都加在一起，即使你住在纽约州水牛城，从未到过离家十英里以外的地方，你也是这个生存之谜的一部分。即使你的生活多不重要，也没有关系。发生在你身上的事情同发生在任何其他人身上一样重要。

汤姆：我还是没懂。你创造了一个名为“生存饭店”的地方，可它在哪儿呢？有什么用呢？

哈里：有什么用？一点儿用也没有，真的。这是一个避难所，一个我可以在心灵里访问的世界。这就是我们正在谈论的，不是吗？逃避。

---

* 原文 the Excelsior，这也是纽约州的箴言。

内森：那个十岁的哈里逃避到哪儿去了呢？

哈里：啊，那是个复杂的问题。要知道，有两家生存饭店。第一家是战时那个礼拜天下午我创造的，第二家直至我上中学时才出现。第一家，说来抱歉，纯粹是廉价和孩子气的多愁善感。回想当时，我还只是个小家伙，到处是战争，大家无时无刻不在谈论战争。我太年幼，还不能去打仗，但像大多数又胖又笨的小男孩一样，我梦想当兵。唉，唉——啊，连连唉声叹气。我们这些人是多么无用的笨蛋。我于是想象这个地方是生存饭店，并立刻把它变为迷途儿童的庇护所。我说的自然是欧洲儿童。他们的父亲在战斗中被打死倒下了，他们的母亲躺在倒塌的教堂和楼房的废墟之下，而他们自己在冬天的严寒中，在被炸毁的城市的瓦砾堆上徘徊，在森林里搜寻食物，有孤单一人的孩子，有成双成对的孩子，也有四个、六个和十个一伙的孩子，脚上没有鞋，裹着破布，瘦削的脸上粘满污泥。他们生活在一个没有成年人的世界，因为我是一个无所畏惧的人，一个利他主义者，所以自我选定为他们的救世主。那是我的使命，我的生活目的，在这场战争的剩余时间里，我每天都要跳伞到欧洲某个被摧毁的角落，去拯救迷途和饥饿的男孩和女孩。我会奋不顾身地降落在燃烧的山坡，游过炮弹爆炸的湖面，用机枪扫射开路，直捣阴湿的酒窖，每次发现又一个孤儿，我就拉着他的手，把他领到生存饭店。我是在哪个国家，这无关紧要。比利时或法兰西，波兰或意大利，荷兰或丹麦——生存饭店离得都不远，而且我总是设法在夜幕降临前把孩子们送到那里。带他在前台一办完各种登记手续，我就转身走了。我的职责不是管理旅馆——只负责找到孩子们并把他们送到那儿。无论如何，英雄们是不休息的，对吧？他们是不允许睡沙发床、盖鸭绒被、枕三个枕头的，他们也没有时间在旅馆厨房里坐下来吃一客炖羊肉，还加上碗蒸的美味马铃薯和胡萝卜。他们得回到夜色中去做他们的事情。我的工作就是拯救孩子。我要去寻找他们，直至不再有子弹发射出来，直至不再有炸弹投下来。

汤姆：战争结束后发生什么事了呢？

哈里：我放弃了男子气概的坚强勇敢和崇高的自我牺牲精神的梦想。生存饭店关闭了，几年后又开张了，但不再是坐落在匈牙利乡村什么地方的草地上，不再像从巴登巴登*林荫道上拆迁过来的巴洛克风格城堡。新的生存饭店小得多，也破旧得多，如果现在想找到它，你得去一个大城市，那里的真正生活在天黑后才开始。也许去纽约，或者哈瓦那，或者巴黎的某条昏暗小街。进入生存饭店，要想到亲密关系、明暗对比和命运一类的词语。那里有男

* Baden-Baden，德国著名度假地，位于黑森林西北部边缘的奥斯河谷。

人、女人在休息厅审慎地打量着你。那里有香水、丝绸衣服、暖和的皮衣。大家悠闲漫步，一手端着高杯酒，一手捏着点着的香烟。我在电影里见到所有的这些情景，我知道该怎么去观看。饭店常客在楼下钢琴酒吧抿着未加糖的马提尼鸡尾酒。二楼是赌场，有轮盘赌台，有弹跳在绿色毛毡上、声音减弱了的骰子，还有巴卡拉纸牌戏发牌者油滑而带外国口音的喃喃低语。下面一层舞厅里有长毛绒皮靴，有聚光灯下的歌星，她穿着银光闪闪的衣服，嗓音因抽烟而变得别有风味。这些都是有助于事情启动的支撑物，没有人来这里仅仅是为了饮酒或赌博或听歌，即使当夜的歌星是丽塔·海华斯也是如此，她由她现任丈夫和经理乔治·麦克里迪陪同由布宜诺斯艾利斯飞来，只演出一场。你得使自己轻松地加入这一流水宴席，在你适应这种事情之前先去尝试几次。其实不是事情，而是游戏，一种决定挑选何人后半夜跟你上楼去的有趣游戏。率先的行动总是用你的眼睛——从来只用眼睛。你要让你的目光转来转去，转个几分钟，从一个人扫视到另一个人，从容地饮你的酒，吸你的香烟，试探各种可能性，搜索那也许是盯着你的方向的一瞥，或许甚至用微笑或轻拍肩膀来吸引某人把视线转向你。对我来说，男人和女人都可以。在那些日子里，我还是个处子，但我对自己已有足够了解，知道自己对什么事情并不在乎。有一次在钢琴酒吧，加里·格兰特在我身旁坐下，伸手摸我的腿。另一次，已故的琼·哈洛从她的坟墓中跑回来，在427房间和我热情做爱。还有我的法文老师德·福雷女士，光彩夺目的魁北克人，两腿秀丽，唇膏红艳，褐色眼睛水汪汪的。更不用说汉克·密勒，这个大学校队的橄榄球四分卫，风流倜傥、讨女人喜欢的高年级生。汉克要是知道我在梦中对他干了什么，他可能会把我揍死，但事实上他并不知道。当时我只是个大学二年级学生，白天我从无勇气跟汉克·密勒这样令人敬畏的人物说话，但晚上我可以和他在生存饭店见面，喝一会儿酒、友好地说一会儿话之后，我就带他去楼上301房间，把他引进世界的秘密部位。

汤姆：青春期色情材料。

哈里：你可以这样说。但我宁愿认为这是丰富内心世界的产物。

汤姆：这就使我们无处可去了。

哈里：你想要我们上哪儿去，亲爱的汤姆？我们坐在这里等候下一道菜，喝着一瓶极好的法国桑塞尔白葡萄酒，同时用言不及意的故事来自娱。这没有一点儿错。在世界大多数地方，这被视为高度的文明行为。

内森：这孩子闷闷不乐，哈里。他需要说话。

哈里：我知道。我脑袋上不是也长着眼睛吗？如果汤姆不认可我的生存饭店，那他也许得给我们谈谈他自己的。

每个人都有一个，你知道。就像没有两个人是相似的，每个人的生存饭店也和其他所有的人都不一样。

汤姆：对不起，我不是有意烦闷不悦。这应该是个愉快的晚上，可我给你们俩扫兴了。

内森：得了，就回答哈里的问题吧。

汤姆（沉默良久，然后轻声说道，似乎是自言自语）：我只想以一种新的方式生活，再没有别的了。如果我不能改变这个世界，至少我可以试着改变我自己。但我不愿孤单一人去做。实际上我太孤单了，不管这是不是我的错。内森说得对，我确实闷闷不乐。自从那天我们谈起奥罗拉之后，我就一直在想她。我想念她。我思念我母亲。我思念所有失去的亲人。有时我那么悲伤，不相信自己不会倒毙在堆压于我身上的重负之下。什么是我的生存饭店，哈里？我不知道，也许是跟其他人生活在一起，离开城市的藏垢纳污之地，跟我喜爱、尊敬的人生活在一道。

哈里：一个群居村。

汤姆：不，不是群居村，而是社区，两者有区别。

哈里：你的小乌托邦会在哪里呢？

汤姆：我设想是在乡下一个什么地方。那地方有很多土地和足够的房屋提供给所有愿意生活在那里的人。

内森：你说有多少人呢？

汤姆：我不知道。我还没有确定下来呢。但你们两位是优先受欢迎。

哈里：你让我名列榜首，我是受宠若惊啊。可如果搬到乡下去，我的生意怎么办呢?

汤姆：把你的生意也搬去。实际上你现在百分之九十的营业额都是通过邮购业务做的，你用哪个邮局还不一样?是的，哈里，我当然希望你是我们社区的一员。或许也包括弗洛拉。

哈里：我心爱的疯了的弗洛拉。可如果你请了她，贝特也该在被邀请之列。你知道，她现在体衰有病。这可怜的女人得了帕金森，给困在轮椅上了。我说不好她会有什么反应，但最终她会喜欢这个主意。然后是拉弗斯。

内森：谁是拉弗斯?

哈里：那个在书店柜台后面工作的年轻人。一个皮肤微黑的高个子牙买加人，围一条长长的粉红色围巾。几年前，我发现他在西村一座楼前哭得伤心，便把他带回家来。现在，我多少是他的领养人了。书店的工作可帮他付房租，可他也是城里最佳“舞会王后”之一，每周末以“蒂娜·霍特”的名字演出。一个绝妙的表演者，内森。你什么时候得看它一场。

内森：他为什么会想离开纽约?

哈里：一个原因是他爱我。还因为他是HIV阳性，被吓昏了头。改变一下环境可能对他有好处。

内森：很好。可我们到哪儿去弄购买乡下地产的资金呢？我可以凑上一份，但那是远远不够的。

汤姆：如果贝特想加入，她倒可能愿意打开保险箱帮助我们。

哈里：没有问题。但男人有自尊心，先生们，我宁愿死上十次也不愿再向那个女人乞求分文。

汤姆：对了，如果你把布鲁克林的房子卖掉，就可能筹得足够的钱来开张了。

哈里：那只是杯水车薪。如果我要在穷乡僻壤度过我的风烛残年，那我就要过得大手大脚。我不要乡下佬那套东西，汤姆。我要把自己变成一个乡绅，否则就不干这种事。

汤姆：这儿凑一点儿，再那儿凑一点儿。我们会想到还有其他一些人也愿意介入，如果开掘开掘资源，我们也许能成功。

哈里：别发愁，孩子们。哈里叔叔会照看一切。至少他希望他可以这样做。如果一切能按计划进行，我们可以期待在不久将来就有大笔现钞注入，足以扭转局势，使我们的梦想成真。我们正在谈论的不就是这个吗？一个梦想，一个把我们自己从悲惨世界的忧患和苦恼中解脱出来的大胆梦想。是的，这是个碰运气的事，可谁又能说不可实现呢？

汤姆：那“现钞注入”从哪儿来？

哈里：我有一项正在筹划中的商业冒险，在有进一步的消息之前，让我们先把这个问题放在一边吧。如果我这事成了，新的生存饭店就确有其事。如果没有——好，至少我会出击打一场好仗。难道一个人就不能做更多的事情了吗？我六十六岁，在我的……我的多少有点把握不定的生涯中，我经历了种种沟沟坎坎，这一次兴许是我最后一次出奇制胜赚大钱的机会。我说大钱，指非常大。大得比你们两位想象的还要大。

吸烟间歇

我始终没有认真地参与这场谈话。汤姆情绪低落——他总是这副样子——哈里就想让他高兴起来，给他鼓点儿劲，把他从郁闷的心境中解脱出来。应该说，我喜欢哈里为迎合汤姆而显摆他的不切实际的白日梦，至于他竟要离开布鲁克林、迁移到某个偏远乡村去居住的想法，在我看来纯粹是一种无稽之谈。此人是为了城市而生的。他喜欢人群、交际，爱上高档饭店，爱穿昂贵衣裳，即使他只是半个同性恋者，他最好的朋友原来是一个有易装癖的黑人——上班时惹人注目地戴着一副莱茵石夹式耳环，围一条粉红色的羽毛长围巾。把像哈里·布赖特曼这样的人放到穷乡僻壤，当地的农夫会操起干草叉和刀把他轰出村去。

另一方面，我有理由相信，哈里的冒险生意真有其事。

这个老滑头正在起劲地玩什么新买卖，我的好奇心炽盛，很想搞清楚究竟是怎么回事。即使他不愿当着汤姆的面多谈此事，我也希望他能把我当作例外。我们点完甜点后，我的机会来了——汤姆说了声“请原谅”，到酒吧区抽烟去了（他目前减肥战役中的最新策略）。

“大钱，”我对哈里说，“听来很有趣。”

“千载难逢的机会。”他说。

“有什么特殊原因使你不想细谈吗？”

“我怕汤姆失望，就这个原因。某些小问题需要解决。交易落实之前没有道理过于兴奋。”

“你要知道，我有些额外的钱闲在那儿。实际上，还真不少。如果你需要多一个投资者，我或许可以。”

“你很慷慨，内森。幸运的是我不用找股东。但这并不是说我不欢迎你的建议。我相当自信，我的合伙人越来越多——不过也不是百分之百地自信。生活中总会有疑虑相随，尤其在危急关头。”

“我们再一起吃顿晚饭，怎么样？就我们俩。你可以把你的事儿都说出来，我会告诉你我的想法。”

“下礼拜什么时候？”

“你挑个日子吧，我会去的。”

愚蠢男人（之二）

第二天上午十一点钟，我去附近一家珠宝店再买一条给雷切尔的项链。我不愿在礼拜天早上去按门铃打扰B.P.M.，但我特别要求这个女售货员，让她把带有南希·马祖凯利商标的各种首饰都给我看一下。那女人笑了笑说，她是南希的老朋友，接着迅即打开一个玻璃橱，从中陆续取出八到十种南希的工艺样品，一次一件地放在柜台上让我看。这最后一条项链，碰巧跟现在每晚放在宇宙小馆现金出纳机里的那条几乎一模一样。

我打算直接回我的公寓楼。我进珠宝店时，忽然想起几件趣闻轶事，所以急着回到我的书桌旁，把它们加进正在不断扩大的《人类愚行大全》。我懒得去数到目前已写了多少条，该有近百条了吧。这些趣闻轶事无论白天黑夜任何时候都会涌现在我脑子里（有时甚至会出现在梦中），根据这种情况，我估计我有足够多的资料来继续进行这项多年计划。然而，走出珠宝店不到二十秒，谁不能遇到啊，却偏偏撞见了南希 · 马祖凯利，B.P.M. 本人。我在这个社区住了两个月了，每天早晨和下午都要散步很久，去过不知多少商店和餐馆，坐在圆环咖啡馆外注视成百上千人阔步走在大街上，但在那个星期天上午之前，我没有在公众场合见过她一眼。我的意思不是说她逃过了我的注意。我注意每一个人，如果我先前看见过这个女人（她就是公园坡社区的当今女皇了），我一定会记住她。现在，由于星期五在她家门口的匆促会见，情况就突然改变了。就像你晚些时候才把一个词加进了你的词汇库——然后不论你往哪儿转身都能听到这个词——不论我往哪儿转身突然都是南希 · 马祖凯利了。始自周日邂逅，几乎没有一天我不会碰见她，或在银行，或在邮局，或在社区的某条街上。她还终于把我介绍给她的孩子（德文和萨姆）；她的母亲乔伊斯以及她的“福莱人员”丈夫，吉姆，非作家詹姆斯 · 乔伊斯的詹姆斯 · 乔伊斯。B.P.M. 忽然从一个完全的陌生人变成了我生活中随时联系的人中的一个。尽管本书以下的篇章很少提到她，但她总在那儿。从字里行间观察她吧。

那第一个星期日，并无任何重要性可言。嗨，内森，嗨，南希，你好吗，不错，汤姆怎么样，天气真好，很高兴见到你，等等。此乃大城市中心的小镇攀谈。若有任何重要的细节值得报告，那就是她没有穿工作服这件事。这一天暖和得不同寻常，南希穿着一条蓝色牛仔裤和一件白色棉T恤衫。因为T恤衫塞在裤内，所以我注意到她的腹部是平的。当然，这并不意味她没有怀孕，但即使她是在头三个月的早期，星期五那天她穿工装裤也不是为了遮掩任何鼓凸。我把这记在心里，待下回见到汤姆时告诉他。

星期一上午我做的第一件事情是把项链寄给雷切尔，并附上一个短字条（想你——爱你的，爸爸），可到了晚上九点左右，我开始感到不安。我是周二晚上把信寄给她的。假定这信周三清早发出，周六就该到她那儿了——最迟也就是星期一吧。我女儿从来不爱写信（她通信大多用电子邮件，我不用），所以我等她打电话跟我联络。周六、周日到了，又过去了，没有来一句话，那么周一就应该是她打电话的日子。六点以后，她下班回到家，读到我的信。不管我怎样严重地得罪过她，我不能想象雷切尔对我所写的内容会不回应。我坐在我的公寓房里，等着电话铃响，可到了九点还毫无动静。即使她拿定主意晚饭之前不打电话，那九点的时候晚饭也应吃完了。有一点儿绝望，有一点儿害怕，还有由绝望和害怕引起极大的局促不安，我终于鼓起勇气拨她的电话号码。没有人接。铃响四下后电话答录机咔嗒一声接上了，没等信号声响我就把电话挂了。

星期二仍没人接。

星期三仍没人接。

不知还该做什么，我决定打电话给伊迪丝，问她发生了什么事。她和雷切尔经常联系，不得不跟前妻说话让我感到悸惧不安，但我没有理由料想她不给我直接的回答。正如哈里雄辩地指出的，“前”标志一种处境。如今我跟我“终身伴侣”之间的唯一联系就是看看她在我的已兑现赡养费支票背面的签字。她于 1998 年 11 月申请离婚，一个月后，还是在判决下来之前很久，我被诊断患有癌症。值得肯定的是，伊迪丝允许我在老房子里需要待多久就待多久，这也是我们很晚才卖房子的原因。房子卖掉后，她用她的一部分钱在布朗克斯维尔买了一套合作公寓房——雷切尔曾用她那向来生动的遣词风格对我说：“很不错的房子。”——也开始在哥伦比亚大学上成人教育课程，至少去欧洲旅行了一次，还有，如果流言蜚语属实，她和我们的律师朋友，年迈的杰伊·萨斯曼好上了。他的妻子两年前去世了，既然他对伊迪丝垂涎已久（丈夫们善于察觉此类事情），一旦我离开她，他向她靠拢，那就再也自然不过了。愉快的鳏夫和开心的离婚女子。是啊，这对他们俩都好。杰伊自然快七十岁了，但我有什么资格来反对别人的最后一两次探戈晚餐和黄昏的风月云雨呢？绝对坦率地说，我自己也巴不得有这样一番风情呢。

“喂，你好，伊迪丝，”她接电话后我说道，“我是过去圣诞节鬼魂*。”

“内森？”听到我的声音，她似乎很惊讶，也有一点儿做作。

“很抱歉打扰你，但我需要打听点儿消息，能向我提供的只有你。”

“这不是你的又一个拙劣玩笑吧？”

“但愿如此。”

她对着话筒大声地叹了一口气：“我现在忙着呢。快说吧，好不好？”

“我推测是忙于请客吧。”

“你爱怎么推测就怎么推测。我不必告诉你什么，对吗？”她发出了一阵奇怪而刺耳的笑声——一阵怀恨而又得意、郁积已久而一触即发的冲动笑声，我简直不明白她是什么意思。或许是一个被解放了的前妻的笑声。最后的笑声。

“不，当然不必。你有自由干你想干的事情。我只是打听一下消息。”

“关于什么？”

---

* 狄更斯小说《圣诞颂歌》中三个圣诞节鬼魂之一，另两个是现在圣诞节鬼魂和未来圣诞节鬼魂。

“雷切尔。星期一开始我就试着跟她联系，但似乎没有一个人在家。我只是想知道她和特仁斯是不是都好。”

“内森，你真是个白痴。你就什么都不知道？”

“显然不知道。”

“他们5月20日到英国去了，6月15日才回来。拉特格斯大学学期结束了。雷切尔应邀到伦敦一个会议上宣读论文，现在他们俩和特仁斯的父母正在康沃尔度假。”

“她从没告诉我。”

“为什么她得告诉你呢？”

“因为她是我的女儿，这就是理由。”

“如果你表现得更像一个父亲，她也许会告诉你。对她那样大发脾气，这就是你对她干的好事。谁给你权利这样做？她被伤害了……伤害得够呛。”

“我打电话道歉，可她把电话给挂了。最近我给她写了封长信。我在努力弥补这伤害，伊迪丝。你要知道，我真的爱她。”

“那就跪下来乞求宽恕吧。可别指望得到我的任何帮助。我当调解人的日子已经过去了。”

“我没有要你帮忙。但要是她从英国打电话来，你或许愿意提一下，她回家时有封信在等着她。还有一条项链。”

“得了吧，老家伙。我一句话也不说。一句他妈的话也不说。你明白吗？”

关于离婚夫妇之间宽容和友善的神话就说到这儿吧。我们的谈话结束后，我的一半心情是跳上下一列前往布朗克斯维尔的火车，赤手空拳把伊迪丝掐死，另一半心情是想啐唾沫。不过也得给这个老太太说句公道话。她的愤怒是如此强烈，兼有谴责和轻蔑的猛劲儿，这实际上倒帮我下了一个决心。我再也不给她打电话了。在我余生再也不打。在任何情况下都不再打。离婚在法律上把我们俩松绑了，把我们合在一起这么多年的婚约因此而解除了，不过即便如此，我们仍然有一样共同的东西，因为只要我们还活着，我们将继续是雷切尔的家长。我曾臆断这种关系将阻止我们陷入永远的敌对状态。但现在我不这样想了。那个电话是个终局，从此之后，伊迪丝对我而言只是一个名字而已——伊迪丝这三个空洞的字意味着有一个人已经不再存在。

第二天我一个人吃午饭。那天下午汤姆跟哈里在曼哈顿，跟一个最近去世的小说家的遗孀就其家庭藏书进行谈判。据汤姆说，这名小说家看来认识过去五十年里所有的重要作家，他的书架上塞满了他那些有名的朋友签了名或题了字的书。在图书行业内，这种书被称为“留念本”*。汤姆说，这种书收藏家们热衷于搜寻，所以必然可卖好价钱。

---

* Association copy，曾经属于作者，因作者签章、题赠或受赠者为名人而被珍藏的书。

他还说，给哈里干活，他最喜欢的就是这种外出的差事。这不仅可以免除那间布鲁克林的二楼办公室对他的拘囿，还可以让他有机会观察老板的所为。“他在演一场好戏，”他说，“总在不停地说话。总在不停地讨价还价。谄媚，蔑视，劝诱——无休止的佯攻虚击和退避躲闪。我并不信奉转世化身，但要是我相信，我可发誓，他来世将是一个摩洛哥地毯商。”

星期三玛丽娜不上班。因为没有汤姆做伴，我尤其盼望星期四能见到她，可一点钟我进宇宙小馆后发现她不在那儿。我问餐馆老板狄密特里奥斯，他回答说早上她打电话来说她病了，可能会缺勤好几天。我深感沮丧，沮丧得甚至可笑。昨夜被我前妻一顿臭骂后，我想再次确认对女性的信念，而又有谁比和蔼可亲的玛丽娜·冈萨雷斯更能帮助我呢？在进餐馆之前，我就已想象她戴着项链的模样（周一和周二她都戴着），我知道，只要看她一眼就会给我一个快活天地。由于心情沉重，我悄悄地进了一个空着的卡座，向狄密特里奥斯点了菜，他替代了我缺席的意中人。像平时一样，我在夹克衫口袋里带了一本书（《泽诺的意识》，汤姆推荐我买的），想到这天没人可交谈，我便打开斯维沃*

* Italo Svevo（1861—1928），意大利作家，六十岁后才写出成名作《泽诺的意识》。

的长篇小说读了起来。

读了两个段落后，一个被通称为“麻烦先生”的男子来敲我的门。这是一场遭遇战，我在二十或二十五页前已有预感，现在是我把它讲述一番的时候了。记起我们之间发生的事情，我至今不寒而栗。这个人，这个东西，我更喜欢叫他“麻烦”，这个从乌有之境的腹地浮现出来的恶魔，把自己打扮成三十来岁的 UPS 快递公司送货员的样子。他肌肉发达，嗓音洪亮，眼露愤怒之色。不，愤怒还不够形容我在那张脸上看到的神情。我想，暴怒似乎更接近，或者是狂怒，甚至是嗜杀的疯狂。不管怎样形容为好，反正他如风暴般冲进餐馆，用挑战口气大声斥问狄密特里奥斯：内森在不在？内森·格拉斯在不在？这时候，我知道这就是代号为“罗伯托·冈萨雷斯”的麻烦先生。我也知道，那条项链已经不在那个现金出纳机里了。可怜的玛丽娜星期二回家时忘了把它摘下来。或许这是个因粗心造成的不大不小的错误，但我不禁记起她想推却我的礼物时说的嘣的一声，再把这话跟狄密特里奥斯所说的她要缺勤“好几天”连起来一想，真不知这狗娘养的怎样狠毒地痛打了她一顿。

玛丽娜的丈夫在我对面的长椅上坐下，把身子俯向桌面。“你是内森？”他问道。“内森·他妈的格拉斯？”

“是的，”我说，“但我的中名不是‘他妈的’，而是约瑟夫。”

“行，你这个聪明蛋。告诉我你为什么这样做。”

“做什么？”

他把手伸进口袋，猛地把那条项链扔在桌子上：“这个。”

“这是生日礼物。”

“给我太太的。”

“是。给你太太的。这有什么错吗？玛丽娜每天为我端午饭。她是个非常好的姑娘，我想表达我的谢意。我付账时不是都给她小费吗？嗯，你就当它是一大笔小费吧。”

“这不对，老兄。你别跟有夫之妇乱搞。”

“我没有乱搞。我只是送她一件礼物，如此而已。我已经够老了，可以做她父亲了。”

“你有鸡巴，是不是？你还有球，是不是？”

“我最后一次看的时候，它们还在那儿。”

“我警告你，先生。你放开玛丽娜。她是我的母狗，要是你再靠近她，我就宰了你。”

“别叫她母狗。她是一个女人。你他妈的有幸娶她为妻。”

“我想叫她什么就叫她什么，笨蛋。而这个，”他拿起项链，在我眼前晃动，“这个臭屎玩意儿明天你就当早饭吃吧。”他用两手抓住项链，两手腕使劲猛然一扯就把项链拉断了。有些珠子滑落下来，在餐桌的塑料贴面上弹跳，有些留在他手心里，在他站起来要走的时候，他把那些珠子扔在了我的脸上。如果我不戴眼镜，有一颗就可能进到我眼里。“下一次，我宰了你！”他咆哮着，用手指戳着我，像个乱了套的牵线木偶。“放开她，你这个老杂种，要不你就死定了！”

此时，餐馆里的每个人都瞧着我们。你不是每天坐下来用午餐时都能欣赏到这样引人入胜的场面的，可现在麻烦先生申斥我完毕，这场戏看来已近尾声。我是这样想的。冈萨雷斯已经转身离开我，向门的方向走去，但卡座和其他餐桌之间的通道很窄，他还没有来得及走出去，个子高大又大腹便便的狄密特里奥斯挡住了他的去路。这便开始了第二场戏。冈萨雷斯的脑子还在冒火，被这样一挡，过于恼怒的他就声嘶力竭地叫喊起来。“你让那个臭皮囊滚出去！”他说（指的是我）。“你别再让他进来，要不玛丽娜不再给你干事！她辞职！”

“那她辞职吧，”宇宙小馆业主说，“这是我的饭馆，别来告诉我在我的饭馆里该做什么。没有我的顾客，我就一无所有。你就滚你妈的蛋吧，告诉玛丽娜她结束了。我不再想看到她。而你——你再来我这地方，我就报警。”

这之后有一阵推推搡搡，尽管冈萨雷斯强壮结实，但在狄密特里奥斯面前只是小巫见大巫，在彼此又一次挥手威胁和对抗后，玛丽娜的丈夫就从店堂里消失了。这蠢货丢掉了他妻子的工作。但比这更糟糕的是——糟得多得多，我意识到我永远不可能再见到她了。

餐馆一恢复平静，狄密特里奥斯就走到我桌旁坐了下来。他为这番骚扰表示道歉，并主动表示愿给我这顿午餐免单，但当我试图叫他不要解雇玛丽娜时，他没有让步。他是我们项链 / 现金收纳机游戏的志愿共谋者，但他说，生意就是生意，虽然他“非常非常”喜欢玛丽娜，却不想让她那个疯丈夫有机可乘。接着他所说的话就像滚烫的烙铁一样灼痛了我。“别担心，”他说，“这不是你的错。”

可这实在是我的错。这整个混乱局面都应归罪于我，我因为对无辜的玛丽娜所做的错事而鄙视自己。她最初的想法就是拒绝接受那条项链。她清楚她丈夫是何种货色，可我没有听从她的话，迫使她接受下来。我这个蠢而又蠢的行为除了带来麻烦外，真是毫无意义。上帝惩罚我吧，我自语道，把我扔进地狱，在那里把我烧上一千年吧。

那是我最后一次在宇宙小馆用餐。每天我沿第七大道散步都还要经过它，但我一直没有获得再回去的勇气。

猴子把戏

那天晚上（周四），我和哈里在第五大道和卡罗尔街交界处的迈克和托尼牛排馆共进晚餐。几个月前，哈里就是在这家饭馆向汤姆惶恐不安地透露了自己的过去。我相信，他选择这家餐馆是因为他在这儿感到舒适。这个商铺的前半部分是附近居民熟知的一家酒吧，可以完全随意吸烟、抽雪茄，在入口处附近墙上装有一台大型电视机，可以观看体育比赛。穿过酒吧间，后面有一道关得严实的双扇玻璃门。打开门，你发现自己置身于一个全然不同的环境。迈克和托尼的餐馆不大，铺着地毯，一面墙上排着装满图书的书架，另一面墙上挂着一些黑白照片，餐桌不超过八或十张。换句话说，这是一家气氛安静宜人的经济菜馆，还有音响效果适宜的优点，你即使压低声音说悄悄话，别人也能听得清晰。在哈里的脑子里，这地方也许就像忏悔室一样小而舒适、幽僻隐秘。不管怎么说，这是他愿意做忏悔的地方——先是向汤姆，现在是向我。

就哈里所知，我对他在布鲁克林之前的生活的了解只限于几个基本事实：生在水牛城，贝特的前夫，弗洛拉的父亲，蹲过监狱。他不知道汤姆已向我提供了很多详情，我也不打算告诉他这点。他对我追溯那些我已熟悉的故事——用亚历克·史密斯假画欺诈以及随后跟戈登·德莱尔失和，我便故意装聋作哑。起初我不明白他为什么要费心告诉我这些事情。这些事情和他当前的生意有什么关系吗？我感到诧异，而且更迷惑不解，便把问题直接向哈里提了出来。“你就耐心听我讲吧，”他说，“到时候你就什么都清楚了。”

这顿饭的开始一段时间我没有说很多话。那天下午在宇宙小馆的吵闹令我震惊不已，所以当哈里哇啦哇啦讲他的故事时，我就走神到玛丽娜和她的白痴男人那儿去了，还想起那造成我向 B.P.M. 买那该诅咒的小玩意儿的前后一连串情况。可汤姆的老板这天晚上精神状态良好。我在饭前喝了苏格兰威士忌，吃一盘蓝点牡蛎*时又喝了葡萄酒，由于这些酒的原因，我渐渐摆脱了抑郁沮丧，开始把思想

* 产于纽约长岛蓝点岬，通常生吃。

集中到眼下的事情上来。哈里所述其在芝加哥的犯罪行为与汤姆向我复述的内容几乎完全一致，但有一个差别很明显，也很有趣。跟汤姆讲的时候，哈里感情失控而泣。当时他被悔恨自责的心情所压倒，痛斥自己毁了自己的婚姻、生活和名誉。跟我讲的时候情形不同，听起来他似乎根本没有悔悟，反而吹嘘那次引人注目的大成功，他曾设法要把这个事情连续做他个两年。回顾自己用假画来欺诈的冒险行为，他竟认为这是他一生中最荣耀的时期。如何解释这种态度的急剧转变呢？他是不是在给汤姆表演一番以博取他的同情和理解？或者，紧接着弗洛拉来到布鲁克林这个不幸事件，他的第一次忏悔是他出自肺腑的真情哭诉？也许是吧。所有的人在内心里都装着几个人。大多数人往往从一个自我跳到另一个自我，竟不知我们自己是谁。一天跳上去，一天又跌下来；早上闷闷不乐、缄默无言，晚上放声畅笑、大讲笑话。哈里跟汤姆谈话时情绪低沉，但现在他的商业冒险正在筹划之中，他带着我高高飞翔。

丁骨嫩牛排端上桌了，我们便换喝一瓶红葡萄酒，然后，他的下一步棋终于要出来了。哈里几乎已向我透露，他在为发出一个消息造势，但即使他让我猜一百次，我也永远不会料到是这样一则惊人新闻，他却把它平静地说了出来。

“戈登回来了。”他说。

“戈登，”我重复了一下，因过于惊讶而无别的话可说，

“你是说戈登·德莱尔？”

“戈登·德莱尔。我的罪孽和作乐的老朋友。”

“他究竟是怎么跟踪找到你的？”

“你这么一说听起来就像是一件坏事情，内森。这不是坏事。我非常非常高兴。”

“你对他做了那些事，我想他要宰了你。”

“我起初也这么想，但现在一切都过去了。怨恨也好，痛苦也好，都过去了。这可怜的家伙投入我的怀抱，请求我原谅。你能想象吗？他要我原谅他。”

“你可是那个把他送进监狱的人啊。”

“是的，不过那诡计是戈登的主意，这才是根本问题。要是他不折腾这个事，我们两个都不会去服刑。这就是他为什么要自责。这些年来他不断作自我反省。他对我说，如果我认为他对我仍然怀有积怨，那他就会痛苦到无法生活下去的地步。戈登不再是个孩子。现在他四十七岁了，自从芝加哥那些旧日子以来，他成熟了不少。”

“他在监狱里待了多少年？”

“三年半。后来他去了旧金山，又开始画画。可惜的是，他不大成功。他离群索居，给人私下上上绘画课，这里那里打一份临时工，后来和一个住在纽约的男子相好，这就是为什么现在他在这个城里。他是上月初离开旧金山到纽约来的。”

“我猜想，那人有钱。”

“我不知道具体情况。但我想此人挣的钱足以养活他们两个。”

“戈登很幸运。”

“不那么幸运。事实上不幸运，如果你想想他那些经历的话。另外，我是他爱的人。他十分喜欢他的那些朋友，但我是他爱的人。我也反过来爱他。”

“我无意对你的私生活刨根问底，可拉弗斯怎么样呢？”

“拉弗斯在我心里，但我们的关系纯粹是柏拉图式的。在我们相识的所有这些年里，我们没有一起度过一个夜晚。”

“可戈登不一样。”

“很不一样。他不再年轻，但仍是个美男子。我不能告诉你他对我有多好。我们彼此不常见面，可你知道秘密韵事像什么。说了那么多谎言，做了那么多推托，但不论何时发生这种事，那余火尚存。我原以为那事儿全完了，衰退了，但戈登使我返老还童。赤身裸体，内森。这是唯一值得为之生存的事情。”

“反正是一种事情吧，我会同意你的。”

“如果你能想出更好的，你要告诉我。”

“我想，我们来这儿的目的是谈生意。”

“这正是我们在干的。你瞧，戈登是一分子。我们都在其中。”

"又一道干？"

"这是个庞大的计划。那么灿烂，每次想到它，我就兴奋得起鸡皮疙瘩。"

"为什么我有一种奇怪的感觉，你要告诉我你又在干另一个欺诈的事儿？这桩生意合不合法？"

"当然是非法的。没有冒险哪来乐趣？"

"你这人不可救药，哈里。经历了这么多事情，我以为你的余生应该做到安分守已，循规蹈矩。"

"我试过。我试过漫长的九年了，可没有用。我身体里有个小魔鬼，要是我不让它不时跑出来闹闹把戏，这世界就太乏味、太腻味了。我不喜欢感到怨气和厌烦。我这人热情满腔，生活变得越危险，我就越快乐。有些人玩牌赌博。有些人登山或跳伞。我喜欢骗人。我喜欢瞧瞧我可以做成多少事情而不被发觉。小时候，我的一个梦想就是出一套百科全书，里头的信息全是假的。每个历史事件的日期是错的，每条河流的地点是错的，传记的传主是根本不存在的。什么样的人才幻想干这种事情？疯子，我想。可是，哎呀，那个念头常引得我发笑。我在当海军的时候，因为给一套航海图乱贴标签而差一点儿被送上军事法庭。我是故意这样干的。我现在都不知道为什么，但当时我一冲动就管不住自己了。我说服我的指挥官，要他相信这是个情有可原的错误，但实际不是。我就是这样的人，内森。

我慷慨，我仁慈，我忠诚，但我也是一个天生爱干恶作剧的人。几个月前，汤姆说起有人提出一个关于古典文学的理论。他说，那完全是胡说八道。埃斯库罗斯、荷马、索福克勒斯、柏拉图，好多这些人，据说都是由文艺复兴时期一个聪明的意大利诗人虚构出来的。那不就是你从未听说过的天大奇闻吗？这些西方文明的伟大支柱，原来一个个都是假的。哈哈！我多愿意参与这个小小的恶作剧啊。”

“这次是什么东西呢？更多的假画？”

“不，一份假手稿。如今我身在图书行业，记得吗？”

“没有疑问，是戈登的主意。”

“啊，是的。他极聪明，你知道，而且他了解我的弱点。”

“你确实要告诉我这件事吗？你怎么知道我这个人可以信赖呢？”

“因为你是一个诚实而谨慎的人。”

“你怎么知道的？”

“因为你是汤姆的舅舅。而他也是一个诚实而谨慎的人。”

“那为什么不告诉汤姆呢？”

“因为他太单纯。他太善良，没有商业头脑。你就住在附近街区，内森，我要倚仗你的经验，听取你的高见。”

“我的意见是放弃整个计划。”

“我不能这样做。我的冒险之旅已经走得太远，没有回头路了，而且我也不想回头。”

“好吧。等这件事炸开了，把你毁掉的时候，你别忘记我对你有言在先。”

“《红字》，你熟悉这个书名，是吧？”

“我在中学三年级英语课上读过。奥弗莱厄蒂小姐在第四节课上教的。”

“我们在中学不是都要读吗？美国文学经典作品。历来最有名的著作之一。”

“你要告诉我你和戈登要伪造一部《红字》的手稿？霍桑的原稿呢？”

“事情就妙在这里。霍桑的原稿除了扉页都丢失不见了——我们说话的这个时候，那扉页正搁在摩根图书馆的储藏室里呢。谁也不知道手稿的其余部分到哪里去了。有人说，不是被霍桑本人烧了，就是仓库失火时毁了。还有人说，印刷工把纸都丢在垃圾堆里了——或许还用这些纸来点烟斗。这个说法我最爱听。波士顿印刷车间的一帮工人用《红字》的手稿点燃他们的玉米棒子芯烟斗。不过，无论真实情况是怎样的，图书界人士还是可以根据足够的不确定因素来设想这部原稿一直没有丢失。可以说，只是放错了地方。如果霍桑的出版人詹姆斯·T. 菲尔兹把它带回家去了，又会怎样呢？他把它放进某处一个箱子里，和其他一堆纸混在了一起，结果这个箱子给挪到阁楼上去了。

多年后，菲尔兹的某个子女继承了这个箱子，要不然就是这个箱子给留在了房子里，房子一卖掉，这箱子就成了新房主的财物。你听明白我在说什么吗？这些疑问和谜团足以为奇迹般地发现原稿奠定基础。就在几年前，在纽约北部一所房子里发现了梅尔维尔书信和手稿的贮藏处。如果梅尔维尔的文献能找到，霍桑的又为何不能呢？”

“那么谁来伪造这部手稿？戈登没法胜任这种事情，是不是？”

“是的。他是发现手稿的人，而实际工作由一个名叫伊安·梅特罗波利斯的人来干。戈登听一个他在监狱里认识的人说起过他，显然干此事他是最拿手的，一个彻头彻尾的天才。他伪造了林肯、坡、华盛顿·欧文、亨利·詹姆斯、格特鲁德·斯泰因的手稿，上帝知道还有别的谁，而他这些年干这样的事一次也没有给逮着过。没有案卷、没嫌疑到他头上。一个潜藏在暗处的影子人。这活儿复杂而费力，内森。首先要找到合适的纸张——十九世纪中期的纸，要经得起X光和紫外线的检查。然后你得研究霍桑的现存手稿，学会怎样临摹他的笔迹——他的笔迹相当潦草，附带说说；有时几乎不可辨认。但掌握有形的技术还仅仅是事情的一小部分。这可不像你拿着一本《红字》的印刷本坐下来用手去抄写。你得知道霍桑个人用的所有口头语，他的语病，他嗜用连字号的特点，他不能准确地拼写某些词。

ceiling（天花板）总是写成 cieling；steadfast（坚定的）总是写成 stedfast；subtle（微妙的）总是写成 subtile。每当霍桑写的是‘Oh’，排字工人总把它改为‘O’。诸如此类。这需要做很多辛劳的准备工作。但这非常值得，我的朋友。一部完整的手稿或许可卖三四百万美元。只要我参加，戈登愿意出百分之二十五给我分成，这就是说我们可望得到近一百万美元。不那么寒碜，是吧？”

“你拿百分之二十五，你该干什么事呢？”

“卖手稿。我是善本书、手稿和文学古董的供应商，地位不高却受人尊敬。由我来卖可增加此事的合理性。”

“你们已想到买家了吗？”

“这正是让我操心的事。我建议把它直接卖给纽约哪家图书馆——贝尔格收藏馆，摩根图书馆，哥伦比亚大学图书馆——或者也可以放在苏富比拍卖行拍卖。但戈登一心想卖给私人收藏者。他说，这桩买卖不公开才比较安全。我想我明白他的意思。不过我还是担忧他对梅特罗波利斯的技术是否真有信心。”

“梅特罗波利斯怎么说？”

“我不知道。我从未见过他。”

“你跟一个你从未见过的人一起搞一个四百万美元的骗局？”

“他不允许任何人与他见面。连戈登也不行。所有的联系都是通过电话。”

“我不喜欢事情听起来是这样的，哈里。”

“是的，我知道。我的感觉就像是一个有点儿过于惊险的秘密行动。不过，现在看来事情在往前进展。我们找到了买家，两周前我们让他拿到了样张。信不信由你，他拿着样张到各处去给许多专家看，他们都一致确认是真的而非伪造的。我刚从他那里拿到一张一万美元的支票。这是预付金，所以我们不会把手稿再提供给别的人。我们应该在下星期五他从欧洲回来后做成这笔买卖。”

“此人是谁？”

“一个股票和证券经纪人，名叫迈伦·杜鲁姆贝尔。我拜访过他。公园大道的名门望族，确实拥有大量钱财。”

“戈登是在哪儿找到他的？”

“他是戈登的朋友的朋友，戈登和他朋友现在住在一起。”

“戈登的这个朋友你也没有见过。”

“没有。我也不想见。戈登和我是秘密情侣。我为什么要见我的情敌呢？”

“我想你正在走向一个陷阱，老家伙。他们在陷害你。”

“陷害我？你在说什么呀？”

“那手稿你看到多少页？”

“就一页。这一页两周前我亲手交给了杜鲁姆贝尔。”

“如果这是仅有的一页会怎么样，哈里？如果根本没有伊安·梅特罗波利斯这个人会怎么样？如果戈登的新朋友原来不是别人而就是迈伦·杜鲁姆贝尔本人又会怎么样？”

“不可能。为什么有人要干这种缺德事呢？”

“为了复仇。以怨报怨。以牙还牙。人类本来就有这些德行。我担心你的戈登不是你所想的那样。”

“这太暗黑了，内森。我不愿相信。”

“你存了杜鲁姆贝尔的支票了吗？”

“三天前我存银行了。事实上我已经把一半钱花在一大堆新衣服上了。”

“把钱退回去。”

“我不想。”

“如果你的账上不够，你可以向我借来补足。”

“谢谢你，内森，可我不需要你的慈悲。”

“他们已经抓住了你的要害，哈里，可你还懵然不知。”

“你爱怎么想就怎么想吧，但我现在不会退出。我要挺进向前，迎着冰雹、冻雨和洪水。如果你对戈登的看法是对的，那我的生命就已经结束了。这又有什么关系呢？如果你说错了——我知道你错了，那我就再请你吃晚饭，你可以举杯祝贺我的成功。”

敲门之声

每星期六、星期天，汤姆都晚起。哈里的书店周末也营业，但汤姆不用去上班，这两天学校也不上课，所以早起对汤姆而言毫无意义。他见不到 B.P.M. 站在她家门前的台阶上等候校车来接她的孩子们，也就没有那种吸引力把他从温暖的被窝里拽出来，他也用不着拨闹钟了。窗帘还垂着，他置身于狭小陋室的子宫般的黑暗中，一直要睡到眼睛自然而然地张开，或者，像常有的情况，直到从楼里某处传来的噪音闹醒了他。6 月 4 日，星期天（我与罗伯托 · 冈萨雷斯发生灾难性冲突后三天，也即与哈里 · 布赖特曼谈话谈得心烦意乱的那天），有个声音把我的外甥从酣睡中惊醒，这次是一只小手犹豫地轻轻敲门的声音。此时才九点过几分钟，当他听清楚了这是敲门的声音时，当他一骨碌从床上爬了起来，当他磕磕绊绊穿过房间去开门的时候，他的生活有了一个惊人的新转折。说得直接些吧，对他而言，一切都变了。只有现在，在经历了很多艰辛的准备工作之后，在土地上不断耙锄耕耘之后，我的关于汤姆的历险记才得以上扬起飞。

这是露西。默不作声、九岁半的露西，留着黑短发，有一双和她母亲一样的淡褐色圆眼睛，身材颀长，是个青春期前的小女孩。她穿着破烂的红色牛仔裤，磨损了的克兹牌白色便鞋，堪萨斯城皇家棒球队T恤衫。没有包，没有夹克衫或套衫搭在手臂上，除了身上的衣服，一无所有。汤姆有六年没见她了，但一眼就认出了她。看来她完全变样了，可她又确实像过去一样——尽管有了一口新的、完整的成人牙齿，尽管她的脸变长变瘦了，尽管她长高了好几英寸。她站在门口，朝着她头发蓬乱、穿着睡衣的舅舅微笑，用欣喜的、一眨也不眨的眼睛打量着他。过去在密歇根州的那些日子里，他就记住了她的眼睛。她母亲在哪儿呢？她母亲的丈夫在哪儿呢？为什么她是孤身一人？她是怎么到这儿来的？汤姆每提一个问题就停顿一会儿，可从她嘴里没有说出一句话来。有片刻时间他怀疑她是否成了聋哑人，可接着问她是否记得他是谁，她倒点头了。汤姆张开双臂，她便立刻上前投入他的怀抱，把她的前额顶着他的胸脯，用她所有的劲儿紧紧地抱着他。“你一定饿了吧。”汤姆终于说了一句，然后把房门开大，让她进入这个他称之为“阴暗棺材”的房间。

他给她准备了一碗脆谷乐燕麦片，倒了一杯橙汁，等他给自己弄好一壶咖啡，那杯子和碗都已空了。他问她还要什么别的东西，她笑着点头表示“要”，他便着手为她准备几片法式吐司。她把面包片在一盘槭糖浆上蘸了蘸，不到一分半钟就全吞下肚子去了。起初，汤姆把她不说话的原因归之于疲劳、忧虑、饥饿，归之于几种可能性中的任何一种，但事实上露西看上去并不累，对她周围的新环境似乎也完全适应，现在她很快吃完了麦片和吐司，饥饿也从所列的这些原因中勾去了。可她对他的问题依然一字不答。点点头，摇摇头，可就是不说话，不发声音，根本不想动她的舌头。

“你忘了怎么说话了，露西？”汤姆问道。

她摇摇头。

“这件T恤衫是怎么回事？这是不是说你是从堪萨斯城到这儿来的？”

没有回答。

“你想要我帮你做什么？如果你不告诉我你母亲住在哪里，我就没法把你送回去。”

没有回答。

“你要不要我给你铅笔和拍纸簿？如果你不想说话，你也许可以把你的回答写下来。”

她摇摇头。

“你永远不说话了吗？”

又摇摇头。

“好。我很高兴知道这点。什么时候你将考虑重新开始说话？”

露西思索片刻，然后向汤姆伸出两个手指。

“二。可那是什么意思？两个小时？两天？两个月？告诉我，露西。”

没有回答。

“你母亲好吗？”

点了点头。

“她还是嫁给了大卫·迈纳？”

又点了点头。

“那你为什么要离家出走呢？他们待你好吗？”

没有回答。

“你是怎么到纽约来的？乘公共汽车？”

点了点头。

“你还有车票收据吗？”

没有回答。

“我们来看看你口袋里有什么东西。或许我们会找到一些答案。”

露西听汤姆的话，把手伸进她牛仔裤的四个口袋，使劲掏出里面的东西，但没有发现任何重要东西。一百五十七块现钞，三片口香糖，六枚二角五分硬币，两枚一毛硬币，四枚一分硬币，还有一张纸，上面写着汤姆的名字、地址和电话号码——但没有车票，没有线索显示她从什么地方来的。

“好，露西，”汤姆说，“现在你在这儿，你打算做什么呢？你住在哪儿呢？”

露西指了指她舅舅。

汤姆发出了短促而疑惑的笑声。“你仔细瞧瞧你现在在哪儿，”他说，“这个房间只够一个人住。你想你睡在哪儿呢，小姑娘？”

她耸了一下肩，然后舒眉展眼，笑得更美——仿佛在说，我们会想出办法来的。

但有什么办法可想呢，至少在汤姆脑子里是没有办法的。他不了解孩子，即使他住在一座拥有十二间卧房、佣工编制完整的豪宅里，他也没有丝毫兴趣去做他外甥女的代家长。一个正常孩子的挑战就已经够受了，何况是一个拒不说话、固执地不愿提供她自己的任何信息的孩子。这就完全不可能了。可他该怎么办呢？暂时他对她可以忍一忍，也确实不能把她赶走，除非他能迫使她说出她的母亲在哪里。这并不说明他不喜欢露西，或对她的幸福不闻不问，但他知道她是找错了人。在所有的近亲甚或远亲中间，他是最不合适教养孩子的。

我也没有兴趣照看她，但至少在我的公寓楼有一间空房，所以当汤姆那天上午稍晚给我打电话向我诉说他的为难处境时（他嗓音惶恐不安，几乎冲着电话尖叫），我说，在我们找到解决办法之前，我愿意给她提供膳宿。十一点钟他们就来到第一街我住的地方。当汤姆把露西介绍给她的“纳特舅公”时，她笑了，看来也很高兴地接受了我吻她头顶所表示的欢迎，但我很快就发现，比起对汤姆来，她更不愿意跟我说话。我想方设法试图从她嘴里哄出几句话来，但结果就像汤姆所遇到的一样，不是点头就是摇头。一个奇特怪异、令人不安的小家伙。我不是儿童心理专家，但我觉得看来很清楚，她没有任何生理或精神上的毛病。不是弱智，没有自闭症迹象，没有任何器官障碍影响她和别人之间的相互反应。她直视你的眼睛，明白你说的每句话，她常笑，而且笑得很温馨，就和任何别的孩子一样。那究竟是怎么回事呢？是经受了心灵上的严重创伤而使她失去了说话的能力？或许，为了还猜不透的原因，她决定发誓不说话，迫使自己自愿患上缄默症，以此来考验自己的意志和勇气——一种孩子的游戏，最终她会玩腻吗？她的脸和手臂上都没有伤痕。这一天我甚至一度下决心要哄她去洗个澡，看看她身上的其他部位。只是为了使自己放心，知道没有人殴打或凌辱过她。

我让她在客厅电视机前坐下，给她把电视节目调到二十四小时的动漫频道。当她看见卡通角色在屏幕上活蹦乱跳的时候，她的眼睛闪烁着喜悦的光——她是那么高兴，我不禁想到她过去没有看电视的习惯。接着，我就想到大卫·迈纳及其虔诚冷峻的宗教信仰。奥罗拉的丈夫禁止家里有电视？他的信仰坚定无比，以至于要挡住他继女去美国通俗文化狂乱游乐场的通路？——在他看来，从这片国土上的每一个电子管里不断倾泻出来的都是些不信神的、吵吵嚷嚷的浮华物和垃圾货？也许如此。除非露西告诉我们她住在什么地方，否则我们对迈纳就毫无所知，可她什么也不说。汤姆根据她穿的T恤衫猜测她来自堪萨斯城，可她既不肯定，也不否定，也就是说她不愿意让我们知道她的来路，理由很简单——就怕我们把她送回去。她毕竟是离家出走，而生活幸福的孩子们是不会离家出走的。这点是肯定的，与家里有无电视无关。

当露西坐在客厅地板上一边吃开心果、一边看一集《侦探伽吉特》*时，汤姆和我离开客厅进了厨房。在那里，我们说话她听不见。我们谈了差不多三四十分钟，但什么结果也谈不出来，反而感到更糊涂、更不安。有这么多谜团和

---

* *Inspector Gadget*，美国卡通电视连续剧。

费解之处需要弄清楚，却没有使貌似可信的论据成立的佐证。露西的路费是从哪里来的？她怎么知道汤姆的地址？是她母亲帮她出走，还是她自己决定逃跑？假如奥罗拉介入此事，为什么她事先不和汤姆联络，或至少让露西带一张便条？我们说，或许有便条，露西给丢了。我们这样那样地琢磨：关于奥罗拉的婚姻，这孩子的离家说明了什么？是我们两人都担心的灾祸呢，还是汤姆的妹妹终于见到了光明，并且接受了她丈夫的世界观？还有，如果是祥和的气氛笼罩着这个家庭，那么他们的女儿为何跑到布鲁克林来了？我们俩反复揣测，绕来绕去，说了再说，一遍又一遍，可连一个问题也解答不了。

“时间会告诉我们的，”我最后说，不愿苦恼更久，“但第一重要的，是我们得给她找个住的地方。你我都不能留她。我们该怎么办？”

“我不会把她给别人去领养，如果你是指这个的话。”汤姆说。

“不，当然不是。不过我们认识的人当中也许有人会愿意接纳她。我指的是临时的。直到我们设法找到奥罗拉的下落。”

“那需要很长时间，内森。可能要几个月。也许永远找不到。”

“你继父的女儿怎么样？”

“你是说帕梅拉？”

“你说过，她很富有。在佛蒙特州有一座大房子，两个孩子，丈夫是律师。如果你告诉她，只照顾一个夏天，也许她会同意。”

“她讨厌奥罗拉。左恩家的人都讨厌她。为什么她会愿意让罗莉的孩子来打扰自己呢？”

“同情心。宽宏大量。你不是说过，这些年她变好了？对了，要是我答应负担露西的生活费用，她或许会觉得这好像是办一个家族合资企业。我们大家齐心协力共同做好事。”

“你是个有说服力的老傻瓜，是不是？”

“只是试图让我们从瓶颈中爬出来，汤姆。不为任何别的。”

“好吧，我来跟帕梅拉联系。她会拒绝我，不过我来试一下也好。”

“要注意态度，孩子。要说好话和恭维话，说甜言蜜语，好像把糖浆和蜜糖加在一起的双倍奉承。”

不过他不想在我的公寓房打电话。他说，不仅因为露西在，而且因为知道我在旁边，他会感到很不自然。汤姆细腻、脆弱，过于注重细节，是世界上最敏感的家伙。没有问题，我回答说，不过他也没有必要回他自己的住处。露西和我会出门去，他可以单独一人跟帕梅拉通话，还能得到把长途电话费算到我账单上的额外好处。“你看这孩子穿成什么样子，”我说，“破烂的牛仔裤，磨坏的帆布鞋。这很不像样，是不是？你给佛蒙特打电话，我带她出去买几件新衣服。”

事情就这样定下来了。午饭匆匆做好了：番茄汤，炒鸡蛋，萨拉米香肠三明治。饭后露西和我去过了一次购物瘾。不管她说不说话，她看来像任何一个在类似情况下的小女孩一样喜欢这趟购物：完全自由地选购她想要的东西。起初我们大多数时间都集中在基本用品上（袜子，内衣，长裤，短裤，睡衣，一件带兜帽的运动衫，一件尼龙风衣，指甲刀，牙刷，发梳，等等），然后买了一双一百五十美元的霓虹蓝的运动鞋，一顶全羊毛的布鲁克林道奇棒球队仿制帽，让我多少有点儿惊讶的还有，一双锃亮的漆革真皮玛丽珍鞋，最后我们买了红白两色棉布连衣裙——传统式样，圆领，有在背后打结的腰带。我们满载而归，回到我的公寓楼已是三点多了。汤姆已不在那儿了。他在厨房桌子上留了一张便条。

亲爱的内森：

帕梅拉说行。别问我是怎样办成的，我花了一个多小时的工夫说服她，她才终于同意。这是我经历的最费劲、最艰难的谈话。现在，这还只是“尝试性质”，好消息是她要我们明天就把露西送去。这与她丈夫特德的日程安排和当地乡村俱乐部的大派对有关。我想我们可以用你的汽车，是不是？要是你身体吃不消，我来开车。我现在去书店，跟哈里说一说请假的事。我在那里等你。一会儿见。

汤姆

我未曾料到事情会进展得那么快。我当然感到一阵轻松，很高兴问题得到迅速而有效的解决，但我的另一部分心思却又觉得失落，甚或还有些许凄惘。我已开始喜欢露西了，在这社区采购的整个过程中，我的心渐为一种可能性所动，即让她在我身边待些日子——几天，甚至几周。这不是说我对情况改变了想法（她不能永远住在我的公寓房），但短期住一阵对我而言还是可以承受的。雷切尔小时候，我错过了很多机会，而现在，突然有一个小女孩在这里，她需要照顾，需要有人为她买衣服，给她饭吃，需要一个成人有足够的自由支配时间去关心她，把她从令人困惑不解的缄默状态中拖出来。我不反对充当这样的角色，可现在这出戏显然正在从布鲁克林转移到新英格兰，我已被另一名演员所顶替。我试图安慰自己，心想露西在乡下跟帕梅拉及其孩子们在一起会更好，但我对帕梅拉又有什么了解呢？我已多年没有看到她，过去偶然见过的几面也令我感到寒心。

露西想穿着她的新衣服和玛丽珍鞋去书店，我表示同意，但有个条件——她要先洗个澡。我说，我是给小孩子洗澡的老手，为了证明这点，我从书柜里取出一本影集，让她看看雷切尔的一些照片，其中一张，令人惊异，上面我的六七岁的女儿正在洗泡沫浴。“这是你的表姨，”我说，“你知不知道她和你母亲的出生日期只差三个月？她们是好朋友。”她摇了摇头，粲然一笑，这是她这天笑得最开心的一次。我感到，她在开始信赖她的纳特舅公，过了一会儿，我们经过走廊进了洗澡间。我给浴缸放了水，她依从地脱了衣服进去了。除了左膝上有些大多已硬化的小疤外，她身上并无伤痕。背部干净、光滑；腿部干净、光滑；会阴部没有肿胀或损伤。这只是迅疾的肉眼检查，但不管是什么原因使她哑口无言，我没有看见任何显示她曾遭殴打或猥亵的迹象。这个检查结果使我很高兴，我便一边给她冲洗头发，一边把《波莉沃莉嘟嘟》* 这首歌完整地唱了一遍。

我把她从浴缸里拽出来后十五分钟，电话铃响了。是汤姆从书店打来的，为我们迟迟不去而感到奇怪。他已跟哈里说完了（他给了他几天假），正急着要离开书店。

“对不起，”我说，“购物时间比预想的要长，后来我又

* “Polly Wolly Doodle”，自十九世纪四十年代流传至今的美国童谣。

让露西洗了个澡。汤姆，你就跟小拉格玛芬[*]说再见吧。我们的女孩儿现在看来就像要去温莎堡[†]参加生日派对一样。”

接着，我们简单地商量了一下晚饭的事儿。汤姆想第二天早晨早点儿动身，所以觉得最好在六点左右就安排晚饭。另外，他补充说，露西的胃口很大，到时候她可能已经饿坏了。

我转身问露西，她是不是想吃比萨饼。她用舔舔嘴唇又拍拍肚子的方式做了回答。我便告诉汤姆在洛可餐馆找我们——这家意大利小餐馆做的比萨饼是这个地区最好的。“六点钟，”我说，“这之前露西和我要去录像店找部电影，晚饭后我们可以一起看一看。”

电影选的是《摩登时代》。我忽然想起了这部片子，并且凭一种奇怪的直觉选择了它。不仅因为露西从未看过卓别林的电影、也从未听说过卓别林这个名字（美国教育失败的又一证据），而且在这部片子里那个小流浪汉第一次说起话来。他说的话也许有点儿莫名其妙，但总算有声音从他嘴里发了出来。我想知道这时候会不会在露西心里激起什么想法，或许能给她一个间歇来思考一下她这样矢志沉默的意义。我想，所有可能的最好结果是使她迅速改变现

---

* Ragamuffin，十四世纪英国诗歌中一精灵名，后泛指衣衫褴褛的人（尤指儿童）。

† 英国王室住所。

状，不再闭口不语。

在洛可餐馆吃晚饭之前，露西的表现一直处于最佳状态。我要求她做的每件事儿，她都乐意而顺从地去做，没有皱过一次眉头。汤姆平时很少因考虑不周全而出言唐突，可这次我们刚在餐桌旁坐下来几分钟，他就突然透露了眼下佛蒙特之行的消息：没有逐渐铺垫，没有对奇妙的伯林顿市的溢美之词，也没有阐明她跟帕梅拉在一起为何要比跟舅舅、舅公在布鲁克林更好。就这样我看到她第一次蹙额皱眉，然后是第一次哭鼻子，然后是这顿饭的大部分时间她都是气鼓鼓的样子。她一定很饿了，可比萨饼端到她面前，她连碰都没有碰。幸亏我一直不停地解释，才使我们从或许会升级为一场全面性神经战的状态中解脱出来。我着手补做汤姆所疏漏的基础工作：圣歌和颂词，商会踢踏舞会，关于传奇式的帕梅拉善良厚道的长篇赞语。当这些话并未产生预想的效果时，我就改变策略而向她保证，汤姆和我先留下不走，直至她舒适地安顿下来，甚至更进一步冒极大的风险，让她确信决定权完全在她手中。如果她不喜欢那地方，我们会收拾她的行李驾车回纽约。但她得试一试这个机会，我说，不能少于三天或四天。同意不同意？她点了点头。然后，她笑了，半小时内第一次笑了。我召侍者过来，问他如果把她的比萨饼拿回厨房去重新热一下是否太麻烦。十分钟之后，他把比萨饼送回桌子，露西开始大吃起来。

“卓别林试验”产生的效果成败参半。露西笑出声来了，这是这天内我们听到的她第一次发出的声音（就连吃晚饭时从她脸颊上流下来的眼泪也是无声的）。可是几分钟后，我们还没有进入电影里的饭店场面，查理*还没有在那里突然唱起他那首著名的荒诞歌曲，她的眼睛就已闭上，慢慢地睡着了。谁能责怪她呢？她早晨才到纽约，谁知道她经过了多少英里的行程，这也就是说，昨夜她坐公共汽车，即使不是坐了一整夜，那也是坐了大半夜。我把她抱进那间空闲的卧房，汤姆打开那张沙发床，拽下上面的被单和毯子。没有人能比孩子睡得更熟，尤其是筋疲力尽的孩子。我把她放到床垫上，给她盖上毯子，她居然一次也没有睁开眼睛。

第二天一早发生了一件奇妙而麻烦的事儿。七点钟，我端着一杯橙汁、一盘炒鸡蛋和两片涂了黄油的吐司走近还在睡觉的露西。我把早点放在地板上，伸手轻轻地摇她的手臂。“醒醒，露西，”我说，“该吃早饭了。”三四秒钟后，她睁开眼睛，然后是一阵全然困惑（我在哪儿？这个瞧着我的陌生人是谁？），终于记起来我是谁了，笑了一笑。“你睡得好吗？”我问。

---

* 卓别林的名字。

“真好，纳特舅公，”她答道，这些话的发音听来好像是南方口音，“就像井底里的一块又大又老的石头。”

嘣。爆破的声音。露西终于说话了。没有人促使、怂恿，没有停顿一下想想她要做什么，她平静地张嘴说话了。我琢磨，究竟是缄默统治期正式结束了，还是在刚苏醒过来的恍惚状态中忘了不说话的约法呢？

“我很高兴。”我说。我不想把事情搞糟，所以不提及刚发生的事情。

“我们今天还要去那个臭烘烘的佛蒙特州吗？”她问道。

每一个新的词，每一句新的话，都给我增添了希望的谨慎感觉。

“大约一小时内就该走了，”我说，“瞧，露西，橙汁，吐司，还有鸡蛋。”

我弯腰从地板上端起食品，她又一次笑得眉飞色舞。“在床上用早餐，”她庄重地说道，“就像纳芙蒂蒂王后*。”

我以为此时我们已经脱离了困境，但我知道什么呢——对于这一切，我又知道些什么呢？我右手拿着橙汁杯，就在她伸手从我手里接过去的时候，她头顶上的天塌下来了。我很少见到一个人脸部表情的转变会像她此刻那

---

* Nefertiti，古埃及法老阿肯纳顿的王后，古埃及史上最重要的王后，许多庙宇和壁画中都有她的身影出现。

么快。就在一瞬间，那粲然笑容变成了强烈而难忍的恐怖神情。她用手堵住了自己的嘴，她的眼睛一瞬间就盈满了泪水。

“别难过，宝贝儿，”我说，“你没有做错任何事情。”

但她是做错了。看她的眼光，看她小脸蛋上的痛苦表情，就好像她犯下了不可饶恕的罪行。在一阵对她自己突发的怒气中，她开始用她左手掌打自己脑袋的左侧，似乎要用这些猛烈的动作来说明她觉得自己有多傻。她打了三下，四下，五下，可就在我要抓住她手臂不让她再打下去时，她突然伸出左手，用一只手指断然指向我的脸。她满腔怒火，眼光流露出极度的嫌恶和自怨自艾，开始用她的右手拍打自己的左手，似乎在叱责左手居然好意思伸出一个手指。拍打了几下后，她又突然把左手伸了出来，这次她举着两只手指。像上次一样，她又狠又重地把手戳向空中，先是一只手指，后是两只。她想告诉我什么？我不清楚，但我猜想这跟时间有关，跟她允许自己恢复说话之前剩下的天数有关。她早晨醒来时还剩一天不能说话，可现在已有几句话在无意中溜出了嘴，所以她要给自己的沉默日子多加一天，以此来惩罚她自己。

“是不是这样？”我问道。“你是在告诉我，你会在两天内重新说话？”

没有回答。我又问一次，可露西不打算泄露她的秘密。

不点头，不摇头，既不点也不摇。什么表示也没有。我在她旁边坐下，伸手轻轻抚摸她的头发。

“嘿，露西，”我边说边把橙汁递给她，“该吃你的早饭了。”

驾车北行

这辆汽车是我过去的遗物。在纽约，我不必用车，可我又一向太懒，也就懒得去卖掉，所以这车一直停在第六和第七大道之间的联合街停车库里，自从我搬到布鲁克林来之后，一直没有开过，甚至连看也没有看过。一辆1994年的灰绿色的奥兹莫比尔·卡特勒斯车，一台难看得惊人的金属制品。但这车还是可以干它该干的活儿，在被闲置长长的两个月之后，车钥匙一按，那引擎也就启动了。

汤姆是司机，我坐在副驾驶，露西坐后面。尽管头天晚上我向她做了保证，但她仍然不想跟帕梅拉和佛蒙特有什么关系，对我们违背她的意愿把她送走的做法感到愤愤不平。从逻辑上来讲，她是有道理的。既然最终的决定权掌握在她手里，那么开三百英里把她送过去，唯一结果是再开三百英里把她带回来，其目的又何在呢？我对她说过，她应该给帕梅拉的试验计划一个合法的机会。她假装表示同意，但我知道她决心已下，任谁也无法改变。她坐在车的后座，噘着小嘴，面有愠色，默不作声，俨然是我们残忍的阴谋诡计的无辜受害者。我们沿95号州际公路经过布里奇波特市郊时，她睡着了。在此之前，她只是望着车窗外，无疑在想她这个舅舅和舅公有多可恶。但后来事情的进展证明，我把她想错了。露西比我想象的要机敏得多，与其说她坐在那里生闷气，还不如说她在动脑子想办法，用她的聪明才智筹谋一个计划，扭转局面使之不利于我们，从而使她能掌握自己命运。这是一个卓越的谋划——如果我自己私下说，这是一个真正的无赖计划，其足智多谋达到如此高的程度，人们只能手触帽檐致以敬礼。有关此事暂且不谈。

露西在后面谋划和瞌睡的时候，汤姆和我在前面谈天说地。自从1月份辞去出租车司机工作以来，他一直没有摸过方向盘，现在重又开车这件小事似乎给他体内添加了兴奋剂。前两个礼拜，我几乎每天都和他在一起，可从来没有见到他像6月初的这天上午那样轻松愉快。在他带我们顺利通过市内的车水马龙后，我们上了通往北部的多条高速公路中的第一条，正是在那些开阔的公路上，他的心情松弛下来了，丢弃了压在他心头的苦恼，暂时停止了对世界的憎恨。放松了的汤姆是个健谈的汤姆——这是用于前大拇指博士的大拇指法则*,从早晨大约八点半到中午过了很久，他一直滔滔不绝地讲个不停，不论是与我们相关的或是无关的神秘奥妙的话题，他那些故事、笑话和讲演真如潮水一般向我涌来。

谈话从议论我的《人类愚行大全》开始。关于我正在写的杂乱故事，他想知道其进展情况。我告诉他，我正在往前赶，还看不到终点，所写的每个故事连带出另一个故事，而另一个故事又连带出第三个故事。我说到这里，他用右手拍拍我的肩膀，做了这样一个惊人的定论："你是一个作家，内森。你正在成为一个真正的作家。"

"不，我不是，"我说，"我只是一个退休的人寿保险推销员，没有更适当的事可做，搞这个来消磨时间，就这么回事。"

"你错了，内森。经过沙漠中的徘徊岁月，你最终将找到你真正的职业。现在你不用再为金钱而工作，你正在做这个事，这就意味着你会一直做下去。"

"笑话。没有人在六十岁当上作家。"

这个前研究生和文学学者清了清嗓子，请我原谅他和我持不同意见。他说，谈到写作，并无法则可循。仔细观

---

* Rule of thumb，指由实际经验得来的经验法则。

察一下诗人和小说家们的生活，你可以了解到的是十足的混乱、无休止的异乎寻常的纷扰。那是因为写作是一种疾病，汤姆接着说，你可以称之为精神的传染或流感，所以可能在任何时候突然侵袭任何人，不论是年轻的或年迈的，坚强的或脆弱的，酒醉的或清醒的，神志正常的或精神错乱的。审视一下巨匠和半巨匠的花名册，你会发现作家当中包括各种性倾向，各种政治倾向，各种人的特性——从最崇高的理想主义到掩人耳目的腐化堕落。他们中有罪犯和律师，有间谍和医生，有士兵和未婚女人，有旅行家和隐士。如果谁也不能排除在外，那么有什么东西可以阻挡一个年近六十的前人寿保险经纪人加入他们的行列呢？哪个执法者宣布过内森·格拉斯没有染上这种写作病呢？

我耸了耸肩。

“乔伊斯写了三部长篇小说，”汤姆说，“巴尔扎克写了九十部。我们现在会觉得有什么差异吗？”

“我不觉得。”我说。

“卡夫卡用一个夜晚写出第一篇小说。司汤达在四十九天内写出《巴马修道院》。梅尔维尔写《白鲸》用了十六个月。福楼拜写《包法利夫人》花了五年时间。穆齐尔用了十八年写《没有个性的人》，至死也没有写完。我们现在还关心这些事吗？”

这个问题似乎不用回答。

“弥尔顿是个瞎子。塞万提斯只有一条手臂。克里斯托弗·马洛*三十岁不到就在一场酒馆斗殴中被刺死。那刀显然直插他的眼睛。对此，我们该想些什么？”

“我不知道，汤姆。你告诉我吧。”

“没什么可想的。什么可想的也没有。”

“我倾向于同意你的看法。”

“托马斯·温特沃斯·希金森‘修改’过艾米莉·狄金森的诗。一个自以为是、把《草叶集》贬为道德败坏之作的笨蛋，居然敢碰神圣艾米莉的作品。还有可怜的坡，醉倒在巴尔的摩的街沟里，死得也荒唐。他真倒霉，居然挑选鲁弗斯·格里斯沃尔德做他的文学遗产执行人。他几乎不知道格里斯沃尔德看不起他，这个所谓的朋友和支持者竟会花好多年工夫试图诋毁他的名声。”

“可怜的坡。”

“埃迪†没有好运。生前死后命都不好。1849 年，他们把他埋葬在巴尔的摩一个公墓，可直到二十六年后才有墓碑竖在他坟上。他的一个亲戚在他死后立即委托某人办墓碑的事，可这事给办得稀里糊涂，就像又一则黑色幽默，使你惊疑究竟是谁在管理这个世界。谈谈人类愚行吧，内

---

* Christopher Marlowe（1564—1593），英国戏剧家、诗人。

† 爱伦·坡的名字埃德加的昵称。

森。那大理石工场正好坐落在一段高架铁路底下。就在墓碑快刻完的时候，发生了一起出轨事故。火车车厢就翻倒在工场上，那块墓碑被压碎了。那个亲戚没有足够的钱再订购一块石碑，坡就这样在一块没有标志的坟地里度过了四分之一世纪。”

“你怎么知道这些东西，汤姆？”

“众所周知的事。”

“我可不知道。”

“你从未上过研究生院。当你挺身而出为民主力争世界安全的时候，我可坐在图书馆的小单间里，把那些无用的信息塞满了我的脑袋。”

“最后是谁付了那墓碑钱？”

“当地一群教师组织了一个筹款委员会。信不信由你，他们花了十年才筹足这笔钱。墓碑制作完毕后，他们把坡的遗骸从墓中掘出，由马车运往巴尔的摩一个教堂墓地。墓石揭幕式举行的上午，有一特殊仪式安排在一个叫作西方女子中学的地方。一个极好的名字，你说是吗？西方女子中学。所有重要的美国诗人都邀请了，但惠蒂尔、朗费罗和奥利弗·温德尔·霍姆斯都借口没有来。只有沃尔特·惠特曼专程来了一趟。他作品的价值比所有其他诗人加在一起还高，所以我视之为崇高的诗人正义行为。饶有兴味的是，那天上午斯蒂芬·马拉美也在那里，不是亲自出席，而是专为这次活动写了著名的十四行诗《埃德加·坡之墓》，尽管他没能在这一仪式前及时写完，但他的心灵却在那里。我赞赏这点，内森。惠特曼和马拉美，现代诗歌的双父，一道站在西方女子中学里纪念他们共同的先辈，名誉被毁而又失宠的埃德加·爱伦·坡，美国献给世界的第一个真正的作家。”

是的，这天汤姆的精神状态极佳。我想，他多少有点儿狂热，但他漫无边际、学识渊博的滔滔话语无疑有助于排遣长途驾车的沉闷。他会沿一个方向开上一会儿，到一个交叉路口就急剧地转往另一方向，从不暂停下来考虑一下究竟向左转好还是向右转好。正如俗话所说，条条大路通罗马，既然这个罗马纯粹是个文学天地（他似乎无所不知），他决定拐向何方就无关紧要了。从坡，他突然跳向了卡夫卡。两者之间的联系是死亡的年龄。坡享年四十又九个月，卡夫卡四十又十一个月。这是一种并不重要的史实，只有汤姆才记得或关心，但我发现自己也比较有兴趣，因为我的半生一直在研究保险计算表，分析各种职业人士的死亡率。

“死得太年轻了，”我说，“如果他们生活在今天，有药物、抗生素挽救他们的生命，他们便有活下去的好机会。如果我在三四十年前就得了癌症，那我现在就不可能坐在这辆车里了。”

“是的，”汤姆说，“四十岁是太年轻了。可再想想，有多少作家甚至还活不到这个年龄。”

“克里斯托弗·马洛。”

“二十九岁就死了。济慈二十五。乔治·毕希纳二十三。请想一下，十九世纪最伟大的德国戏剧家二十三岁就死了。拜伦勋爵三十六。艾米丽·勃朗特三十。夏洛蒂·勃朗特三十九。雪莱只差一个月三十。菲利普·锡德尼爵士三十一。纳撒尼尔·韦斯特三十七。威尔弗雷德·欧文二十五。乔治·特拉克尔二十七。莱奥帕尔迪、加西亚-洛尔迦和阿波利奈尔都是三十八。帕斯卡三十九。弗兰纳里·奥康纳三十九。兰波三十七。两个克莱恩，史蒂文和哈特，分别为二十八和三十二。还有卡夫卡最喜爱的作家亨利奇·冯·克莱斯特，三十四岁时与其情人双双自尽。”

“卡夫卡是你最喜爱的作家。”

“我想是的。二十世纪的作家里，不论从哪个角度看。”

“你的博士论文为什么不写他呢？”

“因为我糊涂。也因为我想我应该当一个美国文化研究学者。”

“他不是写过《美国》吗？”

“哈哈。有道理。我怎么没有想到呢？”

“我记得他关于自由女神像的描写。那老姑娘手里高举的不是火炬，却是一把指向天空的利剑。一个不可思议的形象，让你觉得好笑，同时吓得你屁滚尿流，好像噩梦一场。”

“原来你读过卡夫卡。”

“读过一些。长篇小说，或许还有十多个短篇。那已是很久以前的事了，当时我年纪还轻。卡夫卡的妙处在于他会跟你待在一起，一旦你浏览了他的作品，你就不会忘记了。”

“你读过他的日记和书信吗？读过哪部传记吗？”

“你了解我，汤姆。我这个人不大认真。”

“可惜。你知道他的生活越多，你对他的作品就越感兴趣。卡夫卡不仅是一个伟大的作家，你知道，而且是一个非凡的人。你听说过玩偶的故事吗？”

“不记得了。”

“啊，那你仔细听着。我讲给你听，把它作为支持我的看法的第一个证据。”

“我不一定能听懂。”

“很简单的。我的目的是证明卡夫卡此人确实卓尔不群。为什么要从这个特定的故事开始呢？我不知道。昨天早晨露西突然出现以后，我一直念念不忘这个故事。这期间应有一种关联。究竟是怎样的关联，我还没有琢磨出来，但我想，这里头有给我们的一个信息，提醒我们该怎么做。”

“你这序言太长了，汤姆。你直接讲故事就行了。”

“我又在胡说八道了吗？你瞧这一切，阳光，汽车，一路以六十至七十英里时速奔驰。我的脑子要爆炸了，内森。我很兴奋，要干什么都可以。”

“好。现在给我讲故事。”

“行。讲故事。玩偶的故事……这是卡夫卡生命的最后一年，他已爱上了年轻姑娘多拉·戴芒特。她只有十九或二十岁，是从她在波兰的犹太教哈西德教派家庭里逃出来的，现在住在柏林。她只有他的一半年纪，但就是她给了他离开布拉格的勇气——他想做这件事已有多年，她是与他同居的第一个、也是唯一的女人。1923 年秋天，他移居柏林，第二年春天就死了。尽管他健康恶化，尽管柏林的社会状况很糟：食品匮乏，政治暴乱，还有德国历史上最严重的通货膨胀，尽管他无疑知道自己已不久于人世，可这最后的几个月也许是他一生中最快乐的时光。

“每天下午，卡夫卡出去到公园散步。多拉常常陪他一起去。有一天，他们遇见一个小女孩在伤心啜泣。卡夫卡问她怎么啦，她说她的玩偶不见了。他马上就编了一个故事，告诉她是怎么回事。‘你的玩具娃娃旅行去了。’他说。‘你怎么知道？’她问。‘因为她给我写了一封信。’卡夫卡说。小女孩看来不大相信。‘你带着信吗？’她问。‘没有，对不起，’他说，‘我把信留家里了，我做得不对，但明天我会带来。’他说得那么可信，那小女孩便不知道再多想什么了。这个神秘的人说的是真话，这是有可能的吧？

“卡夫卡径直回家写信。他在书桌旁坐下，多拉看着他写信，她发现他的神情就像平时写作时一样认真、紧张。他不是要骗那个小女孩。这是真正的文学劳作，而他决心把它写好。如果他能编造一篇美丽而有说服力的谎言，这就会弥补小女孩的损失，尽管写的是不同的现实，甚或是虚假的现实，但根据虚构法则，这是真实可信的。

“第二天，卡夫卡带着信急急忙忙赶到公园。那小女孩在等他。由于她还不识字，他便把信大声地念给她听。那玩具娃娃非常抱歉，因为所有的时间跟同样的人生活在一起，她感到厌倦，她要走出去看看世界，去交新朋友。不是她不爱小女孩，而是她渴望换换风景，所以她们得分离一段时间。然后娃娃答应每天给女孩写一封信，让她及时知道她所做的事情。

“这故事就在这里开始打动我的心。卡夫卡不嫌麻烦写第一封信就足以令人吃惊，不料现在他又要自己承担每天写一封信的责任——不为别的，只为了要安慰这个小女孩。而他和她素不相识，只是一天下午在一个公园里偶然碰见了她。什么样的人才做这样的事？他连续写了三个星期的信。内森。三个星期。他是史上最卓越的作家之一，但他却牺牲自己的时间——对他而言时间已越来越少而显得更加珍贵——为一个丢失了的玩偶虚构书信。多拉说，他每写一句都为细节苦思冥想，其文笔明晰、有趣而引人入胜。

换言之，这就是卡夫卡的文体。三星期，每一天，他都去那个公园，给那女孩念不同内容的信。玩偶长大了，上学了，认识了别的人。她继续要小女孩相信她爱她，但也暗示说，生活中某些复杂因素使她不能回家。一点儿一点儿地，卡夫卡让小女孩做好心理准备，知道玩具娃娃将永远从她生活中消失的时刻就要来临。他竭力要写出一个满意的结尾，担心如果写得不成功，这魔力就将失效。试过多种可能后，他最后决定把玩偶嫁出去。他描述了她爱上的年轻人、订婚派对、在乡下举行的婚礼，甚至还有玩偶和她丈夫现在住的房子。然后是最后一行字，玩偶向她心爱的老朋友告别。

“到了这种地步，小女孩当然就不再想念那玩具娃娃了。卡夫卡给了她别的东西，到三个星期结束时，那些书信已经消除了她心头的不愉快。她知道了这个故事，而当一个人有幸生活在故事之中，生活在一个想象的世界里时，这世界的悲苦也就消失了。只要这故事不断延续下去，现实也就不再存在。”

可乐之计

从纽约市前往佛蒙特州伯林顿有两种走法：快速道和慢速道。这次北行，前面的三分之二路程我们选了快速道，这条路线包括城区的弗莱布许大道、布鲁克林-皇后区高速公路、大中心公园大道和678号公路。越过白石大桥进入布朗克斯区之后，我们继续向北开了数英里，然后开上95号公路，这条州际公路引领我们出城，穿过韦斯切斯特县东部，往康涅狄格州南部开去。在纽黑文，我们拐上91号州际公路。我们的大多数行程都在这条公路上，沿着它驶过康涅狄格州的其余部分，穿越整个马萨诸塞州，抵达佛蒙特州的南部边境。前去伯林顿的最快路线应是沿着91号公路一直开下去，直至白河会合点，然后往西转上89号州际公路。但当我们发现已到了布拉特尔伯罗市郊时，汤姆宣告说，他在高速公路上开得腻味了，宁愿改开窄一点、空一点的偏僻地区公路。于是我们离开快速道，上了慢速道。他说，这样会多开一两个小时，但我们至少有机会看看别的风景，而不光是快速移动、索然无味的车流。比如树林，路边的野花，更不用说牛群和马群，农田和草地，村镇公用绿地和偶然可见的人。我不反对改变一下计划。我担心的是我们能否在三点钟或五点钟赶到帕梅拉家。此时露西又睁开了眼睛，正从后车窗往外望着。对于我们现在对她做的事，我深感内疚，想尽可能拖延到达的时间。我打开我们的兰德·麦克纳利*地图册，查看了一下佛蒙特州的地图。“从三号出口出去，”我对汤姆说，“我们要找通往西北的斜向而弯曲的30号公路。大约四十英里之后，我们会在车上摆来摆去、摇摇晃晃，一直到拉特兰，找到7号公路，然后直达伯林顿。”

我为何要在这些琐碎的细节上絮絮不休呢？因为故事的真实性往往有赖于细节，而且我也别无选择，只能准确地讲述故事发生的情况。如果我们没有决定在布拉特尔伯罗离开高速公路，由着性子去找30号公路，那么这本书里的很多事件就根本不会发生。我说此话尤其是指汤姆。露西和我均因这一决定而获益，而对这些布鲁克林的荒唐事

* Rand McNally，芝加哥著名的地图出版公司。

中长期遭罪的主角汤姆而言，这是他一生中最重要的决定。当时他丝毫没有想到这个决定会产生什么后果，也不会知道他因此而引发了一场旋风。就如卡夫卡的玩偶，他想他只是希望换换风景，却由于他离开一条路，上了另一条路，不料命运女神向他张开双臂，把我们的男孩儿带往了一个不同的世界。

油箱快要空了，我们的肠胃也快要空了，我们的膀胱则满了。在布拉特尔伯罗西北约十五或二十英里的地方，我们停下车来，在一家又旧又脏、名叫“多特”的路边餐馆吃午饭。“食物和汽油”，正如这高速公路旁标牌的贴切标示，这是要我们停下来满足我们需求的指令。在多特既可吃饭，又可加油，马路对面就有一家雪佛龙加油站。没想到在这里，我们先做这事、后做那事的随意决定对这个故事也产生了重大影响。如果我们先把油箱加满，露西就绝不可能成功地施展她的惊人绝技，我们也无疑会继续赶路，按计划直奔伯林顿。但由于我们坐下来吃饭时油箱仍是空的，机会便从天而降，我们的小女孩毫不犹豫地抓住了它。当时我们感到似乎是大难临头，但要是她没有干她所干的事，我们的男孩儿便绝不可能投入命运女士的恩泽之怀，离不离开高速公路就无实际意义了。

即使现在，我仍然不很明白她是怎样干这事儿的。某些偶然因素是对她有利，但想及她只是趁机溜出去了一会儿，她那种蓄意破坏的胆量和效率几乎是恶魔式的。是的，餐馆坐落在离公路约一百英尺的偏僻之处，使她受到保护而不被路过的驾车人看见。是的，餐馆正前方的停车场已经停满车辆，也就是说我们把车停在了边上，从餐馆破旧平房正面的两扇观景窗看不见我们的车。是的，还有加倍的有利条件，汤姆和我都背对窗户而坐。但是，她究竟怎么会灵机一动就如此神速地把一台室外的可口可乐自动售货机（刚巧离我们的车不到十英尺）变成了为反对"伯林顿决议"而战的武器呢？我们仨是一起进餐馆的，我们做的头一件事情就是直接上厕所。然后我们在餐桌旁坐下，点了汉堡包、金枪鱼色拉和烤芝士三明治。女招待帮我们点完菜，露西用手指指下身，让我们知道她还要上一趟厕所。我说，没有问题。她起身走了，就像其他美国女孩子一样，穿着苏格兰佩斯利花呢短裤和一百五十美元一双的霓虹蓝运动鞋。她走后，汤姆和我一起感叹离开城市有多愉快，即使坐在像多特这样阴暗而污秽的小餐馆里也很开心，四周有很多菜农和农场主，他们戴着饰有农具和重型机器制造公司商标的棒球帽。汤姆还在高谈阔论，我听得津津有味，以至于顾不上过问露西的行踪。当时我们不知道（事情后来才清楚），我们的小女孩从餐馆后门溜了出去，急匆匆地往外面的可乐售货机里塞硬币和纸币。她买了至少十二罐这种含糖量大、甜得腻人的调制饮料，把整罐的可乐一罐一罐地全都倒进了我的还能开的奥兹莫比尔·卡特勒斯车的汽油箱内。她怎么知道糖分是内燃机的致命毒药？这小家伙怎么会这么聪明？她不仅突然而决定性地中断了我们的行程，而且在创纪录的短时间内把事情办成了。我猜想她只用了五分钟，至多也就是七分钟。不管多长时间，她回到餐桌时，我们还在等着上菜呢。她忽然又满面笑容，可我又怎么知道她为什么高兴呢？如果我真犯得着去想原因，我会假设是因为她大解得痛快。

吃完饭后我们又上了车，那马达发出了咳嗽般的声音，可谓汽车史上最为奇特的怪声之一。我刚才坐在这里用了二十分钟回想那噪音，可仍然找不到恰当的文字来加以描绘，找不到一个令人难忘的短语来加以逼真地形容。粗哑的哈哈大笑？打嗝似的拨奏？魔窟里的狂笑？我或许不能胜任这个任务——或许语言也是一种过于无效的工具，无法抓住我所听到的、那种好像从哽咽的鹅或喝醉的黑猩猩嘴里发出来的声音。最后，那狂笑声转化为一声拉长了的音调，很响，就像是低音大号吹出来的，也可充作人的饱嗝儿吐气。不完全像饮啤酒者的得意打嗝，而更像那种令人想起消化不良者发出的缓慢而痛苦的咕噜的声音，那种晚期胃灼热病患者喉咙里发出的低沉的漏气声。汤姆关掉引擎，再试一次，但第二次启动只产生了虚弱的呻吟声。第三次结果是默然无声。这支交响乐结束了，我这中毒的奥兹心脏骤停了。

“我想，我们没有汽油了。”汤姆说。

这是可以得出的唯一合理的结论。可我斜身向左边的汽油表一看，显示油箱十分之九是满的。我指了指那红色指针。“从这个来看可不是。”我说。

汤姆耸了耸肩：“这仪表一定坏了。幸好路对面就有一个加油站。”

在汤姆对汽车的状况做出错误判断时，我转身透过后窗看了他所说的加油站——破旧不堪，只有两台加油泵，看来似乎自1954年以来从未油漆过。我这样看着，眼光和露西的相遇了。她坐在汤姆的正后面，因为我不知道她就是使我们处于狼狈处境的肇事者，见她脸上平静的、几乎不可思议的心满意足神态，我多少有点疑惑。那引擎奏响了不和谐的丛林爵士乐集成曲。在正常情况下，你以为这些可笑的声响会引得她恼火：像警报，像逗乐，又像争辩，诸如此类。露西却完全置身于物外——在冷漠的云朵上轻盈地飘浮，纯洁的心灵离开她的身躯而去。现在我明白，她是在为自己的成功而高兴，在默默地感谢佑助她创造奇迹的全能者。那天下午跟她坐在同一辆车里，我只觉得迷惑不解。

“你还跟我们在一起吗，露西？”我问道。

她毫无表情地盯了我好长一会儿，然后点了点头。

“别着急，”我接着说，“我们很快会让车再开动起来。”

不消说，我错了。我倒有兴趣把这出还在延续的喜剧详详细细地描述一番，但这件事，严格地说，毕竟与我们的故事没有关系，所以我不想以谈论此事来考验读者的耐心。结局已说明一切。我就不在汤姆从路对面加油站费劲提回来的五加仑高辛烷汽油上多费笔墨（那油也于事无补），也不提有关卡特勒斯最后由拖车拖往同一个加油站修车库的情况了（我们能有什么其他选择？）。唯一值得一提的事实是管修车的人当中（通称为老艾尔和小艾尔的父子队）没有一个能弄清楚这辆车的问题究竟出在哪里。老子和小子的年龄，分别与汤姆和我差不多。鉴于我瘦汤姆胖，小艾尔和老艾尔的身材也像我们，但反了过来：做儿子的瘦，像我；当父亲的胖，像汤姆。

小艾尔花几分钟检查了引擎，没有发现任何问题，便砰的一声关上了引擎盖。"我要把这个宝贝拆开来。"他说。

"嘿，有那么糟吗？"我问道。

"我没有说糟，但也不是太好。不，先生，根本不太好。"

"修一修要多长时间？"

"这要看情况。也许一天，也许一个礼拜。首先，我要找出问题。如果事情简单，那就不费力；如果不简单，我们也许得为你们向汽车商订购一些新零件，这可能要拖延一些时间。"

听来这是一种合理可信的推断。我自知对汽车这个课题一窍不通，所以除了让他来做这个工作，我不知道我还能做什么——也不管要多长时间。汤姆也不懂机械，也就同意这个做法。大概也就只能这样了，但现在我们被困在佛蒙特州乡村的偏僻公路上，两个艾尔在检修我们有毛病的车，我们自己该干什么呢？一个方案是租一辆车，继续开往伯林顿，这礼拜其余时间在帕梅拉家过，然后在返回纽约的路上取回奥兹莫比尔。或者，简单一些，在当地小旅馆租房间，在车修好之前姑且当作休假吧。

“今天我车也开够了，”汤姆说，“我赞成留下不走。至少明天再走。”

我同意汤姆的想法。至于露西，这个一声不吭、时刻戒备的露西，可以想象她是不会反对我们的决定的。

老艾尔介绍了纽范恩镇的两家小旅馆，我们来时开车经过那小镇，往回开约有十英里路程。我到办公室去给两家都打了电话，可没有一家还有空房。我通报了这个情况，老艾尔看来有点儿生气。“游客太多，”他说，“现在才 6 月的第一个礼拜，就像夏天的旺季了。”

下一个半分钟，我们都手插口袋站着，看他们父子俩能想出什么主意来。小艾尔终于打破沉默：“斯坦利怎么样，爸？”

“嗯，”他父亲说，“我不知道。你怎么会想到他又要开业了？”

“我听说他打算今年开张，”年轻人答道，“那是玛丽·艾伦告诉我的。上星期她在邮局碰到斯坦利了。”

“谁是斯坦利？”我问。

“斯坦利·乔德尔，”老艾尔一边说，一边举起手臂往西指了一指，“他开过一个小旅馆，在那小山上，离这儿约三英里远。”

“斯坦利·乔德尔，”我重复说，“好一个奇怪的姓[*]。”

“是的，”老艾尔说，“可斯坦利不在乎。我想他还有点儿喜欢这个姓。”

“我知道以前有个男子名叫埃默尔·杜德尔鲍姆[†]，”我说道，忽然觉得与两个艾尔交谈很有意思，“你们会喜欢一辈子给安上‘蛤蜊汤’这样的绰号吗？”

老艾尔咧嘴一笑。“不很喜欢，先生。根本不喜欢。但至少人们会记住它。我从生下来那天起就叫艾尔·威尔逊，也可能差一点儿就给叫作约翰·多伊[‡]。对那样的名字，其实你完全没有必要认真看待。艾尔·威尔逊。在佛蒙特州就会有上千个艾尔·威尔逊。”

“我想我会试一试斯坦利，”小艾尔说，“谁也说不准。

---

* 乔德尔，英文为 Chowder，原指新英格兰人爱吃的一种加了奶油、味道鲜美的蛤蜊浓汤。

† 埃默尔和杜德尔鲍姆都是极罕见的名与姓，一般人不会取。

‡ John Doe，在英文中指某个身份不明的男性，无名氏。

如果他不在外头给他的草坪割草，那也许会接电话……”

细高挑的儿子进办公室打电话去了，胖乎乎的老子斜靠在我的车上，从衬衫口袋里掏出一支烟（他把烟放进嘴里，但没有点上），然后给我们讲述了“蛤蜊汤旅馆”的悲惨故事。

“那就是斯坦利现在干的事儿，”他说，“他给他的草坪割草。从大清早到下半晌，他都驾着那辆红色的约翰·迪尔牌割草机割草。4 月里雪一融化，他就开始了，直到 11 月份又下雪了才停止。不管晴天还是下雨，每天他都在外头开着他的机器连续好多小时地割个不停。冬天一到，他待在家里看电视。电视看腻了，他就开车去大西洋城。他住进其中一家赌场旅馆，连续十天玩二十一点牌戏。他有时赢，有时输，都不在乎。他有足够的钱维持生活，时不时挥霍些钱，又有什么关系？

“我很早就认识他——到如今有三十多年了吧，我想。他曾是马萨诸塞州斯普林菲尔德的注册会计师。1968 或 1969 年，他和妻子佩格买下了小山上那座白色大房子，后来他们就来过周末，过圣诞节，夏天来度假，随时可以来。他们的宏愿是把那地方改建为小旅馆，待斯坦利退休后就长年住在那里。四年前，斯坦利辞去会计师职务，和佩格把斯普林菲尔德的房子卖了，搬到这儿开了蛤蜊汤旅馆。我永远不会忘记他们头一年春天工作的辛苦劲儿，他们要赶在阵亡将士纪念日那个周末之前把什么都准备好。一切按部就班地进行着。他们把那地方美化得像珠宝一样闪光。他们雇了一个厨师、两个女仆，可就在他们要给第一批客人登记预订房间时，佩格中了风，死了。那天中午就在厨房里，一分钟前她还好好的，还跟斯坦利和厨师说话，一分钟后她便扑倒在地板上，停止了呼吸。事情发生得猝不及防，救护车还没离开医院，她就死了。

“这就是为什么斯坦利要割草。有些人以为他有点儿疯了，但无论何时我跟他说话，他还是我三十年前认识的那个老斯坦利，一如既往的同一个人。他为他的佩格伤心，就是这么回事儿。有些男人酗酒。有些男人再找个老婆。斯坦利割他的草。这没有什么危害，不是吗？

“我有段时间没见到他了，如果玛丽·艾伦得到的消息可靠——我知道她从不胡说——那这就是好消息。这就是说斯坦利好转了，他想重新生活。小艾尔去打电话有好几分钟了。我可能猜测有误，但我还是要打赌斯坦利接了电话，他们正在商量怎样把你们三人送上小山去。这不是一桩好事吗？如果斯坦利开张营业了，那你们就是蛤蜊汤旅馆的第一批付款客人。哎呀呀，这可真是一件好事情啊。”

生存饭店的良辰美景

我想说一说幸福和快乐，说一说那些罕有和意外的时刻——你头脑里的愿望默然不语，你感到自己与这世界浑然一体。

我想说一说6月初的天气，说一说和谐融洽和乐而忘忧的憩息，说一说在绿色树叶间蹦来跳去的知更鸟、金翅雀和蓝鸟。

我想说一说睡眠的益处，说一说进餐和饮酒的乐趣，说一说你在下午两点钟走入阳光、感到四周的空气热情拥抱你时心里有何感受。

我想说一说汤姆和露西，说一说斯坦利·乔德尔以及在蛤蜊汤旅馆度过的四天，说一说我们在南佛蒙特州那座小山顶上思考过的想法和梦见过的梦境。

我想记住那蔚蓝色的黄昏，那慵困的玫瑰色黎明，还有那深夜林中熊的嗥叫声。

我想记住一切。如果一切太多的话，那就记住一些。不，比一些要多。几乎是一切吧。几乎一切，连同那些为遗漏部分所保留的空白。

斯坦利·乔德尔沉默寡言，却又快活合群。他是个熟练的割草能手，打扑克很机敏，还苦练过乒乓球，又是美国老电影迷，朝鲜战争退伍军人，一个三十二岁女儿的父亲，她的名字未必是真的——哈妮*，住在布拉特尔伯罗，是一所公立学校的四年级教师。斯坦利六十七岁，这个年纪还很健康，满头浓密的头发，蓝眼清澈。身高五点八英尺，身材矮胖，握我手时握得很紧。

他从山上开车下来接我们。向小艾尔和老艾尔打招呼后，他向我们做自我介绍，而当我们把大包小包从我车的后备箱搬到他的沃尔沃客货两用车后部时，他也赶紧帮忙。我注意到，他行动敏捷，在两车之间往返时几乎像冲锋一样。他灵活而熟练的动作里也有几分紧张不安。斯坦利不是一个游手好闲的人。无所事事会产生想法，而各种

---

* 原文 honey，意为蜂蜜、甜心。

各样的想法往往有危险——任何独身生活的人对此都很容易理解。听老艾尔讲述佩格猝亡的故事后，我觉得斯坦利是一个迷惘而痛苦的人。他乐于给人方便，宽容他人过错，自身却过得并不舒服，是一个散了架、正在竭力拼凑齐全的人。

我们向威尔逊父子道别，并感谢他们的帮助。小艾尔答应每天向我报告汽车的检修情况。

一条两侧都是树林的陡峻土路，崎岖不平的路面。在我们的车向小山顶爬去时，偶尔有低垂的树枝划过挡风玻璃。斯坦利预先就我们在他的旅馆里可能遇到的问题表示抱歉。过去两周内，他一人张罗，努力搞得像个样子，但还是有很多事没有做完。他计划7月4日正式开张，但在小艾尔打电话告诉他我们的困境之后，他觉得如果好几天都不能接待我们就“不大对头”。他还没有雇人，但他自己会负责铺床，保证只要条件允许，就让我们过得舒服。他已跟他在布拉特尔伯罗的女儿说了，她同意每天都来旅馆为我们做晚饭。他要我们相信，她做菜做得很好。汤姆和我感谢他的一番好意。由于专心考虑那么多事情，斯坦利没有注意到露西一直没说话。

一座三层楼的白色房子，有十六个房间，一个全框架的前门廊。车道边的牌子上写着蛤蜊汤旅馆，但我有一部分心思已经明白，我们来到了“生存饭店”。不过暂时我还不愿把这个想法告诉汤姆。

我们被领进房间之前，汤姆在一楼休息室给帕梅拉打电话，向她解释我们遇到了什么事情。斯坦利在楼上铺床。露西神志恍惚地朝沙发走去，过一会儿又跪下来逗弄斯坦利的狗，这是一条名叫斯巴特[*]的拉布拉多老黑狗。我不由自主地想起了哈里以及这两周一直在我脑子里转悠的蠢话：X标志位置[†]。这位置现在竟变成了四条腿的动物。我一边看那狗在舔露西的脸，一边站得离汤姆近些，以便万一也要我跟帕梅拉说几句话。后来没有让我说话，但我把汤姆他们的谈话听到了底，令我惊讶的是，帕梅拉一听说我们抵达伯林顿的时间要推迟就急了。似乎汽车出的问题是我们的过错。似乎不可预料的事情从不会发生。她刚在超市花了一个半小时，为赶在我们到达之前准备好晚饭，现正在厨房里“忙得不可开交”。为表示好客和欢迎，她做了一顿精心烹调、有多道菜的大餐，其中包括从西班牙凉菜汤到

* 原文为Spot，有“位置”、“地点”的意思。

† 原文为X Marks the Spot，英国BBC电台办的一个知识测验和猜谜节目。

自烤山核桃馅饼的各种菜肴。一知道她的工夫都白花了，她就很不高兴，而且怒气冲冲。汤姆道歉了很多遍，可她还在骂他。这就是我听得很多的所谓“新生的、改好了的”帕梅拉吗？如果她连一丁点儿失望都忍受不了，以后对露西来说，她将会是一个什么样的替代母亲呢？这小女孩最不需要的是神经质的庸俗女人，她会受不了这种女人急躁而过分的要求。

汤姆还没挂电话，我就认为“伯林顿决议”泡汤了。我从名单上划去了帕梅拉的名字，任命我自己为露西的临时监护人。难道我比帕梅拉更有资格照顾露西吗？不，从多方面来看，可能不是，但我的勇气告诉我，我会对她负责——不管我愿不愿意。

汤姆挂上电话，摇了摇头。“这个女人叫人厌恶。”他说。

“忘掉帕梅拉。”我答道。

“你是什么意思？”

“我说我们不去伯林顿了。”

“嘀，什么时候开始这样想的？”

“就刚才。我们在这儿待到汽车修理好，然后一块儿回布鲁克林。”

“露西，你打算怎么办？”

“她和我住在我的公寓楼里。”

“昨天我们谈的时候，你还说你没有兴趣。”

“我改变主意了。”

“那我们这么老远开车来就白跑一趟了？”

“其实不是。瞧瞧你周围，汤姆。我们来到了天堂。休息几天，轻松几天，回家时我们会感到自己获得了新生。”

我们谈这些话时，露西离我们不到十英尺远，她听得清我们说的每一个字。我转身望她时，她用两只手给了我好几个飞吻——每咂一次嘴唇就把两臂伸出来，就像首场之夜演出成功的女主角。我很高兴看到她这么高兴，但我也恐惧。我是否知道我将自己置入了何种境地？

我突然记起我在七十年代末看过的一部电影中的一句台词。片名不记得了，故事情节和人物也淡忘了，独独这句台词还在我脑子里回响，仿佛昨天刚听到一样：“除非有孩子，孩子才是一切的安慰。”

斯坦利一边领我们去楼上最高一层我们的房间，一边解释说，佩格——已故乔德尔太太（“死了四年了”）曾负责选购家具、亚麻布床单、墙纸、威尼斯百叶窗、地毯、灯具、帘子，还有所有放在各种桌子、床头柜和五斗橱上面的小摆设：花边垫布，烟灰缸，蜡烛架，图书。“我妻子的鉴赏力无可挑剔。”他说。在我看来，这里的装饰过于讲究，是出于怀旧而尝试重新营造过去的新英格兰氛围，其实新英格兰过去的房间，比起我现在看到的这些舒适的、闺房似的房间，要简陋得多，朴素得多。但这不算什么。一切都很干净、舒服，其琐细浮华、雕琢过度的风格也由于一个因素得到弥补，而不至于影响四周。这个因素就是墙上所挂的照片。与预料的相反，这里没挂针绣花边样品，没挂绘得很差的佛蒙特雪景水彩画，也没挂柯里尔和艾夫斯[*]的复制品。这里挂的是好莱坞老谐星的八英寸宽、十英寸长黑白照片。这是斯坦利在房间布置上的唯一贡献，使得四壁生辉，把妙趣和活泼的因素带入周围呆板沉闷的环境。在他为我们准备的三间房内，有一间献给马克斯兄弟[†]，另一间献给巴斯特·基顿[‡]，第三间献给劳莱和哈台[§]。汤姆和我让露西先选，她挑了走廊尽头的斯坦和奥利[¶]。汤姆选了巴斯特，我最后得到的是他们之间的那间房：格劳乔、哈泼、奇科、泽波和玛格丽特·杜蒙[**]。

---

* 十九世纪美国著名制版印刷公司。

† 活跃于二十世纪三十年代的美国家庭喜剧班子，由五兄弟组成，长兄格劳乔领衔主演。

‡ Buster Keaton（1895—1966），美国电影演员、导演，喜剧表演天才。

§ Laurel and Hardy，一瘦一胖的好莱坞滑稽演员搭档，自 1927 年至 1945 年合演二百余部电影。

¶ 分别为劳莱和哈台的教名。

** Margaret Dumont（1882—1965），美国喜剧女演员，曾与马克斯兄弟合演七部喜剧片。

初逛园地。打开行李包后，我们立刻出去看斯坦利的著名草坪。有几分钟，那种变幻和流淌的感觉吞食了我。脚下悉心管理的柔软青草，从耳边嗡嗡地飞过的马蝇，这草的气息，忍冬和丁香灌木丛的气息，还有种植在房子四周的鲜艳的红郁金香。空气开始颤动，过了一会儿，一阵微风吹拂我的脸庞。

我和我的三个同伴及一条狗悠然漫步，冥想着一些荒诞可笑的事情。斯坦利告诉我们，他的房地产有一百多英亩，我就想象，如果生存饭店的人口超过了主楼的容纳量，要多盖些房子就很容易。我在做着汤姆的梦，为这种可能性扬扬得意。六十英亩树林。一个池塘。一个荒芜的苹果园，一堆被丢弃了的蜂箱，树林里一座用来蒸馏槭糖浆的木屋。斯坦利的草地上的草，可爱的、无边无际的草，在我们四周并向更远的地方伸展开去。

我对自己说，我们的梦想永不会实现。哈里的计谋注定会失败。即使不会，我又怎能确定斯坦利愿意出售他的房子呢？也可设想另一种可能——斯坦利和我们待在一起，做我们企业的合伙人？他是不是那种会攫取汤姆所希望得到的东西的人？我决意要更多地了解他，要花尽可能多的时间与他做伴。

大约二十分钟后，我们兜回来，往房屋的方向走去。

斯坦利快步跑进车库给我们拿出几把草坪椅子，等我们一坐下，他就说了声“对不起”，很快进了屋。他有事要做，而蛤蜊汤旅馆历史上的首批付款客人悠然自得地坐在阳光下，想待多久就多久。

有好几分钟，我看露西在草坪上跑着，向那条狗扔枝条。汤姆在我左边，正读着唐·德里罗的一个剧本。我仰望天空，仔细看着飘过的云。一只鹰盘旋着进入视野，然后远去消失。那鹰又飞回来时，我闭上了眼睛。很快，我便睡着了。

五点钟，哈妮·乔德尔首次出现，把汽车停在房前，车里装满了食品杂货和两箱酒。此时，我和汤姆已离开草坪，正坐在门廊里谈论政治。我们中断了对小布什和共和党的谴责，走下台阶，走到那辆白色本田车跟前，向斯坦利的女儿做自我介绍。

她块头很大，满脸雀斑，上臂壮实，握起手来关节嘎吱有声。她浑身充满自信、幽默和善意。或许有点儿霸道，但对一个四年级教师来说，这不也情有可原吗？她的嗓门儿很大，有点儿沙哑，可我喜欢她看来容易发笑的神情，喜欢她大胆展现其大度的性格。我觉得，她是个能干而又爱干事的女孩，在床上也无疑有趣。她不美，但也不难看。

她的蓝眼睛炯炯有神，嘴唇丰满，带点儿红色的金发又密又长。我们帮她从车后卸下食品袋时，我发现她看汤姆的目光不仅仅是冷漠的好奇。汤姆这呆子啥也没有注意到，我却心想这个聪明而厉害的女子是否就是我为汤姆祈祷的结果，不再是虚无缥缈的“美丽的完美母亲”，而是一个极需施妙计择得一婿的未婚女子。用蒸汽压路机的高压手段，用旋风般的猛烈劲儿，一个花言巧语的怀春少妇可以击败我们的男孩，使他就地就范。

这天下午，我又一次决定将自己的想法保密，而丝毫不向汤姆透露。

正如斯坦利所承诺，她做了一顿极佳的晚餐。水田芥汤，烤猪脊肉，杏仁四季豆，饭后甜点是奶油焦糖，还殷勤为我们斟酒。我为帕梅拉及其为我们准备的夭折盛宴深感同情，但我不相信伯林顿的伙食能超过在“蛤蜊汤旅馆”餐桌上的肴馔。

露西端坐桌边，穿着红白两色的格子衣服、漆革黑皮鞋和顶部有穗状花边的短袜。她摆脱了已经临头的管束，显得称心遂愿。我不知道斯坦利对别人的言行是不是不大留意，或者只是因为过于谨慎，反正他对露西的沉默不语仍然不闻不问。不过，十分钟之后，他的眼尖嘴直的女儿就发问了。

“她怎么了？”她问道。“莫非她不会说话？”

“她当然会说话，”我答道，“她只是不想说话。”

“不想说话？”哈妮说。“这是什么意思？”

“这是一次考验，”我解释道，脱口说出在我脑子里冒出来的第一部分谎言，“露西和我那天谈论有关难办的事情，我们一致认为，不说话是一个人最难做到的。我们便达成一个协议。露西同意三天不说一句话。如果她能履行协议坚持到底，我答应给她五十美元。我说得对吗，露西？”

露西点了点头。

“还剩下几天？”我问道。

露西举起两个手指。

啊，我对自己说，我们找到答案啦。这孩子终于供认了。两天后，这场折磨就可告终了。

哈妮立刻眯起眼睛，显露出怀疑和警觉的神情。孩子们毕竟是她的事业，她觉察到了有什么事儿不大对头。可对她而言我终究是陌生人，对我和这小女孩所玩的古怪而有害身心的游戏，她没有抓住不放，而是从另一个角度来探讨这个问题。

“这孩子为什么不上学？”她问道。“今天是6月5日，星期一。暑假还有三个星期才开始。”

“因为……”我说，急忙编造另一套谎言，“露西上的是私立学校……私立学校的学年比公立学校短。上星期五她上了最后一堂课。”

我再次确信，哈妮不会相信我的话。但除非越过界限不顾别人能否接受而唐突行事，她不便再继续向我询问那些与她无关的事情。我喜欢这个壮实、直率的女性乔德尔，也喜欢她的老爸，他坐在我对面，默默地嚼着菜、啜着酒，但我不打算让他们知悉我们家族的秘密。我倒不为我们的身份地位感到羞愧——可是，我的上帝，我对自己说，这是一个什么样的家族啊。多么混杂、错乱的人群。多么令人震惊的不完善人性的例证。一个女儿不想再与之来往的父亲，一个三年未见到妹妹、也未听到她消息的哥哥，还有一个离家出走、拒不开口的小女孩。不，我不会向乔德尔父女透露我们这个破裂而无价值的小家族的真实情况。不仅今晚不会，不仅今晚，无疑是永远不会。

汤姆的想法一定跟我一样，因为他急忙加入进来，试图把餐桌上的话题引往另一方向。他从询问哈妮的工作入手。她教书有多少年了，当初是什么动机使她想当一名教师，她对布拉特尔伯罗的教育制度有什么看法，等等。他的问题很温和，甚至因其平淡乏味而显得有点儿愚蠢。从他和哈妮说话时的脸部表情，我可以看得出来，他对她没有兴趣——不仅是对这个女人，而且是对这个人。但哈妮很厉害，汤姆的漫不经心并不妨碍她做出有声有色、令人愉快的回答，不一会儿，她更掌握了谈话的主动权，向我们的小伙子哇啦哇啦地提出一大堆问题。有一阵她的主动攻势使汤姆节节败退，但当他意识到对手完全与他一样聪明伶俐时，他便起而应变，毫不示弱地加以反击。斯坦利和我几乎没说一句话，但我们俩都被这场发生在眼前的舌战逗乐了。谈话不可避免地转向了政治问题和即将来临的11月大选。汤姆怒叱右翼集团掌管美国。他引了很多例子：克林顿几乎被毁灭，反堕胎运动，枪支游说，电台访谈节目的法西斯主义宣传，媒体的怯懦，某些州禁止教授进化论。“我们在往后退缩，”他说，“我们每天都在丧失我们国家的一部分。如果布什当选，那就什么也不剩了。”令我惊讶的是，哈妮完全同意汤姆的观点。但这和解也就起了大约三十秒的作用，她接着宣布她打算投纳德尔*的票。

“别这么干，”汤姆说，“投纳德尔的票等于投布什的票。”

“不，不是的，”哈妮说，“就是投纳德尔的票。此外，戈尔会赢得佛蒙特州。对此要是我没有把握，我就投他的票。这样我可以表示我的小小抗议，同时仍然让布什落选。”

“关于佛蒙特州的情形我不清楚，”汤姆说，“可我知道这将是一场势均力敌的大选战。如果在摇摆州里有足够的人也像你这样想的话，布什就会赢。”

---

* Ralph Nader（1934— ），美国政治活动家、作家和律师，因在保护消费者权益和环保等方面的工作而闻名，九十年代两度被绿党推选为美国总统候选人。

哈妮竭力忍住笑。汤姆是认真得要命，而她是很想用些奇谈怪论来让他放下架子。我感觉到哈妮要讲笑话了，便祈祷这是个有趣的笑话。

“你们知道不知道，上一次整个国家都听从灌木丛时都发生什么事了？”哈妮问道。

谁也没有回答。

“这个国家的人民在沙漠里彷徨了四十年。*”

汤姆不由自主地大笑起来。

这场比武格斗突然而果断地结束了，胜利者显然是哈妮。

我并不想胡猜乱想，但我觉得汤姆遇到了他的结婚对象。究竟有什么结果，那是另一个故事，要由时间和当事人的神秘意向来判定。我对自己说，且听日后进展的音信吧。

翌日清早，我打电话给加油站的小艾尔，可他还没有解开汽车之谜。“我现在正查着呢，”他说，“一有结果我就跟你联系。”

---

* 典出《圣经 · 出埃及记》，摩西听从由燃烧的灌木丛中传出的声音，而后犹太人在沙漠中流浪了四十年。“布什”英文 Bush，意同“灌木丛”。

这个消息对我的情绪几乎没有影响。对此，我自己也很惊讶。要说有什么的话，我倒是高兴在这小山顶上多逗留一天，倒是高兴还不必去想回纽约的事情。

那天早晨我有件事儿想做，可就是无法让斯坦利坐下来，有足够的时间跟我认真谈一次话。他做饭，给我们上早餐，刚把盘子端到我们面前便急忙跑出厨房，上楼去铺床。接着，他又里里外外忙着干各种活儿：拧上电灯泡，拍打地毯，修理坏了的窗框。我什么事也没做成，就看这天晚些时候有无机会了。

早晨的天气凉快有雾。我们穿着套衫走到室外，向前门廊走去，环视那一片被露水浸湿了的草坪。稍后，那云雾终于被太阳驱散，我们又会有一个阳光灿烂的下午了。可此时此刻，灌木丛和树木都影影绰绰，看不分明。

露西在她房里发现了一本书，她带着它去了门廊。这是一本平装本的小书，她的手盖住了书名，我便要她给我看看是什么书。赞恩·格雷*写的《紫艾丛中的骑手》。我问她好看吗，她用力地点了点头表示肯定。她似乎要告诉我，这不仅是一本好书，而且是一本永恒的杰作。我觉得，一个九岁的女孩选择这样的书有点儿不可思议，但我又有什么资格来反对她读这样的书呢？我对自己说，这孩子喜欢

---

* Zane Grey（1872—1939），美国西部冒险小说作家。

读书，我应该想到这是一个积极的进展，证明我们的小出逃者不是一个精神懒汉。

汤姆在我旁边的椅子上坐下来，露西躺在摆动式长椅上读她的西部小说。他点了一支早餐后的香烟，问道：“你想小艾尔能修好那辆车吗？”

“可能吧，”我答道，“我可不急着离开这儿。你呢？”

“不，真的不。我开始喜欢上这个地方了。”

“你还记得上星期我们和哈里一起吃晚饭吗？”

“就是你把红酒洒在裤子上那次吗？我怎么能忘记？”

“我一直在琢磨那天晚上你说的有些事情。”

“我记得我说了不少事情。大多是些蠢事，极蠢的蠢事。”

“当时你心情不佳，但你没有说什么蠢事。”

“你一定喝醉了而没有注意到。”

“不管醉没醉，有件事儿我得弄明白。你说过你想离开城市，这究竟是认真的，还是说着玩儿的？”

“我是认真的，可也是说着玩儿的。”

“这事儿不能两可。两者必居其一。”

“我是认真的，可我也知道，这是永远不会实现的。所以，也就是说说而已。”

“关于哈里的交易，你怎么想？”

“只是说说而已。你现在该了解哈里了吧。如果有谁

‘只是说说而已’，那就是我们的朋友哈里·布赖特曼。”

“我不会和你持不同看法。只是为了论证，假定他说的是实话，假定他就要捞到大钱，并愿意把这笔钱花在盖一座乡间住宅上，这种情况下你会说些什么？”

“我会说：‘让我们干起来吧。’”

“好。现在你仔细想一想，如果你可以在这世界上买下一个地方，你想那地方应该在哪儿？”

“我还没有想得那么远。可应该是一个与世隔绝的地方。一个别人不能凌驾于我们之上的地方。”

“像‘蛤蜊汤旅馆’这样的地方？”

“是的。现在你可提到它了，这正是个合适的地方。”

“我们何不问问斯坦利，他是否想出售？”

“干吗？我们又没有足够的钱来买。”

“你忘了哈里。”

“不，我没有忘。哈里有他的优点，但为这种事而有求于人的时候，他是我的最后一个人选。”

“我承认，这只有百万分之一的几率，但万一哈里的大钱进来了，为什么就不能跟斯坦利谈一谈？就为闹着玩儿也行。如果他说他有兴趣，我们就至少可以知道生存饭店是个什么模样。”

“即使我们永远不住在这儿。”

“对极了。即使我们的余生再也不会回到这里。”

原来斯坦利几年来一直在考虑出售这地方。他说，只是由于惰性和麻木，他才没有“像抓公牛角那样”不畏风险，如果价格合适，他会在一分钟内就把所有的东西都一扔了之。他不能再与佩格的亡灵生活在一起。他再也忍受不了冬天的严寒。他也不能再忍受孤独寂寞。他在佛蒙特州住够了，他所梦寐以求的就是迁徙到热带地区，到一个加勒比海岛上去，那里的气候终年暖和。

那又为什么工作得那么辛苦，急着要把“蛤蜊汤旅馆”搞得很像样呢？我问道。没有理由，他说。他没有更多的事情要做，现在这样干有助于排遣落寞无聊。

是午饭时间了。我们四人围坐餐桌四周，吃着冷切肉、水果和奶酪。此时雾已消散，阳光射进洞开的窗户，餐厅里的每样东西看来更清晰、更鲜明，色彩更饱和。我们的主人向我们倾诉他生活的不幸，我却觉得我在这个地方非常高兴，自在地坐在席间，看着餐桌上的东西，吸进空气，又从我肺中呼出，玩味着一个简单的事实：我还活着。我对自己说，多可惜啊，生命会结束；多可惜啊，我们不能永生。

汤姆解释说，我们现在没有钱来出价买这栋房子，但在最近几周内或许能够办这件事。斯坦利说，他不了解这块房产的价值，但他可与当地房地产经纪人取得联系，打听一下行情。我们越谈，他的兴致越高。我不知道他是否相信我们所说的话，但对他而言，只要能想象一下新的生活，似乎就能使他变成另外一个人。

我为什么要怂恿这样的瞎扯淡呢？一切都要根据《红字》假手稿的出售计划而定，我不仅从道德上反对哈里的犯罪阴谋，而且从一开始就不相信他能做成。还有更多论据：纵使我相信，我也没有任何兴趣移居佛蒙特州。我只是最近才开始自己的新生活，对自己所做的定居布鲁克林的决定十分满意。在郊区生活多年后，我发现我与城市更投合，而且已经逐渐爱上了我的社区，爱上了那里的一切：白色、褐色和黑色皮肤的混杂和变幻，外国口音的多声部合唱，孩子们和街道，努力奋斗的中产阶级家庭，女同性恋者，多家韩国杂货店，一个留络腮胡子、身穿白色长袍、每当我们穿过街上人行横道时总向我鞠躬的印度教徒，矮子和跛子，蹒跚在人行道上的年迈养老金领取者，教堂钟声和上万条狗，不公开身份的隐居人口，还有无家可归捡破烂的人，他们推着购货车沿街走，在垃圾堆里掏摸瓶瓶罐罐。

如果我不愿离开这一切，那我又为什么迫使汤姆加入这场与斯坦利·乔德尔有关房地产的无意义的讨论呢？我想，就是为了取悦于汤姆，就是为了告诉他，他可以依靠我来支持他的计划，尽管我们俩都明白，这个新的生存饭店建筑在“说说而已”的基础之上。我参与汤姆的这个计划是为了证明我站在他一边。这是明眼人自己骗自己的共同演习。因为最后什么也不会有，所以我们可以一起畅想而不必为结果忧心忡忡。我们现在把斯坦利拽进我们的小游戏，看起来几乎要像真的一样了。可这不是真的。这仅仅是连篇的空话和不可实现的幻想，就像哈里的霍桑手稿一样假的傻念头——那假手稿甚至可能是空穴来风。但这并不意味这个游戏不好玩。你如果不喜欢扯些稀奇古怪的事情，你就会变得死气沉沉，而要扯淡，又有哪个地方比这个安静的新英格兰边远地区的小山顶上更合适呢？

午饭后，变得年轻的斯坦利向我挑战，要跟我在大车库里来一场乒乓球赛。我告诉他，我手脚已不灵活，何况已好多年没有打了，可他不由我分说。运动对我有好处，他说，“使你又充满活力。”我便勉强同意打个一两局。露西跟我们去车库看比赛，汤姆则留下未动，在门廊一把椅子上坐下来抽烟，看书。

我很快知道，斯坦利不是按我所习惯的路数打乒乓球。球拍和球是一样的，可到了他手里，就不再是休息厅里的斯文活动，而更像大刀阔斧、激烈拼搏的运动，是一场走火入魔的小型网球赛。他站在离球桌十英尺的地方，发出的上旋球势不可当，难以招架。我打出的每一个球他都能反击过来，看来我的技术还不如一个四岁小孩。他连胜我三局——21比0，21比0，21比0。惨败之后我无话可说，只能向胜利者恭敬鞠躬，然后拖着疲惫的身子走出车库。

我汗流浃背，回屋去冲澡换衣服。当我和露西登上前门廊台阶时，汤姆告诉我说，十五分钟前他给布鲁克林挂了电话。哈里出门办事去了，汤姆给拉弗斯留了话，要他给我们打回来。“看他是不是还有兴趣，”汤姆说，“如果哈里改变了主意，再让斯坦利更加巴望就没有意义了。”

我在车库打球也就不到半个小时，但我感到，在这短促的间歇内他做了深沉的思考。他的眼神告诉我，我们与斯坦利的午餐谈话改变了他对生存饭店的态度。他开始相信这事儿可以做。他开始希望了。

很巧，我刚进前厅电话铃就响了。我拿起听筒，正是布赖特曼在电话线的另一端嘁嘁喳喳地讲话。我告诉他关于汽车的麻烦事儿，关于“蛤蜊汤旅馆”，关于斯坦利要和我们成交的急切愿望。“就是这个地方，”我接着说，“我们在城里那个饭店一起吃饭时，汤姆的想法听起来也许有点儿奇怪，可你一旦到了这里，整个事情看来就非常合理。这就是他为什么给你挂电话。想了解你是否还愿意参与。”

“参与？”哈里声若洪钟，听来有如一个十九世纪的半疯演员。“我当然参与。为此，我们不是握过手吗？”

“我可不记得了。”

“嗯，或许不是事实上的肉体的握手。可我们大家都是同意的。这点我记得清清楚楚。”

“精神上的握手。”

“对啦，精神上的握手。真正的心灵相见。”

“不消说，一切都取决于你的小交易。”

“当然，那还用说。”

“所以你还是打算做下去。”

“我知道你持怀疑态度，可现在所有的东西忽然都落实了。”

“哦？”

“是的。现在我很高兴报告一则极佳新闻。别以为我没有把你的忠告放在心上，内森。我告诉戈登，我在重新考虑，如果他不安排我跟那个隐匿的梅特罗波利斯见面，我会撤出。”

“结果呢？”

“我见了他。戈登把他带到书店来，我便见了他。一个最有意思的人。他几乎没有说话，可我知道在我面前的是一个真正的行家里手。”

“他有没有带他做的样张？”

“查尔斯·狄更斯给他情人的一封情书。很美的样品。”

“我祝你好运，哈里。即使不为你的缘故，至少也为汤姆的缘故。”

“你们会为我骄傲，内森。那天晚上我们交谈后，我决意要加倍警惕。以防万一事情出纰漏。不是说他们会……但当你活到我这个年纪，要是不顾及所有的可能性，你就成傻子了。”

“我觉得我听不懂了。”

“你不必听懂。总之不是现在。一旦时候到了，你就会明白一切。这可能是我一生中最精彩的行动。一个崇高的姿态，内森。炫耀之炫耀。天鹅般纵身一跃进入永恒的伟大境界。”

我不很清楚他在说些什么。哈里正处于十足的夸夸其谈的奔放状态，高声宣布他那些高深莫测的声明，就为了聆听自己的嗓音、纵容自己一番的乐趣。我觉得再把这个谈话继续下去已无意义。汤姆当时正站在我旁边。我懒得再说一句话，就把电话递给了他，上楼去冲淋浴了。

第二天早晨，露西终于开口说话了。

我期待着答案并揭开秘密，解开许许多多的谜团，让一道强光把黑暗照亮。语言是比点头和摇头更有效的交流手段。对这点，我还不至于不懂。整整三天，露西抵制了我们要从她那里试探情况的尝试，不料她允许自己说话后，她所说的话，比起她的沉默来，几乎没有向我们提供更多有用的情况。

我从问她住在哪里开始。

“卡罗来纳。”她说，把音节拉得长长的，就像我星期一早晨听到的同样的南方边远地区口音。

“北卡罗来纳州还是南卡罗来纳州？”

“卡罗来纳卡罗来纳。”

“没有这样的地方，露西。你是知道的。你是个大女孩。要么是北卡罗来纳州，要么是南卡罗来纳州。”

“别生气，纳特舅公。妈妈说，不要讲出来。”

“是不是你母亲的意思，要你到布鲁克林汤姆舅舅那儿去？”

“妈妈说，去吧，我就去了。”

“离开她你伤心吗？”

“真的伤心。我爱我妈妈，但她知道什么是对的。”

“那你父亲呢？他知道什么是对的吗？”

“肯定知道。他是太阳底下最正确的人。”

“你为什么不说话，露西？为什么你一连沉默了那么多天？”

“我为妈妈这样做。她会知道我在想念她。我们在家里就是这样做的。爸爸说，沉默净化灵魂，训练我们接受上帝的训词。”

“你像爱母亲一样爱父亲吗？”

“他不是我的真父亲。我是过继的。可我来自妈妈的子宫。她把我在她肚子里怀了九个月，所以我是属于她的。”

“她有没有告诉你，为什么她要你到北方来？”

“她说，去吧，我就来了。”

“你不认为汤姆和我应该跟她说说话？他是她的哥哥，你知道，我是她的舅舅。我妹妹是她母亲。”

“我知道。外婆琼。我曾和她住在一起，可现在她死了。”

“如果你把电话号码给我们，对我们大家来说，事情就简单多了。如果你不想走，我就不会送你回去。我只想跟你母亲说话。”

“我们没有电话。”

“什么？”

“爸爸不喜欢电话。我们有过一个，但后来他给送回店里去了。”

“好啊，没关系。那你的地址呢？你应该知道。”

“是的，我知道。但妈妈说，不要讲出来。妈妈叮嘱我什么，我就做什么。”

这场令人恼火的突破性谈话发生在早晨七点钟。露西敲我房门把我唤醒。她坐在床上我的身边，我揉揉眼睛后睁开，开始提我那些无效的问题。汤姆还在隔壁巴斯特·基顿房间里睡觉，但一小时后他下楼吃早饭时，在从她嘴里掏出信息这一点上，他并不比我更成功。我们俩一起盘问了她半个上午，可这孩子简直是由钢铁炼成的，居然纹丝不动。她甚至不愿告诉我们她父亲做什么样的工作（“他有工作”），或者她母亲左肩上还有没有那个文身花纹（“我从没见过她不穿衣服”）。有一件事儿她倒愿意和我们分享，可这事儿和我们的目的不相干：她最好的朋友是一个名叫奥德莉·菲兹西蒙斯的女孩。她说，奥德莉戴眼镜，是四年级扳腕子冠军，不仅击败了所有的女孩子，而且比所有的男孩子都厉害。

最后，我们丧气地放弃了。我们不再盘问了，露西提醒我说，我曾答应在她重又开始说话时给她五十元钱。

“我从没说过这个。”我说。

“不，你说过，”她反驳道，“那天晚上吃饭时，哈妮问你为什么我不说话。”

“我是在努力保护你。我不是真的打算这样做。”

“这样你就成了说谎的人。爸爸说，说谎的人是世界上最下贱的可怜虫。难道你就是这样的人吗，纳特舅公？一个卑鄙、下贱的可怜虫？”

汤姆刚才还气得几乎要拧她的脖子，忽然哈哈大笑起来。“你最好还是掏你的腰包吧，”他说，“你不想让她失去对你的尊敬，是不是，内森？”

“是啊，”露西插话说，“你要我爱你，不是吗，纳特舅公？”

我勉强地掏出我的钱包，递给她五十元。

“你是个精明的人，露西。”我咕哝了一句。

“我知道我是，”她说道，一边把钞票塞进口袋，一边赐予我最饱满的笑容，“妈妈对我说，要永远保护好自己。交易就是交易，对不对？如果我让你赖账，你就不再喜欢我。你会以为我软弱可欺。”

“你怎么认为我喜欢你？”我问道。

“因为我这么可爱，”她说，“还因为你改变了把我送给帕梅拉的主意。”

或许这很有趣，但等她一跑去逗狗玩儿，我就转身对汤姆说：“我们究竟该怎样劝她说话？”

“她说话了，”他说，“她只是不说实话。”

“或许我得威胁她。”

“那不是你的风格，内森。”

“我不知道。要不我告诉她我又改变主意了，行吗？要是她还不回答我们的问题，我们就把她送到帕梅拉那儿去，把她丢在那儿。没有‘如果’、‘那么’和‘但是’这些词。”

“不可能那么做。”

“我在为罗莉担心，汤姆。如果这孩子还不说实话，我们就再也不知道会发生什么事儿了。”

“我也担心。过去这三年，我做的唯一一件事儿就是担心。但吓唬露西也无济于事。她已经受得足够多了。”

同一天上午的十一点，小艾尔从山下修车库打来电话，告诉我问题解决了。他说，油箱和燃料管道里有糖。这一宣告使我大惑不解，我几乎不明白他在说些什么。

“糖，”他重复说，“看来有谁把大约十五罐可口可乐倒进了油箱。要想搞坏别人的汽车，没有比这个方法更快、更容易的了。”

“天呐，”我说，“你是说有人故意搞破坏？”

“我说的就是这个意思。可口可乐不是没有腿吗？它们也没有手和手指把自己打开。唯一的解释是有人挖空心思要弄坏你的车。”

“这事儿应该是发生在我们吃午饭的时候。我们在餐馆前泊车时，这车还是好好的。问题是：为什么有人要干这种缺德事儿？”

“可以有成百条理由，格拉斯先生。可能是一些小流氓干的。你知道，有一伙无聊的青少年出去专搞恶作剧。在附近这个地区这种破坏活动屡见不鲜。也可能有人讨厌来自纽约的人。他看到你的车牌，就决意教训教训你。”

“真是荒唐可笑。”

“你会惊讶的。在佛蒙特这个地区，对外州人很有敌意，尤其是对纽约人和波士顿人，可我也见过一些蠢货向来自新罕布什尔州的人寻衅肇事。那还是前几天在30号公路上里克酒吧刚发生的事儿。一个来自新罕布什尔州基恩镇的人进了酒吧（这个镇距离佛蒙特州界只有一英寸），当地一个酒鬼——我不提任何人的名字——操起一把椅子就往他脑袋上砸。‘佛蒙特州属于佛蒙特人！’他叫嚷着。‘你这新罕布什尔蠢驴滚出去吧！’结果演变成一场大殴斗。有人告诉我，要是警察不赶来把他们驱散，这场殴斗可能会通宵达旦。”

“听你说的，我们好像生活在南斯拉夫。”

“是啊，我明白你的意思。每个白痴都占据着他的防守地盘，要把不属于你部落的可怜的陌生人赶往地狱。”

小艾尔滔滔不绝地又说了一两分钟，用哀怨而疑惑的嗓音悲叹世界的现状，我想象他是摇着头说出这些话的。最后，我们又继续谈那辆被破坏的绿色轿车，我说，他可以着手把引擎和燃料管道清洗干净。我得花钱买新的火花塞，新的配电器，还有其他各种各样的替代零件，我最关心的就是让这辆老爷车起死回生，重新动弹起来。小艾尔断定这天结束时就可拿出这辆车的“健康合格证书”。如果他或他父亲有时间，那天晚上他们会开两辆车上山，把卡特勒斯送交给我。如果不行，我得等到翌日上午。我懒得问他要多少修理费。我的思绪暂时停留在了南斯拉夫，想象着萨拉热窝和科索沃的可怖景象，成千上万的无辜者惨遭屠杀，他们不为别的原因而死，据说只因为他们与杀害他们的人不同。

直至午饭前，阴暗的思绪一直困扰着我，我一人在住宅四周散步，听任汤姆和露西自行其是。这是我在“蛤蜊汤旅馆”逗留期间唯一心情黯淡的时刻，这天上午什么都不对劲儿，我突然感到这世界从四面八方向我压来。露西机敏的守口如瓶的规避态度，对她母亲的愈加深重的忧虑，我的汽车遭到的恶意破坏，在遥远的地方不可遏制的大屠杀筹谋——这一切都涌进了我的头脑，使我意识到人们无法摆脱弥漫尘世间的苦楚烦恼。即使在南佛蒙特最偏远的小山顶，即使在重门深锁的虚幻圣地——所谓的“生存饭店”，也是如此。

我努力寻思反驳的论据，寻思使天平保持平衡的观点，最后我开始想汤姆和哈妮的事儿。此时此刻一切还都捉摸不定，但头天晚上吃饭时我感觉到他对她态度的显著软化。哈妮劝她父亲迁居已经好多年，所以当斯坦利告诉她我们可能有兴趣买他们的房子时，她举杯祝酒，提议为感谢我们而干杯。然后她转向汤姆，问他究竟为什么宁愿跑到佛蒙特州的土路上来而放弃城市生活。他没有用谐谑的回答来糊弄她，而是做了全面而有分寸的解释，重申了那天在布鲁克林史密斯街与哈里和我共进晚餐时所说的许多观点，但不知为什么比那晚上说得更雄辩，在深谈他对美国未来的绝望时显得更激切，更有说服力。汤姆正处于才智横溢的最佳状态，我注意到哈妮在餐桌对面看着他，我发现她眼角里凝聚着泪花，因此我知道，毫无疑义地知道，斯坦利这体态丰腴、为人厚道的女儿迷上了我的外甥。

可汤姆呢？我察觉到他开始注意她了，跟她说话的态度少了些戒备和冒犯，但这意味着什么呢？这可以是兴趣更浓的标志，也可能仅仅是一种良好风度。

这天晚上结束时有个短暂时刻，不管它是不是问题的答案，我把它视为最后的证据。

吃完甜点，露西上楼睡觉去了，剩下的四个大人都微有醉意。斯坦利提议来一场扑克友谊赛，他一边洗牌，一边憧憬他在热带地区的新生活（坐在棕榈树下，一手拿着朗姆潘趣酒，另一手捏着蒙特克里斯托牌雪茄烟，眼望着夕阳下沙滩上进进退退的翻滚的海浪）。我们打了四盘，他打得声色不露，每盘都赢了，让我们三个输得精光。这天下午在乒乓球桌上被他重挫之后，我又怎能期望在扑克牌上输得少些呢？看来此人总是战无不胜，汤姆和哈妮都为自己的无能而笑，下的赌注越来越大，而斯坦利继续智胜我们三人。我感到，他们俩的笑声有同声相应的意味，所以我自觉地不去同气相求，而躲在自己的牌阵之后细察着这两个年轻人。后来，在牌戏快结束时，汤姆说了些出乎我意料的话。“别回布拉特尔伯罗了，”他对哈妮说，“已经过了午夜，你酒又喝多了。”

只是良好风度，还是转弯抹角引她上床的小伎俩？

“我闭上眼睛也能开那条路，”哈妮答道，“别为我担心，小伙子。”

她接着解释说，第二天早晨她得起得特别早（有家长会的事儿要做），但我看得出来，汤姆的关心使她感动，或至少我是这样想象的。然后她和大家吻别。第一个是她父亲，接着在我下巴上匆匆一吻，最后是汤姆。他得到的不仅是唇吻，而且还有拥抱——一个比这种情况下所要求的多了好几秒的拥抱。

“祝大家晚安，”哈妮说道，一边向我们挥手，一边向前门走去，“明天见，伙计们。”

第二天下午四点，她来了，带来五只龙虾、三瓶香槟，还有两种不同的甜点。这位才华出众的厨师又为我们准备了一席盛宴。由于露西现在也愿意参与谈话，四年级老师与四年级学生的交谈便成了晚餐的重要部分，两人你一言我一语地反复讨论着她们最喜爱的书的名字。小艾尔和老艾尔要把我的车开来，但我只宣布说，奥兹被修好了，明天我们就可以拿到手。餐桌上洋溢着那么轻松活泼的谈话气氛，我就不想提及汽车损坏的原因，不愿以这种不愉快的话题来弄糟大伙儿的情绪。汤姆此时也已知道事情的原委，但他也不情愿讲述我们所遭遇的卑劣的恶作剧。哈妮和露西一边津津有味地分解着龙虾，一边哼唱着言不及义的歌曲，又何必用阶级怨恨和褊狭敌意一类令人沮丧的话来扫她们的兴呢？

带露西上楼去睡觉时，我感到自己疲惫不堪——连续两个晚上熬夜，跟人纵酒，一杯又一杯地一饮而尽。乔德尔父女俩都能喝酒，汤姆身体壮实，又有海量，所以能与他们匹敌，喝了又喝，而我是一个瘦骨嶙峋的有癌症的病人，酒量很小，害怕第二天早晨醒来还有宿醉。

我在露西的床边坐下，给她念赞恩·格雷的小说，直至她合眼入睡。在我向隔壁自己的房间走去时，我能听见从楼下传上来的笑声。我又听到了他们的片言只语，斯坦利说什么“累极了”，哈妮接着说什么“查理·卓别林房间”和“或许这不是坏主意”。很难理解他们究竟在说什么，但有一种可能性是这样的：斯坦利要去睡觉了，哈妮酒喝得太多不能开车回家，打算在旅馆过一夜。要是我没猜错的话，查理·卓别林房间就是紧靠汤姆房间的那一间。

我爬上自己的床，拿起伊塔洛·斯维沃的《当人变老之时》来读。这是我在不到两周内读的第二部斯维沃的小说。《泽诺的意识》给了我如此深刻的印象，我决定阅读所有我能到手的这个作家的作品。此书的意大利文书名是《年老糊涂》，最适合像我这样的老家伙。一个老头儿和一个妙龄情人。痛苦的爱情。破灭的希望。每读完一两段，我就停一会儿，想一想玛丽娜·冈萨雷斯，因念及再也不能见到她而感到心痛。自慰的欲望油然而生，但又克制了这个冲动，因为怕生锈的床垫弹簧会泄露我的天机。不过，我还是不时地把手伸到被子下，稍稍摸一摸那儿，只为了弄清楚它是否还在那儿，确证我的老朋友还跟我在一起。

半小时之后，我听到楼梯上有上楼来的脚步声。两双腿和两个嗓音的低语：汤姆和哈妮。他们沿走廊向我房门的方向走来，然后停步。我尽力想听到一两句他们交谈的话，但他们说话声音太低，我什么也没有听见。最后我听到汤姆说了声“晚安”，过一会儿，查理·卓别林房间的门开了，又关上了。三秒钟之后，巴斯特·基顿房间的门也开了，又关上了。

我和汤姆之间的墙很薄——最薄的石膏灰胶纸隔板，他的每一个响动我都听得清清楚楚。我听见他脱鞋、解皮带，我听见他在水池边刷牙，我听见他叹气，我听见他哼曲，我听见他爬进被窝，床嘎吱嘎吱作响。我正要合上书本熄灯，可就在我把手伸向灯的当口儿，听见汤姆房间门上轻轻的敲门声。哈妮的声音问道：“你睡了吗？”汤姆回答说没有，哈妮问她可以进来吗，我们的男孩儿说可以，随着这一声“可以”，从州际公路转上30号公路的潜藏目的就将实现了。

对我来说，那些声响极为清晰，墙那边所发生的行为的每一细节我都听得真切。

“你别瞎想，”哈妮说，“别以为我每天都干这种事儿。”

“我知道。”汤姆答道。

“这是很久以前的事儿了。”

“我也是。很久以前。”

我听见她和他一起上了床，此后发生的事情我都耳闻了。房事本就既奇妙又迷乱，何必要费心去描述由此而来的每一个动静和呻吟呢？汤姆和哈妮应该享受其隐私权，基于这个原因，我将在此结束有关此夜行动的报告。如果有读者反对，我就请他们闭上眼睛，发挥他们的想象力吧。

翌日早晨，在屋子里的其他人起床之前，哈妮早早地离开了。又是一个艳阳天，或许是这个春季最美的一天，不料也是惊心动魄的一天，那些令人震惊的事情最后会令完美的风景和天气黯然失色，我只得把它们置之脑后。尽管我还记得这个日子，那也像没有拼装起来的七巧板一样，只是些支离破碎的印象。有一小片蓝天在这里；有一棵银色的白桦树在那里，树皮上映照着阳光。云彩好似人脸，好似一些国家的地图，又好似十条腿的幻想动物。突然瞥见一条束带蛇在草地上穿行。一只看不见的反舌鸟在用四种声调哀鸣。当风吹过一棵白杨树的枝间，无数树叶就如负伤的飞蛾一般颤动。一个又一个，每个要素都在那里，但就是缺少整体，零零碎碎的不能凝聚在一起，我就只能搜索这个并不完整存在的一天的零星部分了。

事情始自九点钟小艾尔和老艾尔的抵达。汤姆在与哈妮一夜风情之后还在楼上巴斯特·基顿房间里酣睡。露西和我八点就起床了。我们刚离开屋子要去散步时，威尔逊父子开着两辆车来了，一辆是红色的野马牌敞篷车，另一辆是我的灰绿色的卡特勒斯。我放开露西的手，跟这两个体格健壮而又有教养的人握手。他们告诉我说，我的车修好了像新车一样。老艾尔把他们的服务账单递给我，我给他们开了支票。然后，就在我以为这桩事情已经了结时，小艾尔扔下了此日的第一颗炸弹。

“没有想到的是，格拉斯先生，”他一边说，一边拍着我汽车的顶部，“可口可乐弄坏了你的油箱倒未尝不是一件好事。”

“你说的是什么意思？”我问道，不知如何理解这个奇怪说法。

“昨天上午我们谈好后，我以为只要两三个小时就可把事情办完，所以我说我们昨晚就可把汽车送来。你还记得吗？”

“是的，我记得。可你也说了，可能要到今天才能送来。”

“不错，我说过这话，但我当时给你的理由并不是昨天我们不能送来的理由。”

“不是？中间出什么事儿了吗？”

“我把你的奥兹开出去快跑了一阵，就为了确定一切都恢复正常。结果不是。”

“哦？”

“我把车开到时速六十五英里，七十英里，然后我试着放慢速度。刹车如果是坏的，就极难把车速放慢。幸运的是我没把自己害死。”

“刹车……”

“是啊，刹车。我把车开回车库检查了一下，发现刹车的内衬已经磨得很薄了，格拉斯先生，马上要没了。”

“你说什么？”

“我是说，如果你没出油箱上的问题，你就无法发现刹车问题。要是你再开下去，你会遇到很严重的麻烦——车祸，死亡，各种各样的麻烦。”

“这样说来，那个把可口可乐倒进油箱的屎脑瓜子倒是救了我们的命。”

“看来就是这样。嘿，够妙的。”

威尔逊父子驾驶他们的红色敞篷车离开后，露西开始使劲抓拽我的衣袖。

“不，这不是S脑瓜子干的，纳特舅公。”她说。

“S脑瓜子？”我问道。“你在说什么呀？”

“你说了一个脏字。爸爸妈妈不许我这样说话。”

“嗬，我明白了。S。你知道它是什么东西的缩略。”

“是的。S词。”

“你是对的，露西。你在旁边时我不该用这样的词。”

“一句话，你不该用。不管我在不在旁边。”

“你也许是对的。可我气愤啊，当一个人气愤的时候，说话就总是控制不住。一个坏男人企图破坏我们的汽车。无缘无故地，就为了恶意伤害我们。我抱歉我用了那个脏字，可你不能因我生气而责备我。”

“那不是个坏男人，而是个坏女孩。”

“女孩？你怎么知道？你看见她干的？”

片刻间，她又像先前一样沉默不语，用点头来回答我的问题。倏然，泪水已经涌上了眼睛。

“你为什么不告诉我？”我问道。“你既然看到了，你就应该告诉我，露西。我们可以逮住那女孩，把她送进监狱。如果修车的人知道是什么问题，他们马上就可以把车修好。”

“我害怕。”她说，低着头，不敢看我的眼睛。此刻，她那真挚的眼泪流下来，我见那泪水滴落在底下的干土上——含有盐分的瞬间之物，闪亮的小丸，刹那间又变暗了，消失在尘土里。

“害怕？你为什么要害怕？”

她没有回答我的问题，却用右臂挽住我，把脸贴在我的胸部。我举手抚摸她的头发时，感到她的身体在靠着我打颤，我突然明白她想要告诉我什么。我记得先是一阵真正的震惊，然后感到愤怒之浪冲击全身，可那浪一过去，也就没有什么了。怜悯替代了愤怒，我意识到，如果我现在开口骂她，我可能会永远失去她对我的信任。

“你为什么要干这事儿？”我问道。

“对不起，”她一边说，一边紧紧抓住我，还哭湿了我的衬衫，“真的对不起，对不起。我简直有点儿疯了，纳特舅公，我还来不及知道自己在干什么，可我已经干了。妈妈跟我说过帕梅拉。她这个人很凶，我不愿到那儿去。”

“我不知道她凶不凶，可这一切现在都变成了最好的，不是吗？你做了错事，露西，很错的错事。我想你以后再也不会干这种事了。但这次——这一次，这坏事原来也是一件好事。”

“坏事怎么会变成好事呢？这就好像说狗就是猫、老鼠就是大象。”

“你不记得小艾尔对我们说的刹车的事吗？”

“是啊，我记得。我救了你的命，不是吗？”

“不消说还有你自己的命。也救了汤姆的命。”

她的脸终于离开了我的衬衫。她擦去眼泪，紧张而审慎地瞧了我一眼：“别告诉汤姆舅舅我干了什么，好吗？”

“为什么不告诉？”

“他再也不会喜欢我了。”

“他当然会喜欢你的。”

“不，他不会。而我希望他喜欢我。”

“我不是仍然喜欢你吗？”

“你不一样。”

“哪方面不一样？”

“我不知道。你对事情不像汤姆舅舅那样强硬。你不那么认真。”

“那是因为我年纪大。”

“千万别告诉他，好吗？你向我发誓，你不会告诉他。”

“好吧，露西，我发誓。”

她笑了起来。从星期日上午她出现在我们面前起，我第一次从她身上瞥见了她母亲小时候的模样。奥罗拉。不在我们身边、消失在卡罗来纳卡罗来纳神秘之地的奥罗拉，一个生者难以企及的影子女人。如果她正在某处，那只是在她女儿的脸上，在那小女孩对她的忠诚上，在露西拒绝告诉我们她的下落的牢靠诺言上。

汤姆终于起床了。他的心情我难以理解，看来徘徊于暗暗得意与不安、尴尬和害羞之间。午饭时，关于昨夜的事情，他一字不提。我尽管有好奇心想知道他这一方的故事花絮，但还是忍住不提任何问题。我琢磨，他究竟是爱上了这个热情奔放的乔小姐呢，还是打算把她当作一夜纵情者而就此打发掉？究竟是除了性事之外就没有什么别的呢，还是也感到进入了一种关系密切的状态？我们吃完午饭后，露西小跑着跟斯坦利去乘拖拉机，帮他割草去了。汤姆回到门廊抽他的饭后一支，我就坐在他旁边的椅子上。

“昨夜你睡得好吗，内森？”他问道。

“很好，”我答道，“我想这么薄的墙壁，难免会有很多噪音。”

“我担心的就是这个。”

“这不是你的过错。这房子不是你盖的。”

“我对她直说要收敛些，可你知道是怎么回事。一个人一着魔，你就毫无办法了。”

“别放在心上。你告诉我实情，我很欣慰。我为你感到高兴。”

“我也高兴。就一夜，我也欣慰。”

“你会有更多的夜，小伙子。这仅仅是开始。”

“谁知道呢？今天早晨她走得很早，她在时我们似乎没有说很多话。我不知道她想要什么。”

“更切题些——你想要什么？”

“谈这个太早了。一切都发生得太快，我还没有工夫去想呢。”

“你还没有问过我呢，可我的看法是你们俩十分般配。”

“是的。两个胖家伙互相碰撞一夜。我很奇怪，那床倒没有塌下来。”

“哈妮并不胖。她属于所谓的‘雕塑型’。”

“她不是我这种类型的人，内森。太倔。太自信。主意太多。这样的女人对我从来没有吸引力。”

“这就是为什么她反而对你很合适。她会使你精神振作。”

汤姆摇了摇头，叹了口气。“这肯定没有用。不到一个月，她就会叫我感到腻烦。”

“所以你打算一夜之后即告终止。”

“这有什么错呢？一个良宵，也是一个结束。”

“要是她再爬到你床上怎么办呢？你会把她踢出去？”

汤姆点了第二支烟，然而停顿了很久。“我不知道，”他终于说道，“咱们等着瞧吧。”

遗憾的是，汤姆也好，别人也好，都没有机会再等着瞧了。

最后一则惊人消息在等着我们。原来是一件令人心头感到刺痛、其后果极为严重的大事，我们别无选择，只能当天下午就上路。我们在蛤蜊汤旅馆的假日就这样突然而莫名其妙地结束了。

再见，小山顶。再见，草坪。再见，哈妮。

再见，生存饭店之梦。

汤姆说“咱们等着瞧吧”这话是在一点钟左右。露西跟斯坦利乘拖拉机回来后，我带她到池塘去游泳。四十分钟后我们回到屋里，汤姆报告了这个消息。哈里死了。拉弗斯刚从布鲁克林打来电话，他泣不成声，勉强说出一两句话来，告诉我们哈里死了，哈里去世了。据汤姆说，拉弗斯哽咽得再也说不下去。我们什么也不了解。除了知道我们应该立刻离开佛蒙特州外，我们什么也不了解。

我向斯坦利付账。我一边用颤抖的手在支票上签字，一边告诉他，我们的合伙人死了，我们再也没有条件买他的房子了。斯坦利耸了耸肩。“我知道这件事不是认真的，”他说，“可这不等于我不喜欢谈论这件事。”

汤姆递给他一张纸，上面写着他的地址和电话号码。“请把它交给哈妮，”他说，“告诉她，我很抱歉。”

我们打好行李。我们上车。我们走了。

叛卖行为

我认为这是一起谋杀案。没有人用手来掐他，没有人向他开枪或用匕首刺他的胸部，也没有人开车把他撞倒在地——这一切都无关紧要。即使话语是杀害他的唯一武器，它们伤害他的野蛮程度并不亚于用锤子砸他的脑袋。哈里不是年轻人。最近三年内他两次罹患冠心病，他血压很高，动脉濒于破裂状态。这种情况下的身体能经受得了多少折磨呢？不多，在我看来。根本不会多。

拉弗斯是这一暴行的唯一见证人，虽然他听见了他们所说的每一句话，但他能理解的只是很少一部分。这是因为哈里不愿把他和戈登·德莱尔策划的假手稿计划告诉他。那天晌午德莱尔带着迈伦·杜鲁姆贝尔走进书店时，拉弗斯还把他们俩当作同伙书商。他领他们上楼去哈里的办公室。

因为哈里开门时看来异常紧张而又兴奋，与平时判若两人，跟来访者使劲握手时好像一个上了发条的玩偶，拉弗斯便开始有点儿放心不下。他没有回到楼下现金出纳机旁，而是留在原地，把耳朵紧贴着门，偷听里面的谈话。

在剑拔弩张之前他们先戏弄了哈里几分钟，也即在出手之前先软化了他一下。一连串友好的问候，随意说说天气如何如何，虚情假意地吹捧一番哈里对办公室家具的品位，又称赞一下书架上排列整齐的初版书。对所有的这些戏谑逗趣，哈里一定感到惶惑。梅特罗波利斯还没有搞完他的手稿，尚无一部完整的假手稿可以交给杜鲁姆贝尔，他不明白戈登为何此时前来造访。

“永远乐意见到你，”他说，“但我不愿让杜鲁姆贝尔先生感到失望。那手稿现在锁在曼哈顿53街花旗银行的保险库里。如果你们预先打电话来，我今天就可以为你们拿来。可除非我记错了，我们应该是下星期一下午才见面。”

“在银行保险库里？”戈登说。“那是你把我发现的东西藏起来的地方吗？我可不知道。”

“我记得我告诉过你。”哈里接着说。他继续应对，却仍然不能理解戈登和杜鲁姆贝尔在约定的见面日期的前四天来这里干什么。

“我正在重新考虑。”杜鲁姆贝尔说。

“是的，”戈登紧接着说，抢在哈里之前，不给他回答的机会，“你知道，布赖特曼先生，像这样的买卖是不能掉以轻心的。牵扯这么多钱的买卖是不能掉以轻心的。”

“我明白这个，”哈里说，“这也就是为什么我们要把第一页拿去给那些专家们鉴定。不止一个专家，而是两个。”

“不是两个，”杜鲁姆贝尔说，“是三个。”

“三个？”

“三个，”戈登说，“小心谨慎从不会是多余的，你说是吗？迈伦把第一页也拿去给摩根图书馆一位专业人士看了。他是这个领域里最高权威之一。今天上午他做出定论，他确信这是赝品。”

“唉，”哈里结结巴巴地说，“三分之二不算坏啊。为何对这个人的意见比对另外两个人的更相信呢？”

“他很有说服力，”杜鲁姆贝尔说，“如果我要买这手稿，就不应有任何疑问。无论什么疑问都不能有。”

“我知道，”哈里说，竭力避开他们为他设下的陷阱，但显然已经开始丧失信心，已经缺乏任何想象力，“我只想让你知道，我出于善意行事，杜鲁姆贝尔先生。戈登在他祖母的阁楼上发现了手稿，拿来给了我。我们让人鉴定，他们说是真的。你有兴趣要买下来。如果你改变了主意，我可以只说一声我感到遗憾。我们可以立即取消这个交易。”

“你忘了你从迈伦那里拿了一万块钱。”戈登说。

“我没有忘，”哈里答道，“我会把这钱还给他，然后我们就退出。”

“我不认为事情就那么简单，布赖特曼先生，”杜鲁姆贝尔说，“或许我应该叫你一声邓克尔先生？戈登给我讲了不少你的事情，哈里。芝加哥。亚历克·史密斯。二十多幅假画。监狱。新身份。你是第一流的说谎者，哈里，鉴于你这样的履历，我宁愿你拿着这一万块钱。这样我可以起诉。你不是打算敲我竹杠吗？我可不喜欢有人巧取我的钱。这会激怒我。”

“这人是谁，戈登？”哈里问道，他的嗓音突然失控而发颤。

“迈伦·杜鲁姆贝尔，”戈登回答说，“我的恩人。我的朋友。我爱的男人。”

“果然就是一个人，”哈里说，“根本没有另一个人。”

“就一个人，”戈登答道，“自始至终就一个人。”

“内森是对的，”哈里悲叹道，“内森一直是对的。我该死，为什么没听他的话呢？”

“哪个内森？”戈登问道。

“我认识的一个人，”哈里说，“这无关紧要。一个我认识的人。一个给人算命的人。”

“哈里，你总是不能听取忠告，是不是？”戈登说。“你他妈的太贪心了。你他妈的太只顾自己了。”

就在此时此刻，哈里开始垮下来了。戈登话里的狠毒语气对他来说是太过分了。他不能再假装他是在谈生意、讨论这笔已出差错的交易的来龙去脉了。这是情爱出了差错，先前他从未遇到过这种程度的诓骗，由此而来的痛苦摧毁了他抵挡这场袭击的所有力量。

“为什么，戈登？”他说。“你为什么这样对待我？”

“因为我恨你，”他的前情侣说，“难道你现在还不明白吗？”

“不，戈登。你爱我。你是始终爱我的。”

“你的一切都令我厌恶，哈里。你的口臭。你曲张的静脉。你染过的头发。你糟糕透顶的笑话。你的大肚子。你疙疙瘩瘩的膝盖。你小不点儿的鸡巴。一切的一切。你的所有东西都叫我感到恶心。”

“那你为什么过了这么多年之后还回来找我？你不能适可而止吗？”

“在你对我干了那些事儿之后？你是不是疯了？你毁了我的生活，哈里。现在轮到我来毁你了。”

“你背弃了我，戈登。你出卖了我。”

“再想一想，哈里。是谁把我送交警方的？是谁供出了我，为了他自己达成交易？”

“所以你现在要把我送交警方。以牙还牙行不通，戈登。你至少还活着。至少你还年轻，有足够的时间往前看，有奔头。你把我送回监狱，我就完蛋了，我就是个死人了。”

“我们不想让你死，哈里，”杜鲁姆贝尔突然又加入进来，他说道，“我们想跟你做一桩交易。”

“交易？什么样的交易？”

“我们不要人命。我们只伸张正义。戈登因你而受苦受难，现在我们觉得他应该得到某种补偿。毕竟应该公平一点。如果你能跟我们合作，我们不会对执法者说一个字。”

“可你很富有。戈登要多少钱就有多少钱。”

“本家族某些成员确实富裕。遗憾的是，本人并非其中的一个。”

“我现在没有一点儿现钞。欠你的一万块钱我可以一点一点攒起来还你，但大概就是这样了。”

“你可能缺少现款，但你有我们愿意用来达成和解的其他财产。”

“其他财产？你们在说什么呀？”

“瞧瞧你四周。你看见什么了？”

“不，你们不能这么干。你们在闹着玩儿吧？”

“我看见书，哈里，你看见了吗？我看见几千本书。不是一般的书，而是初版本，甚至还有签了名的初版本。更不用说那些放在下面抽屉和柜子里的东西。手稿。信函。亲笔签名。把收藏在这个房间里的东西交给我们，我们会考虑这笔账就算结清了。”

“那我就让你们毁了，我就完蛋了。”

“琢磨一下两种选择，邓克尔-布赖特曼先生。你喜欢哪一种：因欺诈指控而被捕，或者过旧书店老板的平安宁静生活？仔细考虑一下。戈登和我明天会开一辆大运货车、带一队搬运工来。这事儿用不了两三个小时，然后你就可以永远摆脱我们了。如果你试图阻止我们，我就抓起电话报告警方。你决定吧，哈里。生还是死。一间空屋子，还是再进一次监狱。要是你明天拒不给我们书，你照样会失去它们。你懂不懂？放聪明些，哈里。别出手。要是你不战而降，你就帮了大家的忙——尤其你自己。十一点到正午之间，你等着我们吧。但愿我能准时到达，可这些日子的交通状况很难预料。明天见*，哈里。再见†。”

这时门开了，德莱尔和杜鲁姆贝尔一路冲出来，经过拉弗斯身旁。拉弗斯往办公室内一看，只见哈里坐在书桌旁，头埋在双手中，哭得像个小男孩。哈里只要在那儿再待上几分钟，用这时间思考一下所发生的事情，那他就会明白，德莱尔和杜鲁姆贝尔其实没有理由来告发他。他们威胁说要把他送交警方，那只是一种虚张声势、吓唬人的拙劣伎俩。他们怎能证明哈里蓄意出卖一部假手稿而又不

* 原文为法语。

† 原文为英国口语。

牵连他们？如果他们承认知道这一伪造勾当，他们就有责任把假手稿送交警方，而伊安·梅特罗波利斯承认自己介入此骗局的可能性又有多大呢？当然，只是假设有伊安·梅特罗波利斯这个人，而我一直认为未必真有其人。同样，那三个据说鉴定过手稿的所谓专家也未必真有其人。我的第六感是德莱尔和杜鲁姆贝尔自己伪造了那一页霍桑手稿，用哈里这样容易上当受骗的人作垫背，要他相信他看到的是一个伪造大师的笔迹，这有什么难的？我们在佛蒙特州时，哈里在电话上告诉我他见了梅特罗波利斯，但他怎能确定，那人就是他所自称的人呢？那封狄更斯的情书并不重要。不管是真是假，那封信与小说无关。击溃哈里的阴谋自始至终是两个人的行为，短暂露面的第三个人只是个冒充者。两个不大聪明的骗子加一个匿名的哥们儿。通通是坏蛋。

可哈里这天没有想明白。当他的脑子变成敞开的伤口、乱糟糟的脓团、破碎的神经细胞和短路的电脉冲时，他又怎能思考呢？当生命中你极喜爱的一个人刚用一连串凶恶的咒骂侮辱过你，用他的轻蔑之斧打击你、使你这个倒霉蛋陷入极度悲伤时，哪还有什么理智？当同一个人及其新的同谋者宣告他们企图抢夺你拥有的一切、你感到无力阻挡他们时，哪还能平心静气？有谁能批评哈里缺乏先见之明呢？有谁能指责他身处纯粹本能的惊恐中呢？

拉弗斯走进办公室时，哈里从桌边站起来，开始号啕大哭。此时他说不出话来，造不出一句连贯的句子，从他喉咙里冲出来的声音那么可怕，拉弗斯说，那么惨痛，他吓坏了。德莱尔和杜鲁姆贝尔此刻还在下楼的楼梯上，哈里顾不上同进来的拉弗斯照面儿，从桌后冲出去，前去追赶他们。拉弗斯跟在后面——缓慢地，小心翼翼地，由于恐怖，他几乎挪不开脚步了。当他走到楼梯底下时，德莱尔和杜鲁姆贝尔已经离开书店。哈里猛拉前门——仍在号哭，仍在追逐。一辆黄颜色的出租车正停在街边，引擎和计程器都开着，这两人爬进后座，结果哈里没能拽住他们。他向离去的出租车挥舞着拳头，停顿片刻后发出了两声尖叫——凶手！凶手！——然后，完全疯了一般，沿着第七大道往前冲去，腿脚能跑多快就跑多快，冲撞着行人，趔趄着，跌倒了，爬起来，直到下一个街角，不见出租车踪影了，才停下脚步。拉弗斯从远处目睹这番情景，注视着哈里的模糊背影，脸上淌着泪水。

哈里在街角停下了脚步，这时南希 马祖凯利正拐过街角，走近她的前老板，见他如此可怕的样子，不禁大吃一惊。他脸颊通红，气喘吁吁，夹克衫的肘部扯破了，平时总是梳得光滑整齐的头发耷拉在他的脑袋四周。

“哈里，”她说，“你怎么啦？”

“他们杀了我，南希，”哈里答道，手抓胸部，大口喘气，“他们把刀插进我的心脏，把我杀死了。”

南希伸出手臂搂住他，轻拍他的背。“别着急，”她说，“一切都会好的。”

然而，并非一切都好，连一丁点儿好都没有。南希刚说完这句话，哈里便发出一声长而微弱的呻吟，她感到他的身体软弱无力地倒向她。她试图抱住他，但他太重了，渐渐地，两人都倒在了地上。就这样，哈里·布赖特曼，曾用名哈里·邓克尔，弗洛拉的父亲，贝特的前夫，在2000年一个闷热的下午，死于布鲁克林一条人行道上，安息在B.P.M.的臂弯里。

反击

汤姆开得飞快，不到五个小时，太阳刚开始西落，我们就回到了公园坡，把车停在了书店门前。拉弗斯和南希在哈里楼上的房里等我们，两人偎依在变得昏暗的卧房里。她应该在场，我感觉这是对的，但当拉弗斯开始告诉我们这天早些时候发生的事情时，我就不明白她为什么在那里了。由于有那么多紧迫的事情要关注，我再也没有想到去问她。

他们俩以前都未见过露西，所以介绍他们认识成了首先要做的事儿。然后汤姆把我们的小女孩领到起居室，把她安顿在电视机前。照理，这是我该做的，但我相信，在这种意想不到的场景中与B.P.M.邂逅，他一定万分吃惊，需要片刻时间松口气。他的女皇又一次奇迹般地出现，他的心脏无疑会加快速度，在他暗恋成疾的胸腔里剧跳。

拉弗斯比他下午打电话时镇定多了。起初的震惊逐渐缓和下来，所以能把事情的经过完整地说了一遍，并无太多的停顿。他和南希坐在床上，每当他不能克制感情哭泣时，她就伸出手臂紧紧地搂住他，直到他止住泪水。她自己也有点儿眼泪汪汪，但善良体贴是她的特性，她知道，这天晚上聚在这屋里的所有人中，拉弗斯是最悲痛的，是最需要安慰的。当他用缓慢而有节奏感的牙买加口音继续向我们叙述时，哈里尸体的模样不时地出现在我脑子里。就在离我们此刻坐着的地方没几条街远，在卫理公会医院的一间冷藏室内，躺着哈里的尸体。

我不很了解哈里，却以一种奇特的方式（部分是被其魅力所吸引，部分是对他敬畏，部分是对他不信任）喜欢这个人。如果他在任何其他情况下死去，我想我不会像现在这样大受震动。不仅是震惊，也不仅是悲伤，我内心里还充满了对那种施加于他身上的荒诞不经行为的愤怒。我预言过德莱尔的叛卖行为，我的直觉告诉我，这个伪造霍桑手稿的计划不过是一个诡计，一个精心策划的骗局中的骗局，从一开始，报复就是其唯一动机——可这无补于事。如果你不能用你的先见之明防止你的朋友毁于一旦，先见之明又有何用？我是提醒过哈里，但我没有反复强调——我没有用足够的时间和努力使他明白，为什么他必须退出这桩交易。现在他死了，被谋杀了，被残忍地谋杀了，其凶手却永远不会因其罪行而受到指控。

拉弗斯讲完之后，我突然有一种冲动：我也要以自己的方式加以报复。关于与德莱尔和杜鲁姆贝尔之间的纠纷，汤姆只模模糊糊地知道一点儿（他只知道这事儿与哈里的生意有关），拉弗斯和南希就完全蒙在鼓里。不像汤姆，他们俩从未听说过戈登·德莱尔，对哈里的过去也都了解甚少。我没有费工夫给他们唠叨那些细枝末节，这样做毫无意义。现在最要紧的是打电话，越快越好——设法确保第二天上午不会有运货车开到书店门口。德莱尔及其男友能杀害哈里，但我不会允许他们抢掠他的财产。

我向汤姆要楼下办公室的钥匙，由于他此刻还处于茫然自失的状态（为哈里的猝亡痛心，因与 B.P.M. 突然相遇而喜惧交集，尽力安慰无法安慰的拉弗斯），他便心不在焉地从口袋里把钥匙掏出来给了我。他隔了好一会儿，等我走出门时才恍然大悟，问我干什么去。“不干什么，”我含糊地答道，“我只需查一查，马上就回来。”

我在哈里办公桌前坐了下来，打开中间最上面的抽屉，心想这该是他放德莱尔电话号码的地方。我准备在必要时打电话给电话局问讯处，查一查杜鲁姆贝尔的电话号码，可为了省点儿时间，就先看一看抽屉里头。我的生活中也偶有侥幸。抽屉里最上头有一个商用信封，上面粘着一张绿色的正方形便利贴，上面用墨水潦草地写着——戈登的手机——接着是以分区号码917开始的十个数字。我把便条纸从信封上取下贴到电话机旁的桌面上，看见信封上也写着字：我去世之际打开。

信封里面有叠着的十二页打印文字。这是由法院街弗林、伯恩斯坦和瓦勒洛律师事务所拟定的遗嘱，于2000年6月5日正式签字、公证和生效。这一天正是我在蛤蜊汤旅馆跟哈里在电话上交谈的前一天。我浏览了遗嘱的内容，迅即领悟了他所谓的崇高姿态、炫耀之炫耀和天鹅般纵身跃入永恒的伟大境界的含义。他在这份此刻在我手头的遗嘱上所提及的内容确实很了不起，很令人吃惊又很了不起，也说明他听取我的告诫，比我想象的要认真得多。即使他拒绝接受我的忠告，他也两面下注以防戈登对他进行突然袭击，如果这种背叛行为真的发生，他会感到他的生命就此完结——即使不是真死，他至少也会觉得精神的毁灭比死亡更难以忍受。6月1日那天我们一起吃晚饭时，他对我说过这样的话：如果你对戈登的看法是对的，那么我的生命就已经结束了。想到戈登是一个搞两面派的报仇者，也就是想到了自己的死亡。那第一个想法自然而然导向第二个想法，两个想法则都是同一结果。于是有了这份遗嘱。这也许是一个过于戏剧性的手法，是一种对他内心积郁的近乎歇斯底里的反应，可谁又能指责他想采取（用他自己的话说）某些戒备措施呢？根据那天早些时候发生的事情来看，这还真是一个超级智慧的行为。

遗嘱所指定的两名受益者是汤姆·伍德和拉弗斯·斯普拉格。他们将继承第七大道上的房产和名为布赖特曼阁楼书店的生意，其中包括所有属于上述生意的财物和金钱。遗嘱也提及一些较琐细的遗赠——各种图书，绘画，珠宝饰物，分别留给一些我不熟悉的人名，但哈里的大宗遗产均归汤姆和拉弗斯，布赖特曼阁楼书店的收入由他们两人平分。考虑到房子的贷款已经付清，再估量一下此刻我身处其间的办公室内的善本书和手稿的价值，这些遗产等于一笔小财富，他们两个梦想过的钱都没有这么多。在最后一个合适的时刻，哈里做出了他的崇高姿态、炫耀之炫耀。他照顾了他的男孩们。

此时我意识到我对他的了解有多糟。此人也许是长成了小魔鬼和无赖，但他的一部分依然是幻想从被炸毁的欧洲城市里抢救孤儿的十岁小孩子。尽管他爱说一些俏皮的对人不敬的话，尽管他有这样那样的罪过，可他从未放弃过对生存饭店原则的信念。仁慈的老哈里·布赖特曼。有趣的老哈里·布赖拉特曼。如果这书桌上有一瓶可以喝的东西，我会为自己斟满一杯，举起来为悼念他而干杯。然而，我拿起的还是电话，拨的是德莱尔的号码。归根结底，这也许无异于对哈里的悼念。

对方没有接电话，但四声铃响后，录音出来了，这是我第一次听见他的嗓音，我觉得是一种分外镇定而又谨慎的嗓音。幸好他提供了可以联系他的另一个号码（我猜想是杜鲁姆贝尔的），免得我自己花工夫查询。我拨了这个号码，完全准备无人接听，想象德莱尔和杜鲁姆贝尔正在什么地方欢闹狂饮，庆祝他们当天下午在布鲁克林取得的胜利。正当我开始犹豫是否要给电话机留言的时候，电话里的铃声停了，于是我在三十秒内第二次听到德莱尔的嗓音。为求稳妥，我先问道，我可否与戈登·德莱尔说话，尽管我很清楚，在电话线另一端的那人就是他本人。

“我就是，”他说，“你是谁？”

“内森，”我答道，“我们素未谋面，但我相信你听说过我。哈里·布赖特曼的朋友。算命人。”

“我不明白你在说什么。”

“你当然知道。你和你朋友今天拜访哈里时，有人站在门外听见了你们的谈话。有一处，哈里提到了我的名字。‘我该听内森的话。’他说。你便问他：‘哪个内森？’这时候哈里告诉你，我是给人算命的人。记起来了吗？我们不是在谈遥远过去的事情，德莱尔先生。你听到这些话仅仅是在几小时之前。”

“你究竟是谁？”

“我是送噩耗的人。我是发出凶兆和警告的人，告诉人们该干什么事。”

“啊？那么我应该做什么呢？”

“我欣赏你的挖苦语调，戈登。我听出了你嗓音中的冷静，这倒证实了我的感觉，知道你是何等人士。谢谢你。谢谢你使我做此事轻而易举。”

“我唯一要做的事儿就是挂上电话，谈话到此结束。”

“但你不会挂，是不是？你吓得魂不附体，你要千方百计弄明白我知道些什么。我说得对不对？”

“什么狗屁事你都不知道。”

“你再来猜猜吧，戈登。让我试着给你说出一些人的名字，我们就会知道，我知道什么又不知道什么。”

“名字？”

“邓克尔兄弟。亚历克·史密斯。纳撒尼尔·霍桑。伊安·梅特罗波利斯。迈伦·杜鲁姆贝尔。怎么样？你还要我往下说吗？”

“不错，你知道我是谁。妙极了。”

“是的，妙极了。因为我知道我所知道的东西，所以我现在所处的地位有利于取得我想从你那里取得的东西。”

“啊，对啦，你要的是钱。你要我们让你一起分享这笔买卖。”

“你又错了，戈登。我对钱不感兴趣。只有一件事你得为我去做。一件非常容易的事情。用不了你一分钟时间。”

“一件事？”

“给你为明天约请的搬运公司打个电话，取消这个预约。告诉他们你改变主意了，不再需要运货车。”

“我干吗要这么做？”

“因为你搞的阴谋诡计已使你的后院着了火，戈登。你们离开哈里的书店大约五分钟后，整个事情就突然炸开了。”

“你说的是什么？”

“哈里死了。”

“什么？”

“哈里死了。你们上出租车走了，他沿着第七大道追你们。他太紧张了。他的心脏承受不了。他就死在街上了。”

“我不相信你的话。”

“相信吧，老兄。哈里死了，是你杀害了他。可怜的傻哈里。他所做的完全是爱你，而你却用诱惑他进入拙劣骗局的手段来回敬他。干得好啊，你这小子。你应当为自己感到非常骄傲。”

“这不是真的。哈里还活着。”

“那你给布鲁克林卫理公会医院的太平间打个电话。你不必把我的话当回事儿。你只消问问那些穿白大褂的人。”

“我会问。那正是我要做的。”

“好。同时别忘记给搬运公司打电话。哈里的书籍留在哈里的书店里。如果你明天出现在布赖特曼阁楼书店，我会掐断你的脖子。然后把你交给警察。你明白我的意思吗，戈登？我现在放你一把。关于那一页伪造手稿，一万美元支票，所有的事儿，我全知道。我只是不愿看到哈里的名字牵扯进去。这个人死了，如果我再做任何有损其名声的事情，我就不是人。只要你乖乖地听话。只要你照我的话去做，不然我就改用第二方案，用我所掌握的一切来追着你不放。你听清我说的话了吗？我会让你身败名裂，把你投入监狱。我会让你丢人现眼，让你不想再活下去。”

告别

房产的一部分也好，书店的一部分也好，拉弗斯都不要。他也不要布鲁克林的一部分、纽约市的一部分、美国的一部分了。他所相信的美国只是有哈里·布赖特曼在内的美国。现在哈里离开了这个国家，拉弗斯感到这是他返回老家的时候了。

“我将和老奶奶一起住在金斯敦，”他说，“她是我的朋友，这世界上我唯一的朋友。”

这就是他对哈里遗嘱的内容令人惊异的反应。至于汤姆，他只是默默地坐在那里，不知在寻思什么。

十点稍过，我回到楼上的房间。南希已回家去跟孩子们相聚了。露西在电视机前睡着了，她被抱到哈里的床上。在这温暖的纽约之夜，她舒展地和衣躺在被子上面，嘴巴张着，咯咯作声。汤姆和拉弗斯坐在起居室的椅子上抽烟。汤姆在吸一支骆驼牌过滤嘴烟，显得心事重重。拉弗斯似乎在抽一支大麻，看上去有点儿狂放。

不管他有没有因吸大麻而亢奋，在我向他们宣读哈里的遗嘱后，他说起话来非常清晰明了。他心里已经做出决定，所以不论汤姆对他说什么，他都不改变态度。他唯一想做的事儿就是谈哈里，他进而谈了很久，情绪有些激动，滔滔不绝地叙述着他们初次见面的情景——拉弗斯刚被赶出他与朋友泰荣合租的公寓房，泪流满面，哈里从夜色中走近他身旁，把手臂放在他肩上，问他有什么可帮忙的——接着便谈起最近这三年内哈里无私地为他做的千百桩好事，尤其是给他工作，还出钱为他买“蒂娜·霍特表演”所用的服装和首饰，更不用说始终慷慨地为他付就医的账单，还乐意花钱买那些使他能活到现在的昂贵药物。还有像哈里·布赖特曼这样好的好人吗？他问道，接着又自己回答说，他知道是没有了。这天晚上，他多次难以自制地哭泣，最后，他又一次失控而大哭了起来。

“你别无选择，”恍惚而沉默的汤姆终于说道，“不论你留不留在这儿，这钱属于我们俩。我们是合伙人，我不能要你的那份，一半对一半，拉弗斯。所有的东西我们都一分为二。”

“只要寄给我药费就行了，”拉弗斯低声说，“我不要任何别的。”

“我们要把这房子和书店卖掉，”汤姆说，“我们把什么都处理掉，然后分享收益。”

“不，汤米，”拉弗斯说，“你要把它们保留下来。你那么聪明，嘿，你要是坚持下去，你会发财的。这地方不是我的。对书本，我一窍不通。我只是个怪物，嘿，一个小小的有色怪物，不属于这个地方。一个男孩身躯里的女孩。一个想回老家的垂死男孩。”

“你不会死的，”汤姆说，“你身体很好。”

“我们都会死的，老兄，”拉弗斯说，又点了一支大麻，“对死别看得太重，嘿，我可冷静着呢。我奶奶会很好地照顾我。就记住每隔些时候给我打电话，好吗？答应我，汤米。要是你把我的生日都忘了，我想我不会原谅你的。”

听着两个年轻人的对话，我开始觉得心里有点儿堵得慌。平时我不会经受不住激动的，但跟德莱尔说话后，我仍然感到阵阵眩晕。我对他说了太多的话，远远超出了我的预期。在这场斗争中，我扮演了一个硬汉的角色，用凶恶的语气来制服他，听起来我就像二流老影片中嗓音粗哑的强盗。这不是说不该如此对待德莱尔，可直到话从我嘴里出来，我才知道我也有本事变得粗暴、变得野蛮。此刻，这场谈话才结束几分钟，我又在楼上房间里，听拉弗斯·斯普拉格表示拒绝接受一切，而这一切正是德莱尔企图从哈里那儿诈取的。这一对比太明显，太强烈了，这两个人之间的差异令人不能不激动。哈里爱他们俩，对两个人都一样的热情，都毫无疑问地真诚。为什么会有这样的事？我问自己。一个人怎能既完全看错了一个人，同时又能精确地掌握另一个人的真实性格呢？拉弗斯只有二十六或二十七岁，外表上，他像个奇异的外星人，瞧他完美的小脑袋、蜂蜜颜色的脸庞、纤柔细长的四肢，他真称得上是荏弱、恭顺和女性的化身。但在他身上有一种强烈的东西，一种难得的摈弃虚荣和贪欲的理想主义。虚荣和贪欲使其他的人变得那么脆弱，以至于无法抵挡这世界上的种种诱惑。为了他的缘故，我倒希望他在遗产问题上改变主意。我倒希望他像其他人一样重新考虑，从而接受这本是留给他的财产，但听汤姆和他后来两个钟头的争论，我认识到这是永远不可能发生的事情。

第二天大家忙于料理哈里的后事。给他的朋友们打电话（由拉弗斯负责），给芝加哥的贝特和纽约的图书经营伙伴们打电话（由汤姆负责），给布鲁克林各家殡仪馆打电话（由我负责）。哈里在其遗嘱中申明，他的遗体应该火化，但没有规定该如何以及在何处处置骨灰。经过长时间的讨论，我们最后决定把骨灰撒在展望公园的林区。根据纽约市法律，你不能把死人骨灰倾倒在公共场所。但我们想到，如果在一个行人稀少的偏僻地方悄悄行事，那么谁也发现不了。遗体火化、金属骨灰盒和盛装骨灰的费用总共才一千五百多美元。鉴于没有别人出得起这笔费用，我就自己包揽了。

举行丧礼的那天下午——6月11日，礼拜日，我把露西留给了临时照看小孩的人，同汤姆一起前往公园。汤姆提着装有骨灰盒的绿色购物袋，上面贴着布赖特曼阁楼书店的商标。这个周末的天气一开始就很恶劣：一场湿气和闪电的袭击，酷热，窒闷，华氏九十六度。礼拜日更是最坏的一天，纽约变成了赤道丛林区域，地球上最热、最糟的地方，很少有这样难耐的时候。只要稍一走动，你就感到汗流浃背了。

出席丧礼的人很少，这也许要归咎于天气。哈里的曼哈顿朋友们宁愿待在有空调设备的公寓楼里，我们的人数缩减到很少，只有一些好心的街坊邻里，其中有三四名第七大道的顾客，哈里平时用午餐的餐馆老板，还有一个为他理发和染发的女人。南希·马祖凯利当然也出席了，还有她的丈夫，一个假冒的詹姆斯·乔伊斯，称之为吉姆或吉米更好。这是我第一次见到他，说来抱歉，我对他印象不佳。他就像汤姆形容过的，高大而英俊，但他不断地抱怨天气热，抱怨树林里麇集的蚊子，我觉得这些埋怨都是一种孩子气的不得体的自私表现，尤其在此刻，在他前来向一个再也没有抱怨这个、抱怨那个的乐趣的人致以最后敬意的时候。

不过也没有什么要紧。那天唯一一件重要的事情与南希的丈夫或天气无关。与之有关的是拉弗斯。出席仪式的其他人都已到齐，等了二十分钟后，我们正要在他缺席的情况下开始举行仪式时，他大步迈入了这个蚊子密集的丛林区。当时，大伙儿都以为他因胆怯而不敢来，看见哈里缩变为骨灰盒的景象对他而言过于沉重，不能承受这一煎熬。尽管如此，我们还是为他做了善意的解释，所以这整个二十分钟我们都一直站在闷热的空气中，擦着脸上的汗，看着手腕上的表，希望我们的怀疑是错的。当他终于出现时，大家花了好一会儿才认出了他。加入我们的竟不是拉弗斯·斯普拉格，而是蒂娜·霍特，这一乔装是这样完善，这样惑人耳目，以至于我确实听到背后有人倒抽了一口气。

她是我见过的最美丽的女人之一。一身遗孀的肃穆打扮，穿一件紧身黑衣，一双三英寸的黑色高跟鞋，戴一顶筒状黑色女帽，还有一副精巧的黑色面罩。她把自己变成了一个纯粹女性的化身，胜过存在于自然妇女王国内的一切女性的理念。红褐色的假发看来就像真的头发，假乳房也像真的，只有专门技术和精确手艺才会造出这番打扮。蒂娜的双腿那么细长，那么好看，令人难以相信它们是长在一个男人身上的。

然而，她创造的效果不仅仅限于表面的装饰，不仅仅限于服装、假发和化妆。同时，女性的灵光，蒂娜的高贵以及悲伤神态完美地体现出孀居的痛苦，乃是一个男演员绝妙天才的表演。整个丧礼上她不言一语，自始至终默默地站在我们中间，听别人致关于哈里的简短悼词，看汤姆打开骨灰盒，把骨灰撒在地上。看来我们的仪式似已结束，可就在我们转身要离开之前，一个十二岁左右胖乎乎的黑人男孩出现在小树林的边缘，向我们这群人走来。他伸直的双臂上放着一台手提式 CD 机，其样子就像捧着天鹅绒枕头上的花冠。这孩子（后来知道是拉弗斯的表弟）把唱机放在了蒂娜的脚旁，按了开关。突然，蒂娜张开了嘴，喇叭里放出了管弦乐的最初几个小节，她便开始跟接踵而来的歌词对上口型。稍过一会儿，我就听出那是莉娜·霍恩*的嗓音，在唱音乐剧《演艺船》中的老歌《忍不住爱我那人》。这就是蒂娜·霍特每周六在卡巴莱歌舞晚会上的表演方式：不是歌手，而是假歌手，由传奇的女歌唱家演唱的流行歌曲和爵士乐保留曲目，她对上口型不出声地演唱。这既堂而皇之，又离奇古怪；既有趣好笑，又令人心碎；既感人肺腑，又叫人捧腹。既是其所有的一切，又是其没有的一切。蒂娜在那里做着手势，装着大声唱出歌词的样子。她满面柔情和爱意。泪水湿润了她的眼睛，我们都伫立原地，纹丝不动，不知要跟着她哭还是笑。就我个人来

---

* Lena Horne（1917—2010），美国第一个驰名全国的黑人女歌唱家。

说，这是我一生中最奇特、最玄妙的时刻之一。

鱼儿游，鸟儿飞
我爱他，直至死……

这天晚上，拉弗斯登上飞机，返回牙买加老家了。据我所知，自此之后，他再也没有回来过。

事态发展

汤姆困惑不安。在这么短的时间内发生了这么多事情，他觉得对处理眼前的财产尚未做好准备。他是否愿意接管哈里的生意、把他今后的日子都花在公园坡的店面里做善本书和旧书的买卖？或许，就如哈里死去那天晚上他所提议的，他只需卖掉整个生意，与拉弗斯平分变卖收益？拉弗斯不要钱财这个情况并不要紧。那房子是财产中的重要部分，如果拉弗斯坚持拒绝接受出售房屋所得的一半，汤姆一定能做到让他祖母代他接受下来。卖房会有大宗现钞收入，他们每人所得不会少于几十万美元，汤姆用这份收益可以从头开始重塑自己，朝他喜欢的任何方向发展。可他究竟想要什么？这是一个基本问题，而眼下这依然是一个没有答案的问题。汤姆对追求“生存饭店”这个理念是否还有兴趣？或许，他更喜欢返回他原先的“后密歇根计划”，找一份中学英语教师的差事？他是愿意待在纽约呢，还是准备离开这个城市搬到乡下去？后来几天里，我们把这些问题反复讨论了不知多少次，可除了决定离开其陋室、暂居书店楼上哈里的住处外，汤姆还在闪烁其词，还在沉思冥想，还在闷闷不乐。幸好没有压力要他当机立断。哈里的遗嘱要开始做麻烦的验证，那房契要过好几个月才能交到受益人手中。至于哈里的其他财产——不多的银行存款、少量的股票和证券——也被冻结了。汤姆正坐在一座金山上，可是在弗林、伯恩斯坦和瓦勒洛律师事务所的律师了结哈里财产事务之前，他的生活其实比原来还差。他每周的薪水没有了，除非他全力以赴做好布赖特曼阁楼书店的生意，否则他就几乎没有任何收入。我表示愿意借钱给他，可他拒绝考虑。我建议他夏季关门歇业，跟露西和我去度个长假，他也没有多大兴致。他说，他欠哈里的情分，要把书店开下去。这是一笔道德债务，他认为为了荣誉不得不坚持到底。好啊，我说。可靠你一人怎么经营这个店？拉弗斯走了，你就没有营业员了。你雇不起新人，是不是？他的薪水从哪儿来？

在我认识汤姆的所有这些年里，我第一次见到他发脾气。“别啰唆了，内森，”他说，“究竟由谁来操心？我总会想出办法来的。你就管好你自己的事吧，行不行？”

可汤姆的事情就是我的事情，眼看他身处困境，我心里很难受。就在此时，我主动提出要为书店业务做些服务——只要每月一美元的象征性工资。我说，由我来替代拉弗斯，只要需要，我可以暂缓退休来尽一个布赖特曼阁楼书店底层营业员的繁重职责。如果汤姆希望，我甚至很高兴称他为老板。

于是，我们生活的新时期开始了。我给露西报名参加林肯街伯克利·卡罗尔学校的艺术夏令营，每天早晨送她经过从公寓到夏令营的七条半街，然后沿第七大道溜达回来，在书店柜台后面就位。我的《人类愚行大全》撰写工作因日程改变而受影响，但我还是尽可能让我的手保持勤快，夜间在露西上床睡觉后匆匆挥洒一阵，一旦生意较淡，便这里抽个十五分钟，那里挤个二十分钟。十分遗憾的是，每天和汤姆一起吃午饭的惯例被中断了。简直没有时间享受坐下来从容就餐的雅趣，我们只好改为自带午餐，在书店沉闷的小天地里吃三明治，喝冰咖啡，用几分钟飞快地把东西吃光。四点钟，汤姆让我放下柜台后的工作，好去夏令营接露西。我把她带回书店，我们六点钟打烊之前，她可以自得其乐，从底楼书架上的四千二百册图书中挑一本来读。

露西对我来说仍然是个谜。在许多方面，她是一个模范孩子。我们彼此了解越多，我就越喜欢她，越爱带着她在身边。暂时不谈她母亲的问题，关于我们的小姑娘倒可以说上千般好话。一个对大城市生活完全陌生的孩子，却很快适应了新环境，在街坊邻里中几乎一开始就感觉像在家里一样。不管卡罗来纳卡罗来纳会在什么地方，英文是那里说的唯一语言。现在，每当我们沿着第七大道往返，经过干洗店、食品杂货店、面包店、美容院、报摊、咖啡馆，她就能接触很多很多不同的语言。她听到西班牙语和朝鲜语，俄语和汉语，阿拉伯语和希腊语，日语、德语和法语，她不但不感到害怕或困惑，反而很喜欢听到这多样化的声音。一天早晨我们从一家开着门的商店或人家前面经过，见一个矮胖的小女人朝着一个老头儿大声嚷嚷，露西对我说："我想像她那样说话。""Mira! Mira! Mira! "* 露西模仿那女人的声音，相似得惊人，"Hombre! Gato! Sucio!"† 过了一会儿，她又模仿一个男人用阿拉伯语叫唤街对面一个人的声音，这些语音我就是练一辈子也不会像样。这孩子有灵敏的听力，同时又能用眼睛去看，用脑子去想，用心灵去感受。在夏令营里，她善于交朋友，过了一周就有三个不同的女孩邀请她参加所谓的"玩耍约会"。对我的晚安之吻和拥抱，她并不畏缩。她吃饭不挑食。她很少对

---

* 西班牙语："瞧！瞧！瞧！"

† 西班牙语："人！猫！脏！"

什么事情大惊小怪。尽管她常犯惊人的语法错误（我决意不加纠正），尽管她看电视动画片看得入迷（我果断地只许她每天看一小时），我可从来没有后悔收留她。

她拒绝谈她的母亲，这依然是一件令人不安的事情。奥罗拉无形中支配着我们这个小家族的存在，不论我提了多少问题，不论我多少次哄露西，试图从她嘴里套出些有关的零碎信息，仍然毫无所得。我想，一个如此年幼的孩子身上有如此坚强的意志，这是令人赞赏的事情，但我发觉，这也是令人恼怒的事情，这一僵局拖的时间越长，我就越感到沮丧。

"露西，你想念你母亲，是不是？"有一天晚上我问她。

"我想她想得厉害，"她说，"我想死她了，想得我心都痛了。"

"你想再见到她，是吧？"

"这是我最想的。每天晚上我都向上帝祈祷，希望她回到我身边。"

"她会来的。你要做的事儿就是告诉我在哪儿可以找到她。"

"我不想告诉你，纳特舅公。我一直在对你说同样的话，可你就好像没有听见我在说什么。"

"我听见了。我只是不想让你再伤心。"

"我不能谈这个。我保证过，要是我违背诺言，我会下地狱被烧掉。地狱是永远的，而我还是个小女孩。我还没有准备永远被烧掉。”

“露西，地狱是没有的。你也不会给焚烧，一分钟也不会。大家都爱你母亲，我们想做的就是要帮助她。”

“不，先生。不是那么回事儿。求您了，纳特舅公。别再问我任何关于妈妈的问题。她很好，总有一天她会到我这儿来的。这是我知道的，我能告诉您的也就是这点。如果你再问我，我就回到我刚到这儿来时的样子。我会紧闭嘴巴，不跟您说一句话。可这对我们有什么好呢？我们说话时，多开心啊。只要您不问妈妈的事儿，我就最高兴了。我指的是跟您说话。您是个叫人愉快的老头儿，纳特舅公。我们不想把好事情搞糟了，您说是吗？”

表面上，她看来是个最快乐、最满足的孩子，但想到她为保守秘密而必须经受的苦恼，我感到心神不安。要一个九岁半的孩子肩负如此沉重的责任，这真是太过分了。她正身受伤害，我却想不出办法来加以阻止。我跟汤姆谈到是否要送她去看看心理医生，但他认为，这只会浪费时间和钱。如果露西不跟我们说，就肯定不会跟一个陌生人说。“我们得耐心，”他说，“她迟早会憋不住那么多东西，会把一切都倾吐出来。可在她乐意并准备就绪之前，她是不会说一句话的。”我接受汤姆的意见，暂时放弃去看医生的想法，但这并不等于我认真考虑他的意见。这孩子永远不会准备就绪的。她那么固执，那么倔强，根本撬不开她的口，我相信她会永远隐瞒下去。

我开始为汤姆打工是在6月14日，即哈里的骨灰撒在展望公园、拉弗斯回牙买加他奶奶家后的第三天。上班后第二天，我的女儿从英国回来了。自从跟那个当过我孩子的妈、现在已不值得一提的人可悲地在电话里交谈过以后，我一直想着6月15日女儿从英国回来的日子，但我们仓促离开蛤蜊汤旅馆后，我因那几桩大事忙乱不堪，毫无旁骛，所以没有像平时那样注意日期。那天正是6月15日，可我当时竟忘得一干二净。六点钟书店打烊后，汤姆、露西和我在第二街餐馆吃了一顿早的晚饭，然后露西和我回到我的公寓楼，打算这个晚上玩大富翁*或妙探寻凶†，彼此较量一番。此时我听到了雷切尔在电话答录机上的留言。她的飞机是下午一点降落的，她回到家是三点，读我的信是五点。听她说信这个字的语气，我就明白一切都宽恕了。“谢谢，爸爸，”她说，“您不知道您的信对我有多重要，近来有那么多坏事情发生，这正是我需要听到的。如果我现在能得到您的支持，我想我能熬过一切。”

第二天晚上，由汤姆照看露西，我和雷切尔一起在曼

---

* Monopoly，又名“地产大亨”，一种多人策略图版游戏。

† Clue，一种虚拟探案的图版游戏。

哈顿中城吃晚饭，那家餐馆离我在中大西洋事故和人寿保险公司的老办公室不远。我们周围的世界改变得多么迅速，一个问题多么快地替代了另一问题，几乎没有享受胜利喜悦的时刻。近一个月来，我一直在为寄给我怨艾、疏远的女儿的短简烦恼不安，希望我的道歉告饶之词能了却多年的怨愤，恢复我和她的父女之情。由于某种奇迹，我的信成全了我希望成全的一切。我们又互相信赖了，忘掉了过去所有的尖酸刻薄，这天的晚餐应是一次欢乐的团聚，一个欢声笑语、畅忆往事的愉快时光。可我刚恢复雷切尔的父亲身份，就立刻被召去帮助她度过她成年生活中最艰难的境况。我的女儿正身陷“坏事”，处于危机，除了她的老爸——他也许一向是一个无能的傻瓜，她还能向谁求助呢？

我为我们父女俩在拉格勒诺维尔预订了一桌。这是一家价格昂贵、装饰讲究的纽约法国饭店，某某某（略其姓名）和我带着女儿就是到这里来庆祝她的十八岁生日的。她戴着我寄给她的项链来了，另一条与其一模一样的项链在宇宙小馆招致了很多伤心事。我很高兴看见这条项链很适合女儿，由其深色眼睛和头发衬托，显得格外引人注目。我不禁想起另一条项链，当我回顾我带给玛丽娜·冈萨雷斯的那场灾难时，这条项链引起我万般悔恨之痛。我对自己说，有这么多三十来岁或三十出头的年轻女子，这么多年轻的女性生命，在我周围转悠。玛丽娜。哈妮·乔德尔。南希·马祖凯利。奥罗拉。雷切尔。在这群人中，我女儿给我的印象是，她最稳健和最成功，最扎实有力，最少可能被困难所压倒，可此刻，她在餐桌旁与我相对而坐，含着眼泪告诉我，她的婚姻要崩溃了。

“我不明白，”我说，“上次我见到你的时候，一切都还是好好的。特仁斯好极了。你也好极了。你们刚庆祝结婚两周年。你对我说，这两年是你一生中最快乐的两年。这事儿出在什么时候？ 3 月下旬？ 4 月初？婚姻是不会破裂得那么快的。人们在相爱的时候是不会这样的。”

“我仍然爱他，”雷切尔答道，“我担心的是特仁斯。”

“记得吗？这家伙跑了半个地球来追求你，说服你嫁给他。是他追你的。起初，你甚至还不清楚到底喜欢不喜欢他。”

“那已经是很久以前的事情了。这是现在。”

“上次咱们谈到‘现在’的时候，你说你们在考虑要孩子。你说特仁斯想当父亲想得要命。不是一个抽象的父亲，而是你们的孩子的父亲。那就是男人们在和一起生活的女人相爱时说的话。”

“我也是这样想的。可后来我们去了英国。”

“美国，英国，有什么差别？不论你们在哪里，你们还是你们啊。”

“也许是吧。可乔治娜不在美国。她在英国。”

“啊。我们这才进入正题。你为什么不一开始就端出来？”

“这很难受。只要一提她的名字我就反胃。”

“要说是一种安慰，我觉得这个名字很可笑。乔治娜。这名字叫我想起金黄鬈发、下巴又肥又红的维多利亚时代女孩，动辄咯咯傻笑。”

“她是个耗子似的浅黑型小女子，头发油腻，皮肤粗糙。”

“在我听来不像个竞争对象。”

“她和特仁斯是大学同学。她是他的第一个大情人。后来她爱上了别人，跟他吹了。那是他到美国来的时候。爸爸，他那时消沉极了。他告诉我，他想过自杀。”

“那现在某人已经不相干了。”

“我不太清楚。我只知道当我们在伦敦，我们仨一起吃晚饭时，特仁斯的眼睛始终离不开她，就好像我不在场似的。后来，他就不断地谈起她。乔治娜好聪明啊。乔治娜好风趣啊。乔治娜这个人有多好啊。两天后，他单独和她一起吃午饭。后来我们去康沃尔探望他父母，可三四天后他又乘火车回伦敦，跟出版社谈他正在写的那本书。这是他说的。我想，他是回去跟那个傻傻的乔治娜·沃特森、他一生的意中人相会。这好可怕啊。他就这样把我撂在乡下，跟他父母——右翼反犹分子在一起，而我所能做的就是装样子，似乎喜欢那里的每分每秒。他跟她睡觉了。我知道他干那事儿了。他跟她睡觉了，现在他不再爱我了。”

“你问过他吗？”

“当然，我问过。他刚回到他父母家，我就问了。我们大吵一架，这是我认识他以来吵得最厉害的一次。”

“他说什么了？”

“他否认呗。他说我嫉妒，说我编故事。”

“这是好的征兆，雷切尔。”

“好的？你这‘好的’是指什么？他对我撒谎，我现在再也不能相信他了。”

“假设最坏的吧。假设他跟她睡觉了，回来向你说谎。可这还是好征兆。”

“您怎么可以老这样说呢？”

“因为这说明他不想失去你。他不想结束你们的婚姻。”

“这是什么样的婚姻啊？当你不再信任你与之结婚的男人时，这就像根本没有结过婚一样。”

“瞧，好宝贝，我绝不敢给你什么忠告。谈到婚姻问题，我是世界上最无资格给人指点该怎么做的人。你这辈子第一个十八年和我同住一个屋檐下，我不必让你记起我和你母亲如何把这个家搞成一团糟。在我感到厌恶她的时候，我真希望她死。我曾想象汽车撞毁、火车失事、从高高的楼梯上滚下来。做这样的供认很可怕，我不是要你以为我为自己骄傲——重要的是你要明白什么是错误的婚姻。你母亲和我的婚姻就是错误的。我们相爱过一阵，后来一直是错上加错。可我们仍维持了很长时间，我们在一起虽很糟糕，却又设法把你生出来。你是这整个悲剧故事的美满结局，也因为你就是你，我丝毫没有后悔。雷切尔，你懂我的意思吗？我对特仁斯了解不够多，不好对他妄加评论。但我真的知道，你们的婚姻没有错。人们犯错误。人们干蠢事。可乔治娜现在大洋的另一边，除非你是和一个不可救药的好色之徒拴在了一起，我倒觉得这个小插曲已经休止终结了。再坚持一会儿，看看情况到底怎么样。别仓促行事。他对你说他是无辜的，有谁能证实他说的是假话呢？老情人都难忘记。特仁斯或许昏头昏脑了一阵子，但现在他跟你一起回到美国来了，如果你真像你所说的那样爱他，一切问题就都有了迎刃而解的好机会。只要他不蜕变为你父亲这样的臭德行丈夫，就有希望。很多希望。一起欢度未来的希望。有孩子的希望。有猫有狗的希望。有树和花的希望。有美国的希望。有英国的希望。有世界的希望。”

我不清楚自己在说些什么。我说的都是些谬论和矫情的话，像洪水一样飞快而不可阻挡地从我嘴里冲出来，等我的可笑演讲一结束，我看见雷切尔在笑，这是她进餐馆后第一次露出的笑容。或许这就是我可以希望达到的唯一目的。我要让她知道，我和她在一起，我信赖她，而局面并非如她所想的那样黑暗。如果别无他意，这笑容告诉我，她正开始冷静下来。我不停地说着话，渐渐地把她从当下的话题引开，我知道最好的良药就是使她忘掉特仁斯一段时间，使她不再在这个困扰她数周的问题上沉吟不决。我把我们上次会面之后发生的所有事情一桩一桩地都讲给她听。实际上，我所讲的就是迄今为止我写进此书中的所有事情的缩写本。不，并非所有的事情——我删略了玛丽娜及另一条项链的故事（太伤心，太丢脸），一字未提我与那位不宜提及者的不愉快的电话交谈，也省略了《红字》手稿骗局的痛苦细节。但几乎所有的其他部分我都讲了：《人类愚行大全》，表弟汤姆，哈里 · 布赖特曼，小露西，佛蒙特州之行，汤姆和哈妮 · 乔德尔的露水之情，哈里遗嘱的内容，蒂娜 · 霍特假唱《忍不住爱我那人》。雷切尔仔细地听着，一边吃饭喝酒，一边全神贯注于如此之多的惊人消息。至于我，我是越讲越自我陶醉。我不知不觉地成了古代水手般的角色，可以把故事一直讲下去讲个通宵达旦。雷切尔尤其想见见露西，我们便约好下星期日她到我公寓楼来，带不带她丈夫则随她的便。她说，她也盼望见到汤姆，接着，她问了一个六千四百美元问题*：“哈妮怎么样？您觉得

* 俚语，指重要而难以解答的问题，源自二十世纪四十年代的电台知识测验节目。

会有什么事情发生吗？”

“我拿不准，”我说，“汤姆把电话号码留给了她父亲，请他转交给她，可她没有打电话来。据我目前所知，汤姆也没有给她打电话。如果我打个赌，我会说我们再也见不到哈妮了。太遗憾了，可事情显然已经结束。”

我照例错了。我和雷切尔共进晚餐后整两周，在此月份最后一个星期五，哈妮·乔德尔身穿白色夏装、头戴垂边大草帽大踏步地迈进了书店。那时是下午五点。汤姆坐在前柜台后面，正读着一本软封面的旧版《联邦党人论文集》*。我已把露西从夏令营接回来，她和我在书店里面，重新排列一下历史类图书。前两个小时没有一个顾客进来，唯一可闻的声音是电扇轻轻的旋转声。

一看见哈妮进来，露西就面露喜色。她正要朝她奔过去，但我一把抓住了她的手臂，低声对她说：“等一等，露西。先给他们机会说话。”哈妮的眼睛盯着汤姆，没有注意到我们在场。我们的小女孩以及鄙人就如两名秘密特工，躲在一个书架后面，观察着两人如下的应酬情景。

“喂，汤姆，”哈妮一边说着，一边啪嗒一声把钱包往柜台上一放，然后摘下草帽，甩出又长又厚的头发，“活得怎么样？”

---

* 主要由汉密尔顿和麦迪逊撰写的阐释美国宪法的论文集，1788 年初版。

汤姆从书上抬起眼睛，说道：“我的主啊，哈妮，你怎么到这儿来了？”

“我们过一会儿再说这个。首先，我想知道你好不好。”

“不坏。很忙，有点儿压力，但还不错。自从最后一次见你后，发生了很多事情。我的老板死了，看来我接下了这个书店。我还在设计该怎么张罗。”

“我说的不是生意。我说的是你。你心脏的内部作业状况。”

“我的心脏？它还在跳动。每分钟七十二次。”

“这就是说你仍然单身一人，是不是？如果你与某人坠入了爱河，你的心跳要快得多。”

“爱河？你在说什么呀？”

“过去一个月，你没有碰到什么人吧，是不是？”

“没有。当然没有。我太忙了。”

“你还记得佛蒙特吗？”

“我怎能忘得了？”

“你在那儿的最后一夜，你还记得吗？”

“是的。我记得那一夜。”

“还有呢？”

“还有什么？”

“你看我时看见了什么，汤姆？”

“我不知道，哈妮。我看见你。哈妮·蛤蜊汤。一个有着难以置信的名字的女人。一个有着难以置信的名字的难以置信的女人。”

“你知道我在看你时看见了什么，汤姆？”

“我不清楚我要不要知道。”

“我看见一个杰出的男人，这就是我所看见的。我看见一个我从未遇到过的最优秀的人。”

“嗬！”

“是的，嗬。就因为我在看你时所见，我放弃了一切，跑到布鲁克林来成为你生活的一部分。”

“放弃了一切？”

“没有错。这个学年两天前结束了，我递了辞职书。现在我像鸟一样自由。”

“可是，哈妮，我还没有爱上你呢。我甚至还不大了解你。”

“你会的。”

“会什么？”

“首先，你会了解我，然后你会爱上我。”

“就这样。”

“是的，就这样。”她稍停顿了一会儿，笑了笑说：“顺便问问，露西她好吗？”

“露西很好，她和内森住在第一街。”

“可怜的内森。他不适合做那种活儿。这孩子需要一个母亲。从今以后，她和我们生活在一起。”

“你对自己非常自信，是不是？”

“我必须这样，汤姆。如果我对自己不自信，我就不会在这儿。我就不会让我的所有行李等在外面的汽车里。我就不会知道你是我这一生的男人。”

此时此刻，我想他们彼此已经说够了，我就叫露西不要再躲了。她冲过店堂，向哈妮径直奔去。

“是你啊，我的小芒奇金*。”这名前小学教师把我们的小女孩一把抱起来，从地板上举了起来。最后把她放下后，哈妮问道：“你听见汤姆和我说的话了吗？”

露西点了点头。

“你怎么想？”

“我想这是一个好计划，”露西说，“如果我跟你和汤姆舅舅住在一起，我就不用再到餐馆去吃饭了。你会做一手好菜把我塞得饱饱的。纳特舅公什么时候喜欢跟我们一起吃就跟我们一起吃。你和汤姆舅舅进城去的时候，他可以照看我。”

哈妮咧嘴笑了：“而你会成为一个好女孩，是不是？世界上最好的女孩。”

“不，夫人，”露西一边说，一边以冷面滑稽演员的冷漠表情回头转向她，“我会很坏。我会是上帝创造的所有人中最坏、最讨厌、最该挨骂的小女孩。”

---

* 童话《绿野仙踪》中的矮人，具有和气、尽职的天性。

山楂街或霍桑街

几个月过去了。10月中旬，律师们了结了有关哈里遗产的工作，汤姆和拉弗斯成了布赖特曼阁楼书店及其所在楼宇的合法业主。那时汤姆和哈妮已经结婚，露西进了当地的公立321学校，上五年级，对她母亲在何处这个问题仍然守口如瓶。雷切尔还跟特仁斯在一起。伍德–乔德尔婚礼后的一周，雷切尔打电话来告诉我，她已有两个月的身孕。

我继续在书店干活儿，但自从6月底哈妮的戏剧性出现后，我们分担了这份工作，也即我只要有一半时间在那里就行了。不上班的时候，我继续为《人类愚行大全》草草记下些逸闻轶事。还有，也正如露西所提议的，当汤姆和哈妮晚上出门不在家时，由我接替照看她。他们仨一起生活的头几个月里，这确是常有的事儿。哈妮在乡下时对城市有所向往，现在住在了纽约，她想充分享受这个城市所提供的一切：戏剧，电影，音乐会，舞蹈表演，诗朗诵，斯塔滕岛渡轮上的月光游览。看见懒散而迟钝的汤姆在他新婚妻子的有力影响下变得活跃起来了，我深感欣慰。哈妮来后没几天，他就不再在如何处置遗产问题上犹豫不决，而决定卖掉房子。用出售房子所得收益的一半，他们就可在这个社区买一套两个或三个卧室的公寓房还绰绰有余，剩下的钱还可以帮他们维持到谋得正式工作——最可能是下学年私立学校的教师。数月之后，约在10月中旬，汤姆体重掉了近二十磅，这使他看来很像从前年轻的大拇指博士。家里做的饭显然很合汤姆的胃口，与他所预言的相反，哈妮没有让他厌烦，没有使他失望，也没有挫伤他的锐气。一日又一日，她渐渐地把他转变成命中注定的那个男人。

在这爱巢里有那么多令人乐观的新篇章，读者或许会被误导，以为欢乐幸福普遍地笼罩着我们布鲁克林这个小天地。哎，不是所有的婚姻都一定能幸免于难的。大家都知道这点，可我们之中有谁能料到，在这个社区最不快乐的人竟是汤姆的前任，“美丽的完美母亲”呢？那天在展望公园的林子里，她的丈夫确实给我留下了坏印象，可我万万没想到他竟愚蠢到视妻子为当然之物而不予珍惜的地步。南希·马祖凯利是世间难遇之人，如果一个男人有幸赢得了马祖凯利的芳心，他从此要做的事情就是尽一切努力不要失去她。然而，男人（正如我在此书前面章节里详细描述的）都是些愚蠢的家伙，美男子詹姆斯·乔伊斯则是蠢中之蠢。因为这个夏天南希的母亲和我开始交往（待稍后细述），我是她家晚餐桌上的常客，正是在卡罗尔街，在她们的家里，我听说了吉米过去道德上的过失，并眼看他和南希的婚姻突然破裂。他居然在已经有了 B.P.M. 这样的女人之后，还开始干他的蠢事——那是整整六年前，南希怀着她的第一个孩子德文。当她知悉她丈夫与翠贝卡社区一个酒吧女的绯闻后，暂时把他赶出了家门，可孩子一生下来，她就没有力量来拒绝他的保证了——他一把鼻涕一把眼泪地说，这种事儿再也不会发生了。但在这种事情上，诺言是靠不住的，谁知道此后又接二连三发生了多少次私通呢？据乔伊斯估计，大约不少于七八次，既有一夜未归，也有上班时在后楼梯井的匆促行事。南希为人一向大度宽容，不轻易相信这些谣传。可当吉姆跟其福莱人员同事玛莎·艾夫斯好上以后，事情就动真格的了。他说他坠入了爱河，便于 2000 年 8 月 11 日，即我在哈里丧礼上第一次见他后的两个月，打包出走了。

十二天后，我的肿瘤医生告诉我说，我的肺部依然很干净。

此后仅四天，雷切尔与汤姆和哈妮合伙策划了一个惊人的诡计，让我以为我要去谢伊体育场的棒球比赛——其实是为我的六十岁生日开一个惊喜派对。按照计划，我要到汤姆的公寓楼去接他，可我一踏进门，就有十多个人向我蜂拥而来，抱我，亲我，拍我的背，更不必说爆发出一阵狂放的叫喊和歌唱。对这一好意的袭击，我毫无准备，身体被冲撞得差一点儿要呕吐。这场喜庆活动一直闹到夜里，有一刻，他们还劝说我站起来发表讲话。那香槟酒早已浸湿我的脑子，我想我是瞎扯了一会儿，说了些莫名其妙又不连贯的笑话，我的半醉的听众竭力想弄明白我究竟在说些什么。这篇醉后演说的内容，我现在唯一能记起来的是一段简短的关于凯西·斯滕格尔*的敏锐语感的离题话。如果我记忆不错的话，我想我甚至用了这位大师的语录来结束我的讲话。“他们不是平白无故地称他为老教授的，”我说，“不仅因为他是我们心爱的大都会棒球队的第一名教练，而且，甚至对人类普遍利益更为重要的是，他是为数众多的英语句子的作者，这些句子改变了我们对英语的理解。在我坐下之前，请允许我留给你们这句价值连城、难以忘怀的如珠妙语，在本人生活过来的六十年里，这句话比任何话都准确地总结了我的人生经验：‘在每个人的生活里都会有一个时机到来，我则有很多的时机。’”

* Casey Stengel（1890—1975），美国棒球运动员，先后任纽约扬基队和大都会队教练。说话风趣，其语法似通不通的妙语被称为“斯滕格尔语”，外号“老教授”。

纽约市地铁棒球锦标赛开始了，又结束了。天气变凉快了。戈尔在竞选，对手是布什。在我心目中，其结果毫无疑问。即使纳德尔从中捣乱，民主党看来也不可能失败，在这个社区，不论我到哪儿，所有我与之交谈的人几乎都是同一观点。只有汤姆显得忧心忡忡。他这个人，一谈起美国政治就成了最大的悲观主义者。他认为，对目前这一势均力敌状况尚难预测。如果布什成了胜利者，他说，我们就不必再提所有那些关于“富于同情心的保守主义”的花言巧语。此人并非保守派。他是极右思想体系的拥护者。从他宣誓就职的一刹那开始，美国政府就会被一帮疯狂的极端分子所控制。

就在大选前一个星期，奥罗拉终于出现了——不过三十秒后又消失了。其联系方式是打给汤姆的一个电话，可那天早晨无人在家，所以除了听那段不完整的电话录音之外，我们没有任何可以进行得下去的事情要做。这录音我跟汤姆和哈妮不知听了多少遍，反正那录音带被我们倒来倒去，次数之多足以使我背得出其中的每一句话。每次听她的声音，我都觉得她似乎又多一点儿绝望，又多了一点儿焦虑，又多了一点儿畏惧。她低声地说着，音量从头至尾几乎不超过耳语，可她的话却有着惊叫的冲击力，令人十分难受。

汤姆。是我，罗莉。我用付费公用电话给你打电话，没有多少时间。我知道你可能讨厌我，可我很想念露西，就想知道她好不好。别以为这很可笑，汤米。我想了又想，觉得你是我唯一可以信赖的人。她不能再待在这儿。一切都已破碎。这是坏消息。我自己也一直试图出走，可这太难了，我从不能独自一人……给我写封信，好吗？我没有电话，但你可用这个地址和我联系：山楂街87号……糟糕。得走了。对不起。得走了。

电话筒咔嚓一声放回挂钩，这等待已久的电话就这样没有说完便突然中断了。我们忧心如焚，深感事态的严重，可我们仍然不知道她的下落。汤姆因他的妹妹过去有过类似的时刻，尽管也像我一样为她万分操心，但由于疲惫、恼怒及多年的失望和悔恨，他的忧虑已有些疲沓。“她是我所知的最不负责任的一个人，”他说，“露西终于开始习惯跟我们在一起了，现在，过了该死的这么多个月，她居然来电话说她想她。这是什么样的母亲啊？她要我给她写信，可连她住在哪个城市也没有告诉我们。这不公平，内森。哈妮和我在尽我们所能来帮她，可到头来我们更加困惑，更像是看戏。真够受的了。”

“这或许是不公平，”我说，“可罗莉身处某种困境，我们必须找到她。我们别无选择。你就以后再跟我谈你的看法，好不好？”

此后，对我而言，整个世界都变了。2000 年大选之灾就发生在几天之后，可尽管后来五周内汤姆和哈妮惊愕地坐在电视机前，注视共和党召集其帮凶改变佛罗里达州的开票结果，而后又操纵最高法院谋划代表其利益的合法政变，尽管这些犯法行为有渎美国人民，我的外甥及其妻子参加了游行示威，发信给国会议员，在无数抗议书和请愿书上签名，我却专心致志于唯一的一件事情：找到罗莉，并把她带回纽约。

山楂街 87 号。或许是霍桑街，以一人名而非一种灌木命名*——甚至可能就是纳撒尼尔·霍桑，这位无意间导致我们可悲而不幸的友人死亡的小说家。这是一种苦涩的关联，意义不大，甚至毫无意义，但这一切都阴森怪异，似乎这个出现在不同上下文中的同一个词在哈里与奥罗拉之间建立了一种隐秘的关系：一个永远走了，另一个联络不上，两者都是无形之人。除了那唯一的线索，一切都要靠猜测揣度，但因为露西说话带有南方口音，又因为她把她母亲放在“卡罗来纳卡罗来纳”这个并不存在的地方，我便决定从真有的卡罗来纳——北卡和南卡——着手我的寻查。遗憾的是奥罗拉及其丈夫没有电话。如果他们被列入

---

* 山楂，英文 hawthorn；霍桑，英文 Hawthorne。两词的英文发音相同。

了电话簿，那就有可能给这两个州所有城镇的电话问讯处打电话，一问到山楂街（或霍桑街）87号大卫·迈纳的电话号码就可以找到他们了。这样做十分费力，却总能产生积极的结果。但这个方法不适宜于我，我就只好选择逆向处理的办法。一个星期天，我乘火车去了普林斯顿，跟我怀孕的女儿及其温驯的丈夫一起在电脑屏幕前坐了十二个小时。特仁斯或许缺少魅力，可他是个科技方面的超级勇士，所以次日早晨我便满载而归，带回了列有南、北卡罗来纳州所有山楂街和霍桑街的打印材料。用这两个街名的街道竟有数百条之多，我看了不禁目瞪口呆。太多了。要访遍单子上所有的87号，我得在旅途上花去六个月的时间。

该是我求助于亨利·皮普尔斯的时候了。他是我在中大西洋事故和人寿保险公司的老同事，我们公司最出色的调查员之一，多年来我们曾在许多案子上合作。最引人注目的一个案子是所谓的“杜宾斯基案”，此案使亨利几乎成了调查界的传奇式人物。阿瑟·杜宾斯基五十一岁那年，被虚报在落基山脉严重撞车事故中坠崖死亡，其实是他杀死了纽约街头一个流浪汉，用其尸体来冒充他本人的。莫琳，他的二十八岁的第三任妻子，为此获得一百六十万美元保险费，然后，仅一个月之后，卖掉了她的曼哈顿合作公寓房，消失不见了。亨利一开始对杜宾斯基就有怀疑，所以继续监视莫琳。当她突如其来地离开纽约的时候，他向其部门主管递交了一份报告，那位主管授权允许他追查她的行踪。经过九个月艰苦的长途跋涉，他终于找到了杜宾斯基夫人——她与其完好无损的丈夫住在西印度群岛的圣卢西亚岛。我们设法把百分之八十五的保险费收了回来。阿瑟·杜宾斯基因谋杀罪落得个身陷囹圄的下场，亨利和我则被赏予一大笔红利。

我和皮普尔斯一道工作了二十多年，但我不愿妄称我曾喜欢过他。此人奇特古怪，令人不快。他严格坚持素食，个性冷漠，像一杆熄灭了的路灯柱。穿着皱巴巴的涤纶西装（大多是褐色），戴着厚厚的角质架眼镜，头皮屑总是纷纷扬扬，对任何闲聊则反感得吓人。你可以手臂裹着绷带或眼睛盖着眼罩出现在办公室，亨利不会说一句话。他会盯着你看一会儿，注视你伤口的细微之处，然后，不问你是如何受伤的，也不问你痛不痛，就若无其事地把他的报告放在你的桌子上。

他还有扭动身躯钻进洞里，把失踪之人吓唬出来的本事。现在他已退休了，我不知他是否愿意帮我的忙。幸好他尚未搬离他在皇后区的老公寓楼，与他的孀居妹妹和四只猫住在一起。我拨了他的电话号码，铃响第二声他就拿起了电话。

“你就开个价吧，”我说，“你要多少，我付多少。”

“我不要你的钱，内森，”他答道，“只要付我的开销就行，就这样定了。”

“这事儿可能要花几个月。我不愿看到你费了那么多时间，却毫无所获。”

“没关系。不是这么回事，好像这些日子我没更多的事要干。我是要重新登上马鞍，重过整个光荣岁月里的生活。”

“光荣岁月？”

“没错。所有那些我们一起度过的快乐时光，内森。杜宾斯基。威廉森。奥哈拉。鲁皮诺。你记得这些案子，是吧？”

“我当然记得。我那时不知道你是这样一个感情丰富的人，亨利。”

“我可不是这样的人。至少我不认为自己是这样的人。但看在从前交情的面上，你可以信赖我。”

“我认为是北卡罗来纳州或南卡罗来纳州。但我可能是错的。”

“别担心。只要迈纳以前有过电话，我就能找到他。会在猎袋里的。”

六个星期后，一天午夜，亨利给我打来电话，对着我耳朵低声说了一个四音节的地名：“温斯顿-塞勒姆*”。

次日早晨，我已在飞机上了，往南向烟草之乡的中心飞去。

---

* Winston-Salem，北卡罗来纳州中北部城市。英文为四个音节。

欢笑的女孩

霍桑街87号是一座简陋的两层楼房，在城乡接合部的一条路上，离市中心约三英里。我迷了好几次路才找到它，当我把租来的福特“护卫者”停在土车道上时，我注意到前面窗户上的百叶窗全都垂挂着。这是12月中旬一个阴云密布、天色暗黑的礼拜日。合乎逻辑的推测应是没有人在家，不然的话，那就是罗莉和她的丈夫，这个两人社会的仅有成员，住在这房子里就像住在洞穴里一样，为自己防范着自然光线的亮光，抵御着外部世界的侵袭。没有门铃，我便敲门。没有回应，我便再敲。自从罗莉给汤姆的电话留言以来，我们一直盼望她能再打回来，却再也没有听到她更多的消息。此刻，我站在这所看来空无一人的房子前面，觉得她不再住在这里。第三次敲门时，我脑子里翻腾着各种可怕的念头。我问自己，如果她想逃跑，却被迈纳逮住了，那会怎么样？如果他把她带到另一个城市、另一个州去了，我们就永远失去了她的踪迹，那该怎么办？他会不会殴打她，一失手把她打死了？如果事情已经到了最后的地步，我这不是来得太晚，再也不能帮助她，不能把她带回她所归属的世界了吗？

门开了，迈纳本人出现在门口，一个大约四十岁的英俊男子，高个儿，黑头发梳得很整齐，蓝眼睛很温和。几个月来一直把他设想成一个怪物，我惊讶地发现他看起来毫无威胁性，很正常。要问他身上有何怪异之处，那就是他穿着一件长袖白衬衫，一根蓝色领带把领子勒得紧紧的。什么样的人会在家里穿白衬衫又打领带？我觉得奇怪。过了一会儿，我就找到了答案。我对自己说，一个常去教堂的人，一个严守安息日、虔诚信教的人。

“有事吗？”他问道。“我能为您做什么？”

“我是罗莉的舅舅，”我说，“内森·格拉斯。我碰巧到这个社区来，想顺便来看看她。”

“哦？她在等您来吗？”

“她不知道我会来。据我了解，你们没有电话。”

“对。我们不信赖电话。电话怂恿人们言不及义、没完没了地瞎谈闲聊。我们喜欢节约话语，把它们用到更紧要的事情上去。”

"非常有趣……先生……先生……"

"迈纳。大卫·迈纳。我是奥罗拉的丈夫。"

"我是这样想的。但我不愿意猜测。"

"进来，格拉斯先生。很遗憾，奥罗拉今天感到不舒服。她正在楼上小睡，但我们欢迎您来。在这一地带，我们的思想十分开阔。即使别人跟我们的信仰不同，我们也竭尽努力，待之以尊严和敬重。这是上帝的圣诫。"

我笑了笑，但无言以对。他风度翩翩，足以讨人喜欢，可他说话已经像一个狂热的教徒，而我大可不必跟他缠在神学问题上争论不休。我告诫自己，让他说他的上帝和教会，我在这里的唯一目的是了解清楚罗莉是否身陷危局——如果是，我就要尽快带她离开这个家。

根据房子的外观（剥落的油漆、破旧的百叶窗、从水泥台阶缝里冒出来的杂草），我预料房间里会乱七八糟地堆着一套脏兮兮、不相配的破家具，结果一看倒还很像样。罗莉承继了琼的"以少胜多"的才能，把起居室布置成一个简朴而有吸引力的小天地，饰有盆栽植物、手工制的方格花布窗帘，对面墙上则贴着贾柯梅蒂博物馆画展的大幅广告画。迈纳做了个要我在沙发上就座的手势，我就坐下来了。他自己在玻璃咖啡桌对面的椅子上坐了下来，接着有一会儿，我们俩谁都没有说一句话。我心急火燎，真想贸然冲上前去，要求让我上楼跟罗莉说话，质问他有关露西的问题，迫使他解释为何他的妻子害怕得连给她自己的哥哥打电话都不敢——但我意识到，这样做可能会适得其反，便小心翼翼地开始交谈，尽可能采取审慎的态度。

“北卡罗来纳州，”我开始说道，“上次我们听说，你和你母亲住在费城。是什么风把你吹到这儿的？”

“有几个原因，”他说，“我姐姐和姐夫住在这个地区，他们帮我找到了一个好工作。这个好工作又让我有了一个更好的工作，现在我是驼峰购物中心货真价实五金店的助理经理。在你看来，这也许没有什么大不了的，但这是一个用正当手段挣钱的工作，我生活得很体面。回想我七八年前生活的样子，我今天能到这个地步，可是个奇迹了。格拉斯先生，我曾是个罪人。我曾是个瘾君子，通奸者，撒谎的人，卑劣的罪犯，我背叛了所有爱我的人。后来，我在上帝那里找到了太平，我的生命获得了拯救。我知道，像您这样的犹太人很难理解我们，可我们不仅仅是宣讲圣经、在地狱里忍受硫黄烈火的基督徒的另一教派。我们不相信启示和世界末日。我们不相信狂喜日或最后时辰。我们以好好地生活在地球上的方式，为自己将来生活在天国做好准备。”

“你说我们的时候，指的是谁？”

“我们的教会。圣道会。我们是个小团体。我们的教会只有六十名成员，可鲍勃牧师是一个富有灵感的领袖，他教我们很多东西。‘起初就有道，道与主同在，道就是主。’”

“约翰福音。第一章。第一行。”

“原来您也熟悉圣经。”

“某种程度吧。对一个不信上帝的犹太人而言，倒不如说是最大程度吧。”

“您在告诉我，您是个无神论者？”

“所有的犹太人都是无神论者。当然，除了那些信神的以外，但我同他们没有多少关系。”

“您不是在拿我开玩笑吧，格拉斯先生？”

“不，迈纳先生，我没有拿你开玩笑，我岂敢这样想啊。”

“因为如果您取笑我，我将不得不请您出去。”

“我对鲍勃牧师甚感兴趣。我想知道，他是用什么手法使他的教会不同于其他教会。”

“他懂得牺牲意味着什么。如果道就是主，那么人的话语就毫无意义，不会比动物的呼噜声和鸟的鸣叫声重要到哪儿去。为了把主纳入我们身心，为了吸收他的道，牧师指示我们不要沉溺于人类的浮词虚语之中。这就是牺牲。七天中有一日，我们教会的每个成员都必须保持连续二十四小时的静默，自始至终不能说一句话。”

“这一定很难吧。”

“起初很难。但你会逐渐适应，你沉默的日子结果成了一个礼拜里最美好、最充实的时光。你会真的感到上帝就在你的身心内。”

“如果有人打破沉默说起话来，那会怎样呢？”

“他必须在第二天重新来一遍。”

“如果你的孩子病了，你在静默那天得给医生打电话，那又该怎么办呢？”

“已婚夫妇从不在同一天缄口不言。你可以让你的配偶去打电话。”

“如果你们没有电话，那怎么打呀？”

“你可去离得最近的付费公用电话。”

“那么孩子呢？他们也有沉默日吗？”

“不，孩子被豁免。他们到十四岁才能入教会。”

“你们的鲍勃牧师想出了这一切，是不是？”

“他这个人才华横溢，他的教义使我们生活得更好、更简朴。我们是快乐的一群人，格拉斯先生。每天，我都要下跪，感谢耶稣把我们送到北卡罗来纳州来。如果我们不来这里，我们就永远享受不到成为圣道会成员的愉悦。”

迈纳说话时我得到的印象是，他要再用六个或十个小时颂扬鲍勃牧师的德行才会感到满足，而我发觉，看他如何谨慎地避而不提他妻子和养女的名字，是很奇妙的事情。我从纽约远道而来，不是为了闲谈什么货真价实五金店和上帝的古里古怪教会的。现在，我们在一起待了一些时间，在我这个客人面前，他开始感到不那么紧张了。我想，该是变换话题的时候了。

“我感到奇怪的是，你没有向我问起露西。”我说。

“露西？”他答道，看来真的大吃一惊。“你知道她？”

“我当然知道她。她跟奥罗拉的哥哥和他的新婚太太住在一起。我几乎每天都看见她。”

“我以为你跟你的家族失去了联系。奥罗拉说过，你住在市郊什么地方，好多年谁也见不到你。”

“大约六个月前情况变了。我又可以联系了，什么时候都可以联系。”

迈纳露齿苦笑了一下：“小家伙好吗？”

“你挂念吗？”

“我当然挂念。”

“那你为什么把她送走？”

“这不是我的决定。奥罗拉不再要她，我没有任何法子来阻止她。”

“我不相信你。”

“你不了解奥罗拉，格拉斯先生。她神志不正常啊。我尽一切努力帮助她，支持她，可她从不表达感激之情。我把她从地狱深处拽了出来，拯救了她的生命，可她仍然不妥协。她仍然不信教。”

“有没有法律规定，她必须信奉你所信奉的东西？”

"她是我妻子。妻子应该随从她的丈夫。她的职责是在所有的方面都随从丈夫。"

此时，难于知道我们的谈话该怎么继续进行。话题同时分叉出了好几个方向，而我的直觉开始不大奏效。关于露西的问题，迈纳问得镇定自若、话声轻柔，对她是否安康，看来显示了真挚的关心，除非他是一个极有天赋的说谎者，这种人在任何需要达到其目的的时候，都可以毫不迟疑地歪曲事实。我发现自己正处于觉得对他有点儿歉疚的尴尬境地。至少有那么一小会儿，我是这样感觉的。随着我警惕性的松弛，这阵出乎意料而突如其来的同情感攫住了我，把本来可能是一场意志的公开冲突转变为一种更为复杂、更为人性的较量。然而，这时他却开始诋毁罗莉，谴责她抛弃自己的女儿，申斥她精神错乱。接着，甚至更糟糕的是，他居然还就其婚姻问题发表了十分愚蠢、极端保守的声明。尽管如此，某些事实确实不可否定。他把她从吸毒危机中解救了出来，他爱上了她，而根据罗莉过去的表现，谁都会说她往往突然做出无理性的事情，她是一个难以相处的人，精神上有些错乱。但从另一方面来看，这整个冲突或许可以归结为一个不可解决的问题：迈纳信奉鲍勃牧师的教义，而罗莉不相信。因为她拒绝信奉那些，他便渐渐地恨她。

从我所坐沙发的位置，我可以清楚地看见那通往二楼的楼梯。正当我寻思下面该说些什么的时候，我眼望迈纳左肩那个方向，一瞬间，我眼角瞥见的一个东西吸引了我——一个小小的黑色物体一晃而过，我还来不及辨认出是什么东西就消失不见了。迈纳又开始说话，重申他关于构成美满婚姻的条件的看法，但我已不专心听他讲了。我看着那楼梯，虽迟却很快明白，我看见的东西可能是一只鞋的鞋尖——毫无疑问是奥罗拉的鞋。如果真是这样，我相信她已站在那儿好一会儿了，从我来访开始就在窃听我们的谈话。迈纳沉浸在他自己的言谈之中，并没注意到我没有直视着他。得了，我对自己说，这猫捉老鼠的游戏该玩够了，这转弯抹角也该收场了，该是拉开第二幕戏幕布的时候了。

“罗莉，下来吧，”我说，“我是你的纳特老舅，不跟你说说话，我是不会离开这所房子的。”

我从沙发上跳起身来，绕开迈纳，走到楼梯口。我动作迅速，就怕他万一挡住我，不让我去见她。

“她在睡觉呢，”我听见他在我背后说，而我正好第一眼瞥见楼梯顶上奥罗拉的双腿，“礼拜四开始她就患感冒了，发高烧。这礼拜中间您再来吧。那时候您就可以和她说话了。”

“不，大卫，”我的外甥女一边大声说着，一边走下楼梯，“我身体很好。”

她穿着一条黑色的牛仔裤，一件旧的灰色运动衫。她看来有病，身体状况很不好，这倒是真的。她脸色苍白，瘦削无力，眼睛下面有黑眼圈。她缓步下楼向我走来时，不得不紧抓扶手。但尽管有流感症状和发烧，她还是在笑，是多年以前那个小小的“欢笑女孩”粲然的笑。

“纳特舅舅，”她一边说，一边向我张开双臂，“我的盔甲闪亮的骑士*。”她扑向我，用她所有的力气紧紧抱住了我。“我的宝贝怎么样？”她低声问道。“我的小女孩她好不好？”

“她很好，”我说，“她等不及想要见到你，但她真的很好。”

迈纳此时站在我们旁边，对这种家族亲情的流露看来不以为然。“亲爱的，”他说，“你确实应该回到楼上去，躺下休息。半小时之前你还烧到华氏一百零一度，这么高的烧还晃来晃去，这样不好。”

“他是我的纳特舅舅，”罗莉说，仍然使劲地抱住我，“我母亲唯一的哥哥。我已经很久很久没有见到他了。”

“我知道这些，”迈纳说，“但他这几天里可以再来嘛——等你感觉好一点儿也不迟。”

“大卫，你知道什么是最好的，对不对？”罗莉说。“你

---

* 指危急之际拔刀相助之人。

永远知道什么是最好的。我真傻，没有得到你的批准就擅自下楼来了。”

“要是你不想上楼就别上，”我对她说，“要是你在这儿多待几分钟，你是不会死的。”

“啊，我会死的，”她说，并不想掩饰她的讥讽，“大卫以为，如果我不按他所说的一切去做，我就会死，是不是这样，大卫？”

“冷静下来，奥罗拉，”她丈夫说，“在你舅舅面前，不要这样。”

“为什么不？”她问道。“为什么该死的他妈的不要这样？”

“注意你的言辞，”迈纳斥责她说，“在这个家里，我们不这样说话。”

“啊，我们不这样说话，是不是？”她说。“那也许就是我该离开这个该死的他妈的家的时候了。也许就是我这个坏蛋该马上离开的时候了，好留下你一个人，跟你纯洁的思想、纯洁的语言，还有你的沉默不语的可恶上帝在一起。就是这话，圣人先生。这是个该死的关键时刻。我的幸运日终于来到了，现在纳特舅舅要帮我离开这儿。是不是这样，纳特舅舅？我们开你的车走，明天清晨太阳升起之前，我就会重新和露西在一起了。”

“只要你说句话，”我答道，“我会带你去你想去的地方。”

“我在说这句话，纳特舅舅。我现在就在说这句话。”

迈纳惊讶得目瞪口呆，不知该怎么办。我以为他会朝罗莉猛扑过去，用他可用的种种手法阻止我们走出家门，但罗莉的对抗来得那么突然，那么强烈，他连一句话都没有说出来。我把手搭在奥罗拉身上，在她丈夫明白受到了何种打击之前，我们已经上了我的车，退出了车道，把霍桑街永远地留在了身后。

飞返纽约

奥罗拉的健康状况不宜旅行。我建议我们先住进哪家旅馆去，等她退烧。她摇了摇头，坚持要搭下一班飞机回纽约。

“大卫很狡猾，”她说，“要是我们在这里再停留几小时，他肯定会找到我们。只要给我塞够阿德维尔一类的镇痛片就行了。”

我于是给她买了阿德维尔，把她裹在我的大衣里，开了车里暖气，接着便直奔机场。那天早晨我把车开到了格林斯博罗，但因为迈纳一定会到那儿去找我们，罗莉认为，我们最好的办法是经由罗利-达勒姆离开。这要开一百英里的路，一路上她睡了足足两小时。由于四片阿德维尔和长长的一觉，她醒来后感觉好多了。她还很虚弱，有点儿没精打采，但烧显然已经退了。在机场，她又吃了几片阿德维尔，喝了两杯橙汁，便有了足够的力气说话——后来几小时，从进入登机口上了飞机坐下，一直到那天晚上在布鲁克林我家门前走下一辆黄色出租车，我们确实就一直那样交谈着。

“那是我的错，”她说，“很久以前我就预料到这事情是会这样的，可我太软弱，不能为自己辩护，太胆小，不能反击。当你觉得别人比你强的时候，就会这样。你停止独立思考，很快就不再有自己的生活。纳特舅舅，你甚至还没有意识到这一点，可你已经受骗了。你绝对是受骗了。

“我的第一个错误是背离了汤姆。我从康复诊所出来后，大卫和我带着露西离开加利福尼亚州来到东岸。我们在费城跟他母亲一起生活了六个月，情况很好，几乎跟我记得的任何好时光一样好。我爱他爱得鬼迷心窍。从来没有一个男人对我那么体贴，我走到哪儿都怀着这种极妙的感觉：他保护着我，这个聪明而正派的家伙真正了解我是一个什么样的人。我们俩都是幸存者。两人都经历了那么多事情，在越过所有的沟沟坎坎之后，我们一起站起来了，就要结婚了……

“有一天，我去纽约看汤姆，我得承认我感觉有点儿气闷。他发胖了，退学了，在开出租汽车，好像还在生我的气，至少一开始是这样。我并不怨他。我有这么长时间不和他联系，他为此该感到气愤。我没有辩解的理由。当时我一直在加利福尼亚州东跑西颠，逐渐堕落，我实在无法让自己拿起电话打给他。我试图解释一下，可没有什么用。但汤姆毕竟是我哥哥，现在我要结婚了，我想让他陪我走向神坛，把我嫁出去——就像我妈结婚时你所做的那样。他说他很乐意做此事。犹如往昔时光突然重现，我真的重又感到很幸福。我哥哥还是我哥哥啊。我和大卫结婚，而露西，我这个令人惊异的小露西，又和她母亲生活在一起了——她的幼稚的笨蛋母亲终于开始懂事了。我还有什么别的要求？我有了我想要的一切，纳特舅舅，一切……

“后来我乘公共汽车回到费城，我告诉大卫，我邀请了汤姆出席婚礼，可他说，这是不可能的，根本不可能的。我在纽约的这段时间里，他一直在考虑这个问题，结论是我的哥哥对我有坏影响。如果我想顺利结婚，我就得跟我的过去一刀两断。不仅是朋友，还有我家族里的所有人。我问他，你在说些什么呀？我爱我哥哥。他是世间最好的人。可大卫不想讨论这个。他说，我们正在一起开始新的生活，除非我能与过去腐蚀我的一切彻底决裂，否则我终将重蹈覆辙。我得做出抉择。他说，二者必选其一。有信念的行为或背叛的行为。有上帝的生活或没有上帝的生活。结婚或不结婚。丈夫或哥哥。大卫或汤姆。有希望的未来或返回悲惨的过去……

“我应该站稳自己的立场。我应该告诉他我不吃他那一套，如果他认为无须邀请汤姆参加婚礼就可以和我结婚，那就干脆不要举行什么婚礼——到此为止。可我没有这样做。我没有反击，而当我听任他这样自行其是的时候，这结局其实已经开始。你不能放弃自己的权利，即使你信任另一个人，即使你认为另一个人知道什么是最好的。我就这样上当了。这不仅仅是害怕失去大卫的问题。真正可怕的事情是我认为他可能是正确的。我爱汤米，可除了招来一大堆麻烦和头痛之外，我又做过什么呢？也许他断绝来往，让他一人清静清静更好。也许他永远不再见到我更好……

“不，大卫从不打我。他从未打过露西，也没有打过我。他这个人不是暴力型的。他的花招是说话。说啊，说啊，说。还是说。他用他的论据把你制服，由于他说得很亲切，又通情达理，由于他把自己的意思表达得那么好，他似乎在把你吸入他的脑子——就跟给你施催眠术似的。正是用这套手法，他在伯克利康复诊所拯救了我。他不断跟我说话，注视着我的眼睛，面露关怀的神色，语声温柔而从容。要抵制他是很难的，纳特舅舅。他进入你的脑袋，过一会儿你就开始觉得他对任何问题的看法永远都不会错……

“我知道汤姆为我担心。他怕我变为一个再生的打滚派教徒[*]，可我本就不适合这些玩意儿。大卫不断地在我身上下功夫，可我只是假装赞同他。如果他相信那些胡说八道，那行，我不在乎。这会让他高兴，而我从来不反对任何令人高兴的事情。我听到了他在家里跟你说的话，他说的是实情。他还没有迷恋原教旨主义的所有谵语狂言。他信奉耶稣和来世，可比起别的一些人所信奉的东西，他这个还不算太严重。他的问题是他以为自己可以成为圣人。他想变得十全十美……

“就这样，每个礼拜日我都跟他去教会。我又有什么选择呢？可这也不完全糟糕，至少我们在费城的时候不这样。在那里我参加了唱诗班，你知道我多爱唱歌。那些圣歌是一些用最愚蠢的曲调谱成的东西，可至少我有了每周一次练声的机会，只要大卫不过分使劲把耶稣塞进我的嗓子眼，我就不是你所谓的“不幸露营者”[†]。有时我想，如果我们不离开费城，一切都会顺顺当当。可我们俩想找个像样的工作都遇到了麻烦。我在一家脏乱的小餐馆当侍者，一个不是全天工作的临时工，而大卫工作找了几个月，结果只能在市场街一座办公楼里当守夜人。我们去参加匿名戒毒会，使自己保持神志清醒。露西很喜欢她的学校。大卫的妈妈

---

* 指基督教五旬节派（灵恩派）成员。

† Unhappy camper，通常指在某组织内感到挫败或不满的个人。

有点儿古怪，可大体上还行。在费城，我们只是挣不到足够的钱。后来在北卡罗来纳州有了个工作机会，大卫就跳槽过来了。货真价实五金店。此后情况有所好转，后来，大约一年半以前，大卫遇见了鲍勃牧师，事情就突然变得相当糟糕……

“大卫父亲死时，他才七岁。我不是说他有什么错，可我认为，从此之后，他一直在寻找一个替代父亲的人。一个有权威的人物。一个能在其羽翼下指引他生活的强人。这大概就是他高中毕业后没上大学而去加入海军陆战队的原因。你知道，你听从美国老爹的指挥，老爹就会照顾你。老爹把他照顾得很好，送他去波斯湾参与‘沙漠风暴’行动，毁坏了他的头脑，让他去干蠢事。连续好几年他一直走下坡路，结果染上了毒瘾。你已经知道这件事儿，今天我听他对你说了，而对我来说，有趣的是他最终怎样戒了海洛因。并非由于匿名戒毒会依靠强制手段的方法，而是由于真心信教。他一直走到了顶点，找到了所有的父亲中最伟大的一个。上帝先生。该诅咒的上帝先生，宇宙的统治者。可这也许还是不够劲儿。你可以对你的上帝说话，并希望他能听你说，但他是不会跟你说话的，除非把你的脑子调到二十四小时精神分裂症广播网。你想祷告什么就祷告什么，可你听不到老爹的丝毫声音。你可以研读圣经里他的言论，可圣经只是一本书，书不是也不会说话吗？可鲍勃牧师会说话，一旦你开始听他说话，你就知道你找到了你要找的人。他是你一直在寻找的父亲，一个现实的有血有肉的‘人父’，每次他一张嘴，你就确信他所说的话直接源自大老板本人。上帝通过此人说话，无论何时他要你做什么事情，你最好要去做，否则就够你受的……

“我猜想，他大约五十岁。又高又瘦，长鼻子，有个胖如母牛的太太，名叫达琳。我不知道他是什么时候开办圣道会的，可这不是一个正常的、像我们在费城参加的那种教会。那牧师自称是基督徒，可从来不提是什么教派，我甚至怀疑他是否真的关心宗教。这个教会所做的就是控制别人，叫他们干稀奇古怪、自我残害的事情，使他们相信他们在尊奉上帝的意志。根据他的言论，我认为他是一个骗子，从一开始就是个诈骗能手，可他掌控着很多追随者，他们爱他，他们都爱他，而大卫比别人更有过之而无不及。令他们兴奋不已的是他不断提出新思想、不断改变启示。一个礼拜日讲的是物质主义的邪恶，以及我们应该怎样避开物质所有权，像我们亲爱的上帝之子一样生活在神圣的穷困之中。而下一个礼拜日讲的是关于辛勤工作，以及我们应该怎样尽力挣更多的钱。我对大卫说，他是个混蛋，我不想再让露西受到这些胡言乱语的影响。但大卫当时是个真诚的皈依者，他是不会听我的话的。两三个月之后，鲍勃牧师突然决定禁止在礼拜日仪式上唱歌。他说，唱歌是对上帝耳朵的亵渎，从今以后，我们应在静默中崇拜他。就我个人来说，这让我再也受不了了。我对大卫说，露西和我要退出教会。他可以继续去，只要他喜欢，可我们再也不会踏进那个地方了。这是我们结婚以来我第一次大胆地说出自己的话——可这对我没有一点点好处。他表面上表示同意，但教会规定礼拜日全家人都要一起参加仪式，如果我退出教会，他就要被逐出教会。好吧，我说，就告诉他们，露西和我病了，我们得了致命的疾病，起不了床了。大卫又朝我露出他那愁苦而屈尊俯就的微笑。他说，撒谎是罪，如果我们什么时候都不讲实话，我们的灵魂将被拒之于天国门外，被抛到地狱的入口……

“就这样我们还是每周去教会，大约一个月之后，鲍勃牧师又提出了一个重大思想。他说，世俗文化正在摧毁美国，我们可以排除这种损害的唯一方法就是抵制它所提供的一切东西。那是他开始发布所谓‘礼拜日敕令’的时候。第一，大家都必须处理掉电视机。然后是无线电。然后是书，处理掉家里除圣经以外的所有图书。然后是电话。然后是电脑。然后是光盘、录音磁带和唱片。你能想象吗？内森舅舅，不再有音乐，不再有小说，不再有诗歌。然后我们还得退订杂志。然后是报纸。然后是禁止我们再上电影院。这个白痴丧失了理智，可他好像要求教会成员作出的牺牲越多，他们越喜欢。就我所知，没有一个家庭退出……

“到最后，再没有什么东西可丢弃了。这个牧师便停止了对文化和媒体的攻击，转而开始反复强调他所谓的‘极其重要的问题’。他说，每当我们说话的时候，我们就淹没了上帝的声音。每当我们听别人说话的时候，我们就忽视了上帝的言论。从此之后，十四岁以上的教会成员每周都要有一日全天保持沉默。这样我们就能恢复与上帝的联系，聆听他在我们灵魂中说话。比起他施加于我们身上的其他花招，这一条似乎还是相当温和的要求……

“大卫从星期一到星期五上班，所以他选星期六为他的沉默日。我的是星期四，不过在露西放学回家之前，周围没有人，我可以做我喜欢做的任何事情。我唱歌，我自言自语，我高声咒骂万能的鲍勃牧师。但当露西和大卫一进门时，我就得演一场戏。我默默地给他们上晚饭，默默地给露西盖好被子让她睡觉，默默地吻一吻大卫祝他晚安。这倒没有什么大不了的。后来，这个惯例实行大约一个月后，露西想起要学我的样子。她才九岁。连鲍勃牧师也没有要求孩子加入，可我的小女孩这么爱我，以至想做我做的所有事情。连续三个星期四，她都默不作声。不管我怎么求她不要这样做，她就是不听。这孩子好聪明啊，纳特舅舅，可你知道，她也犟得厉害。你自己就有过这样的体会，她一旦下了什么决心，你若要她放弃的话，就会像推倒一座房子一样困难。难以置信的是，大卫居然也站在我一边，可我认为，他内心却为她表现得像成年人一样而感到骄傲，所以他不很坚决，也没有去说服她。反正事情与他无关。有关的是我。有关我和露西。我对大卫说，我得跟鲍勃牧师谈一谈。如果他能豁免我的周四沉默日，就可以放下露西的包袱，她就又可以表现得像她自己一样……

“大卫想跟我一起去见牧师，可我说不必，我得单独见他。为了保证大卫不介入，我把约会定在礼拜六，这天他被禁止说话。我说，你就开车把我送到教会会所，你在外头车里等着，应该用不了太长时间……

“鲍勃牧师正坐在他书房的书桌旁，给他次日上午要用的布道词做最后的润色。他说，坐下，我的孩子，告诉我有什么问题。我说明了露西的情况，以及为什么我会认为如果他豁免我的周四沉默日，他将会为我们做出巨大的贡献。他说，嗯，嗯。对此，我需要考虑一下，我会在下周末通知你我的决定。他直视着我，一说话，他的浓眉就会滑稽地微微抽动。我说，谢谢你。我相信你是个明智的人，我知道为了帮助一个年幼的孩子，你在你内心里意识到要对教规做出修改。我没有告诉他我的真实想法。不管我喜欢不喜欢，我还是他那个可恶的教会的成员，我得要一下滑头，好像我的意思就是我说的那些话。这时我以为事情完了，站起来要走的时候，他伸出右臂招呼我坐回去。他说，我一直在观察你，女郎，我想让你知道，你在各方面都获得高分。你和教友迈纳都是我们教会的支柱，我确信你们在所有的事情上都一定能跟随我，不论是宗教方面的还是世俗方面的。我问道：世俗方面？你说的世俗指的是什么？牧师答道，你可能知道，我的妻子达琳不能生育。现在我上了年纪，开始考虑遗产问题，我觉得离开世间时没有留下后代是非常不幸的。我说，你任何时候都可以收养孩子。他说，不，这还不能尽如人意，我应该由我自己的肉体产生一个孩子，由一个与我有血缘的后裔来继承我在此开启的事业。我一直在观察你，女郎，在我的教会的所有人员中，你是唯一一个值得怀上我的种子的人。我问，你在说些什么呀？我已经结婚了。我爱我的丈夫。是的，他说，我知道这个，可为了圣道会的缘故，我要你跟他离婚，跟我结婚。我说，你可有妻子啊，谁也不允许有两个太太，鲍勃牧师，就连你也不行。他说，当然不行，不用说，我也会申请离婚。我说，让我仔细考虑一下。一切发生得那么快，我竟不知该说什么。我的脑袋发晕，手在发抖，我完全晕头转向了。牧师说，别着急，我的孩子，你要考虑多久就考虑多久，只要你明白等待着你的那种乐趣，我有东西要让你看一看。牧师从椅子上站了起来，转身走到书桌前面，拉开裤子上的拉链。他就站在我的跟前，那拉开的拉链离我不到两英尺远。他说，你瞧这个。然后他掏出东西让我看。说真的，那是个相当大的玩意儿——比你预想的他这种瘦骨嶙峋的家伙两腿之间的要大得多。我过去见过很多裸体男子，根据其垂直长度和粗细，我得把牧师的这件东西列入最高的百分之十之中。一件色情尺寸的东西，如果你知道我指的是什么，却一点也不能吸引我的眼睛。僵直，紫红，勃起的状态使其青筋毕露，最饱满时也歪向左侧。粗大，也令人恶心，那主人更使我恶心。我想我可以跳起来跑出屋子，但在我脑海深远的某处，我知道这个笨蛋在给我提供一个难得的机会，作为对那令人厌恶的片刻的交换，我可以让我们大家都摆脱那教会的傻瓜蛋们……

“这是一根圣骨，牧师一边说，一边在我面前用手摆弄着那勃起的东西。上帝赐予我这个荣耀的礼物，从中喷射出来的精液可以孕育天使的生命。捏在你手里吧，女教友奥罗拉，感觉一下那在静脉中延烧的火吧。把它放进你的嘴里，尝尝我们仁慈的主发觉适合于我而赋予我的肉身吧……

“我干了他要我干的事儿，纳特舅舅。我闭上眼睛，把那青筋暴突的棒子塞进我嘴里，一点一点地给他口交。令人作呕啊。我可怜的鼻子时不时蹭着他发臭的胯部，我可怜的胃在体内来回翻腾，可我知道我在做什么，而且我很乐意。就在他快要出来的时候，我把它从嘴里取出，用我的手干完此事，确保其宝贵的精液都喷在我的罩衫上。那是我的证据，我需要用它来打倒这个狗娘养的家伙。你记得莫妮卡和比尔*吗？记得她那件衣服吗？好啦，现在我有我的罩衫，它实际上就是武器，就是上了子弹的枪……

“上车时，我在哭。我不知道我的眼泪是真的还是假的，反正我在哭。我要大卫发动汽车开回家。他看来忧心忡忡，可因为要到次日早晨他才能说话，所以他没有问我任何问题。这时我意识到事情进展的方式两种可能性都有。我将告诉他鲍勃牧师强奸了我。如果大卫一听就说话了，这将说明他关心我甚于关心那该死的圣道会。我们可以把我的罩衫交给警方作 DNA 测试，那牧师就将给扔进滚烫的油缸里煎熬。可要是大卫一声不吭呢？这将说明在他眼里我什么也不是，他跟老鲍勃神父黏在一块儿，会效忠于他一直到死。那就不会有很多时机来采取行动。如果大卫让我大失所望，我得停止考虑有关我自己的事儿，露西才是我们应该拯救的，而拯救她的唯一办法就是让她离开北卡罗来纳州。不是明天或下周，而就是现在，此时此刻，搭前往纽约的第一辆公共汽车……

“我们开了大约一百码后，我对他说了。我说，那狗杂

* 指美国总统比尔·克林顿与白宫实习生莫妮卡·莱温斯基的性丑闻。

种强奸了我。你看我的罩衫，大卫。那是鲍勃牧师的精液。他按住了我，不让我说下去。他把自己整个人使劲向我压来，我没有足够的力气把他推开。他把车开到路边，停了下来。有一小阵儿，我以为他跟我立场一致，我因为自己对他有怀疑而感到不安，因为对他缺乏信任而感到惭愧。他伸出手来摸摸我的脸，眼含温柔、热情的神色，当时在加利福尼亚州就是这同样美好、亲切的神态使我爱上了他。我对自己说，这是我与之成婚的男人，他依然爱着我。可我错了。他也许感到对不起我，可他不想打破沉默，不想违背鲍勃牧师的圣谕。我说，跟我说话呀。大卫，请你开口，跟我说话。他摇摇头。我又哭了起来，这次我是真哭……

“我们又上了路，过了一两分钟，我勉强使自己振作起来，对他说，我们要送露西北上到布鲁克林我哥哥汤姆那儿去。如果他不照我的话去做，我就会把我的罩衫送到警察局，告发鲍勃牧师，我们的婚姻也就此结束。我问他，你还想保持我们的婚姻，是不是？大卫点了点头。首先，我们回家接露西。然后我们开车去市联邦储蓄银行，用自动提款机取上二百块现钞。然后我们去公共汽车站，用你的万事达信用卡给她买一张去纽约的单程车票。然后我们给她钱，把她送上车，和她吻别。这就是你要为我做的事情。我要为你做的事情是：等那公共汽车一离开起点站，我就把这件留有你那位英雄好汉的精液污渍的罩衫交给你，为了保全他的臭面子，你可以销毁这件证据。我也保证仍跟你待在一起，但要有一个条件：我再也不走近这个教会。如果你妄想把我拽回去，我就会从你的生活中消失，从你的生活中永远消失……

“关于跟露西分别的情景，我不愿多讲，一回想就格外伤心。我去康复中心时也跟她道别，可这次不同。这次，我好像感到了世界末日，我所能做的只是搂抱她，努力不失去自制，提醒她要告诉大家我过得不错。我写给汤姆的信，她给丢了，我很遗憾。我在信中做了很多解释，像她这样两手空空地出现在你们面前，那一定显得特别可怕。我也在汽车站给汤姆打过电话，可因为桩桩事情都匆匆忙忙，我身上没有足够的硬币，所以不得不打了个对方付款电话。汤姆不在家，但我至少知道他还在他的老住处。我那天的行为也许很荒唐，但也不至于荒唐到不晓得汤姆到底住在哪儿就把露西送去纽约……

“我不明白‘卡罗来纳卡罗来纳’这件事儿。我从未要她别说我在哪儿。我何必这样做呢？我是把她送到汤姆那儿去——我也从未想到她没有向他提到温斯顿-塞勒姆。这可怜的孩子。我对她说的是：就让他知道我不错，我过得很好。其实我应该想得更周到些。露西理解事情往往要抠字眼，我用了就这个字，她大概以为这是我唯一想让她说的。她常常这样。她三岁时，我送她去托儿所，每天上午待上几小时。几星期后，老师打电话告诉我说，她为露西感到担心。每当孩子们领盒装牛奶的时候，露西总是踌躇不前，直到所有别的孩子拿过以后，她才去拿自己的一份。那老师对此不理解。她对露西说，去拿你的牛奶，可露西总是在旁边等着，直到只剩下最后一盒。我也过了一阵子才明白是怎么回事儿。露西不知道究竟哪一盒是她的牛奶。她以为其他所有孩子都知道哪一盒是他们的，如果她等到箱子里只剩下最后一盒，那一盒就是她的了。你听明白我在说什么吗，纳特舅舅？她有点儿古怪——但是有才智的古怪，如果你懂我意思的话。她不像别人。要是我没有用就这个字，你们就会知道我一直在哪里……

“为什么我没有再打电话？因为我不能打。不，不是因为我们家里没有电话，而是因为我被关押起来了。我向大卫保证，我不会离开他，可他再也不信任我。我们从汽车站一回到家，他就把我带进露西的房间，把我锁了起来。是的，纳特舅舅，他把我锁了起来，那天的其余时间和整个晚上我一直被锁在里头。次日早晨他又可以说话了。他对我说，我应该为造鲍勃牧师的谣而受到惩罚。我问道，造谣？这究竟是什么意思？他说，没有发生什么强奸，我坚持要一个人单独进教会会所的唯一原因就是打算引诱他——而那个可怜的人禁不住你的诱惑。我说，谢谢你，大卫。谢谢你相信我，明白我是你的多好的妻子……

“那天晚些时候，他把那间卧房的窗户都钉上了板子。我说，如果囚犯能从窗子里爬出去，钉上板子又有何用？后来，我丈夫非常仁慈，把鲍勃牧师颁布礼拜日敕令后我们搬到地下储藏室里去的东西通通搬了回来：电视机，无线电，CD 唱机，书。我问，这不违反禁令吗？大卫说，是违反的，但今天上午做完仪式后我请示了鲍勃牧师，他给了我特别豁免。奥罗拉，我想把事情办得让你感到尽可能的舒服。哎呀，我说，你为什么对我这么好啊？大卫说，因为我爱你。你昨天做了一件邪恶之事，这并不意味着我不再爱你。为了显示他纯洁的爱情，过一会儿他又回来了，端着一个大炖锅，为的是我不必在地板上大小便。附带说一句，他说，你将很高兴获悉，你已经被逐出圣道会教门，你出去了，我还在里头。我说，我被榨干了。这是我一生中最伤心的一天……

“我不知道我错在哪里，但感到整个事情就像开了个玩笑，我无法认真以对。我估计，不用过几天，我就会出逃。不管有没有指望，反正我在那儿要我多待一分钟也待不下去了……

“但几天成了几个礼拜，几个礼拜成了几个月。大卫明白我在想什么，可他就是不让我走。他下班回家后允许我走出我的房间，可我哪里有机会逃跑啊？他始终在监视我。如果我试图冲出门去，又能跑多远呢？或许就两三步吧。

他块头比我大，比我强壮，他只要跟在我后面跑几步，就会把我逮回去。汽车钥匙在他口袋里，他的钱在他口袋里，我仅有的钱是一把零票，这还是我从露西梳妆台抽屉里发现的。我在不断等待，不断期望。只有一次我设法从家里溜了出去。那次我是想试试给汤姆打个电话。你记得这个事，是吧？由于某种奇迹，那天晚饭后大卫在起居室内打起瞌睡来了。在大约一英里远的街上，有个付款公用电话。我沿街尽可能快地跑了起来。要是我有胆量把手伸进大卫的口袋，把车钥匙偷出来，那该有多好啊！可我不能冒险把他弄醒，所以只好沿街跑步。大卫应是在我离开十分钟左右后睁开眼睛的，不消说，他沿路开车追过来了。我输得好惨啊。我甚至还没有来得及把话说完……

“现在你该知道，我为什么看来那么苍白，那么憔悴。纳特舅舅，我给锁在那房间六个月。在我自己家里，像动物一样给关了半年之久。我看电视，读书，听音乐，可花时间最多的是考虑怎样自杀。我结果没有这样做，这是因为我答应过露西，总有一天我会回来找她，总有一天我们会又生活在一起。可基督啊，这并不容易，根本不容易啊。如果你今天下午没有来找我，我不知道我还能忍受多久。我可能会死在那屋子里，那是很容易的，纳特舅舅。我会死在那屋子里，然后我的丈夫和仁慈的鲍勃牧师会在半夜里把我抬出去，把我的尸体扔在一个没有标记的墓穴里。”

新生活

由于我和乔伊斯·马祖凯利的友情，我为奥罗拉和露西找到了新的住处。乔伊斯在卡罗尔街有一栋房子，跟其“美丽的完美母亲”女儿和两个外孙子女同住。在这栋褐石楼的三层楼有一间空房，先前用作吉米·乔伊斯的多用途工作室，可现在南希的前夫、福莱人员走了，我便探问，为什么不可以让奥罗拉母女住呢？罗莉既无钱又无工作，我乐意为她付房租，直到她重新自立，而露西现在也长大了，有时可以帮助帮助南希的孩子，这或许会给大家都带来好处。

“别提什么房租不房租的，内森，”乔伊斯说，“南希的珠宝生意需要一个助手，如果奥罗拉不介意帮她打扫打扫、做做饭，她可以免费住那个房间。”

仁慈的老乔伊斯。当时我们俩已差不多有六个月在一起厮混，虽然我们住在不同的地方，可很少有哪个星期两人不在同一张床上过它至少两三夜——她的床或我的床，根据当时的心情和环境来确定。她比我年轻两三岁，也算得上是个老女人了，可尽管五十八九岁了，她仍然有足够的办法把事情搞得很有兴味。

老年人之间的性事会有窘迫可笑和单调乏味之处，但也有为年轻人所不常理解的温柔微妙之处。你那胸脯可能松垂，你那东西可能萎蔫，但你的皮肤依然是你的皮肤，当你爱的人伸出手来抚摸你，或把你搂在她的臂弯里，或吻你的嘴时，你依然会融化在柔情之中，这种感觉跟你觉得自己将长生不老时的感觉是一样的。乔伊斯和我尚未到我们生命的十二月，可五月却显然已远在我们身后。我们同在十月中下旬的一个午后，一个晴朗的秋日，头上是纯净的碧空，空气中有阵阵寒意，千万片树叶仍然依偎着树枝——大多数是褐色的，可也留下了很多金色的、红色的和黄色的，这情景使你愿意待在户外，待得越久越好。

不，她不像她女儿那么美，根据我看到的她的老照片，她从来不是个美女。乔伊斯把南希的外貌之美归功于她已故的丈夫托尼，一个建筑承包商，1993 年死于心力衰竭。“他是我见过的男人中最帅的一个，”有一次她对我说，“长得简直和维克托 · 马丘厄一模一样。”她的布鲁克林口音很重，这个演员的名字从她嘴里一说出来，听起来就像是维克塔·玛丘阿，字母“r”给弱化到了这种程度，似乎英语字母表已经把它取消了。我爱她自然朴实的平民嗓音。它使我感到和她在一起很安全，正如她所具有的其他素养告诉我的，这是一个没有矫饰的女人，一个相信自己的身份和为人的女人。她毕竟是“美丽的完美母亲”的母亲，如果她自己并非如此，她又怎能培养出像南希这样的女儿呢？

从表面上看，我们俩几乎没有一点儿共同之处。我们的背景全然不同（一个是城里的天主教徒，一个是郊区的犹太人），我们的兴趣也几乎大相径庭。乔伊斯没有耐心读书，绝不会是书呆子，而我回避所有的体育活动，力求静止不动，视之为幸福生活的极致。对乔伊斯而言，运动不仅是一门必修课，而且是一种愉快享受。她喜欢周末活动，星期天早晨六点钟就起床，骑自行车穿过展望公园。她还在上班，我已经退休。她是个乐观主义者，我是个玩世不恭者。她有过美满的婚姻，我的婚姻——不提也罢。她很少或根本不关心时事，我每天仔细阅报。我们小时候，她是道奇队的铁杆，我是巨人队的铁杆。她爱吃鱼和意大利面食，我爱吃肉和土豆。尽管如此——关于人的生活还有比这*尽管如此*更神秘的吗？——我们却像侦缉犯罪集团的警察一样同心合力。那天早晨我们互相介绍认识时（和南希在第七大道），我就立刻感到为她所吸引，但直到我们在哈里的葬礼上做了第一次长谈后，我才意识到我们之间可能有火花闪亮。由于一时羞怯，我迟迟没有给她打电话，可之后一个礼拜的某天，她邀请我去她家吃晚饭，我们的幽会就这样开始了。

我爱她吗？是的，我或许爱她。到了我可以爱任何人的地步，乔伊斯是我的那个女人，是我名单上的唯一候选人。即使这份感情尚未充分发展，还不是那种想必可以界定成爱情的百分之百的热恋，还处于感到有所不足的程度——但是离这界限已如此接近，以至于区分这个差别变得毫无意义。她常令我大笑，医学专家说，大笑对人的精神和生理健康都有好处。她容忍我的缺陷弱点和变化不定，容忍我身上的乡土气息，在我激烈抨击大老党*、中情局和纽约市长鲁道夫·朱利安尼的时候，她泰然处之。她对大都会棒球队的狂热忠诚令我乐不可支。我惊异于她对好莱坞老片子的渊博知识，以及能识别所有匆匆闪现银幕的配角和被遗忘的演员的天才（瞧，内森，这是富兰克林·潘伯恩……这是尤娜·默克尔……这是C.奥布莱·史密斯），我钦佩她有勇气让我给她朗读《人类愚行大全》，她学识不多，但心地宽厚，所以居然还把我的这些微不足道的小故事视为一流的文学作品。是的，我爱她到了律法（我天性的律法）允许的极致，但我是否已做好下定决心、与她厮守余

* Grand Old Party，美国共和党的别称。

生的准备呢？我是否愿意每周七天，天天见到她？我是否已迷恋到足以贸然提出那个重大问题？我并无把握。经历了和那个姓名已删者的漫长祸患之后，我因担忧婚姻生活再次受伤害而犹豫不决，这应可理解。可乔伊斯是个女人，由于绝大多数的妇女似乎都喜欢成双成对，而不喜欢形单影只，因此我想，我应该向她证明我对此事是认真的。在那个秋天最令人忧悒的时刻——在雷切尔不幸流产后两天，在非法地让布什赢得大选之后四天，在亨利·皮普尔斯设法找到失踪的奥罗拉之前的十二天，我终于控制不住，向她提了出来。使我不胜惊讶的是，我的求婚引起的竟是粗声的狂笑。“啊，内森，”乔伊斯说，“别这么傻。我们现在这样子才好呢。何必晃荡这船，给我们自己添乱？结婚是年轻人的事儿，是那些想要娃娃的孩子们的事儿。我们已经是过来人。我们自由了。我们可以像一对少男少女那样一起厮混，我们再也不会搞得怀孕。吹声口哨吧，伙计，我就是你的，好不好？你得到了我的东西，我得到了你这个不错的意第绪的‘你知道是什么’的东西。你是我的第一个犹太人，内森，你现在自己站在了我的门口，我就不会放弃你。我是你的，亲爱的。可别提什么结婚。我不想再当什么妻子，而事实上，我的可爱可笑的男人，你当丈夫会很可怕的……”

尽管她说了这些决断的话，可过了一会儿她却哭起来了——自从我认识她以来，她第一次由于突然过度激动而在情绪上失控。我觉得她是想起她已故的托尼来了，思念那个她在青春年华对他说“愿意”的男人，她的丈夫，她的心爱，他死时才五十九岁。情况可能是这样的，但她对我说的一番话却全然不同。“别以为我不心存感激，内森。你是我很长时间以来偶然得到的最最好的礼物，现在这个，现在你给了我这个。我是永远不会忘记的，我可爱的人。像我这样一个老婆子居然还有人向我求婚。我本无意哇哇地哭一场，可好家伙，好家伙，啊，好家伙，得知你这么在乎，我真是万分感动啊。”

知道是我感动了她，以至于让她泣涕涟涟，我便放下心来。这说明我们之间的关系是牢固的，不会随时很快中断。但我也得承认，我也因乔伊斯拒绝我的求婚而感到宽慰。尽管我做出了很大的姿态，可说实话，我对结婚一直犹豫不决，而她对我已有足够的了解，明白若对我说“愿意”的结果——我会是个“可怕的丈夫”，我们俩谁都犯不上再结什么婚。如此看来，要意译一下不朽的庞洛斯博士*的名言：世界上一切都将臻于至善——我一生中第一次既得到了蛋糕，又吃了蛋糕。

乔伊斯擦干了她的眼泪。两周之后，奥罗拉和露西住

* 伏尔泰讽刺作品《老实人》中的哲学家。

进了她家。这对所有的当事人而言是一个合情合理的安排，但即使母女应该团聚是合乎逻辑的要求，可我们别忘了，对汤姆和哈妮来说，让他们所抚养的小女孩离去，该有多么困难。那时他们照管露西已有好几个月了，随着时间的消逝，他们仨已凝聚为一个亲密的小家庭。夏天我把她交还给他们时，我也同样感到心疼，而她和我住在一起才几个星期。当我想到他们和她一道过了五个半月，我不禁感到同情——不管我们大家为奥罗拉和露西在布鲁克林安全着陆有多高兴。“她应该和她母亲生活在一起，”我对汤姆说，努力显出哲学家似的冷静态度，“可露西的一部分仍然属于我们，属于我们中的每个人。她也是我们的孩子，什么都改变不了。”

对汤姆和哈妮来说，失去露西固然感到沉重，而当家长的短暂尝试却使他们领悟到，他们要有自己的孩子。有一段时间他们专心一意地处理了大量的具体事务——谈判出售哈里的房产，物色新的公寓楼房，在全市四处递申请谋教职——而一旦省却了这些杂事，哈妮便抛开了她的子宫帽，两人为努力构筑一个家庭而开始认真地对待夜间之事。2001 年 3 月，他们搬进第六和第七大道之间的第三街上一座合作公寓楼：四楼上一个通风而明亮的单元，前面是相当大的起居室，中间是适中的厨房和餐厅，有一条狭隘的过道通往后面三间小卧房（其中一间被汤姆改造成了书房）。当他们在此楼安家时，布赖特曼阁楼书店已不复存在。作为终结房产出售条件之一，买方坚持要求从产业内刨除图书部分，这就迫使汤姆在年初为清理哈里多年来生意的全部库存忙乱了一段时期。平装本每本只卖五分钱和一角钱，精装本价目标为一元钱三册，至2月1日尚未卖掉的图书则运往医院、慈善机构和商船海员图书馆。我帮着做了这些令人感慨的事情。二楼上那些善本书和初版书倒卖得相当数目的一笔钱（为将所有藏书转让给马萨诸塞州大巴灵顿的独家书商，汤姆连最低点的价格也愿接受）。参与毁灭哈里帝国并不好玩，尤其是当我获悉新的业主要把这个搬撤一空的地方用来干什么的时候。图书将让位给女鞋和女用手提包，最上面三层楼将改建为豪华合作公寓。房地产是纽约的官方宗教，其上帝身穿灰色细条西装，名叫“现钞”，“现钞多多益善先生”。如果说在此严酷的转折关头对我尚有慰藉之处，那就是我知道汤姆和拉弗斯手头不再拮据。自从哈里死后，我已不知多少次想起他，想起他的“天鹅般纵身一跃进入永恒的伟大境界”。

6月初一个星期四的晚上，哈妮宣告说，她怀孕了。汤姆搂抱了她，接着在我对面靠着餐桌问我是否愿意当教父。“您是我们的唯一选择，”他说，“内森，为超乎职责而做出的贡献。为在火热战斗中的不凡勇气。为在密集炮火中冒着生命和肢体危险抢救您的受伤战友。为激励同一个战友重新站立起来并加入婚姻的联盟。为表彰这一系列英雄行为，并为造福于我们未来的子孙——您有资格获颁一个比舅公的角色更适合于您的头衔。为此，吾授予汝教父之衔——假若尔将接受吾辈之谦卑哀求而承受此重担。事将如何，好先生？我们等候您的答复，内心忐忑。”答复乃是“同意”。在表示同意之后，我又叽里咕噜说了一大通话，究竟说了些什么，现在连一句也记不得了。然后我向他们举起酒杯，不知何故，我的眼里充满了泪水。

三天之后，雷切尔和特仁斯从新泽西州开车来到我住的公寓楼，与我共进礼拜日早午餐。乔伊斯帮我准备了菜肴，我们四人一道坐在后花园里吃我们的硬面包圈和烟熏鲑鱼。我注意到我女儿看起来比最近几个月里的任何时候都更可爱、更愉快。秋季她流产是一次严重挫折，此后她一直战战兢兢，如履薄冰——拼命工作以掩饰其痛苦，为特仁斯精心烹饪美食以证明她尽管没能怀好孩子，却还是一个有价值的配偶，事事都把自己弄得筋疲力尽。但这天在花园里，她的眼睛里重又闪亮着昔日的光彩。虽然在人多的场合她通常少言寡语，可在我们四人交谈过程中却不再矜持，就像其余人一样说得多，说得频繁。在某一时刻，特仁斯说了声“对不起”去上厕所，过了一会儿，乔伊斯又赶快跑到厨房去取一壶新煮的咖啡，只剩下我们两个人。我亲了亲她的脸颊，对她说她看起来多漂亮，她也吻了我，还把头靠在我肩膀上，以此回答我对她的称赞。“我又怀孕了，”她说，“今天早晨我做了妊娠试验，结果呈阳性。一个婴儿正在我体内成长，爸爸，这次它会活下去的。我保证。我会让您做个外公，即使以后七个月我得躺在床上。”

在不到七十二个小时内，我的眼睛不期而然地第二次充满了泪水。

孕妇们在我身边迅速出现，而我自己似乎也变成了女人：一个一提到婴儿就潸然泪下的人，一个走到哪儿都要带上纸巾盒救急以免自己当众尴尬的哭鼻子傻瓜。这种男性得体举止的丧失，或许要部分地归咎于卡罗尔街上的这栋房子，我在那里消磨了大量时间。现在奥罗拉和露西替代了南希的丈夫，这个家就完全成了女性的天下。唯一的男性成员是萨姆，南希的三岁儿子，他刚会说几句话，对这个家庭运作的影响极其有限。不然的话，这里便全是女性，三代女性，乔伊斯在最上面，南希和奥罗拉在中间，十岁的露西和五岁的德文在底下。这座褐石楼房的内部是一座活生生的女性工艺品博物馆，有多间专用来展示妇女用品的陈列室：胸罩和内裤，吹风机和卫生棉条，化妆盒和口红，玩偶和跳绳，睡衣和发夹，烫发钳和美容乳霜以及无数双、无数双鞋子。到那儿去就好像访问一个外国，但由于我极喜爱住在这个家里的每一个人，所以这是比世界上任何别处更使我喜欢的独一无二的地方。

从奥罗拉逃离北卡罗来纳州后的几个月里，乔伊斯家里发生了许多稀奇的事情。因为她家的门总是为我敞开，所以我处于就近观戏的位置，总是看得我不胜讶异。比如，拿露西来说，关于她的种种推测很快就不能成立了。在她与汤姆和哈妮生活期间，我一直提心吊胆，预计不准什么时候就突然会有麻烦。不仅是因为她曾威胁说，她要变成“上帝创造的这个世界上最坏、最讨厌、最该挨骂的小女孩”，而且在我看来，她母亲始终不在身边的话，势必使她烦恼不安，最终变成一个闷闷不乐、怒气冲冲、牢骚满腹的孩子。可事实并非如此。她在哈里老店上面的公寓里健康成长，对周围环境的适应仍保持惊人的速度。在我把罗莉带回布鲁克林时，露西的南方口音已经消失，身高往上蹿了至少四五英寸，是她班级里最优秀的学生之一。是的，她常在夜里为她母亲哭泣，现在她母亲回来了，大家认为我们的小丫头会感到她的祈祷得到了回应。可此情不再有。母女团聚顿时带来了最初的一阵欢乐，但过了一些时候，就开始出现怨气和对抗，到她们生活在一起的头一个月月底，我们这个聪明、活泼、妙语连珠的孩子已经变成一个叫人极为头痛的刺儿头。把门甩得砰砰直响；用嘲笑来回答客气的要求；从三楼传来了敌对的叫喊声；抱怨变成了愠怒，愠怒变成了叫骂，叫骂变成了眼泪；不、蠢货、闭嘴、管好你自己的事这些话成了日常谈话中不可避免的一部分。对其他所有人，露西的态度并无变化。唯有她母亲才是她攻击的对象，随着时间的推移，她们变得越来越不宽容相让。

露西冲她脆弱的母亲而来的这种表现令人困惑沮丧，我且视之为一种必要的净化，露西为自己的生活努力进取的一种标志。爱的问题不在争议之中。露西爱她母亲，可就是这个心爱的母亲在一个忙乱而荒唐的下午把她推上公共汽车，把她送往纽约，后来的六个月她是个被抛弃的女孩。一个小孩儿怎能承受这种令人茫然不解的事态发展而不感到至少有一部分应归咎于母亲呢？她又不是一个坏孩子，一个不值得母亲爱的怪胎，那母亲为什么还要丢弃她呢？尽管不是母亲自己的过错，可她还是伤了女儿的心，这伤口又怎能愈合，如果女儿不用尽量大的声音哭喊出来，向世界宣布：我痛苦，我受不了了，救救我？如果露西能保持安静，这个家会是一个更安宁的地方，但抑制她的喊叫只会导致她长期无穷尽的烦恼。她得发泄出来。没有其他方式来阻止伤口流血。

我努力尽可能多地去看望奥罗拉，尤其是头几个月，她还在为寻觅自己的位置而艰难奋斗。北卡罗来纳州的阴森可怖给她的生活留下了痕迹，我们俩都知道，她永远不会彻底摆脱这阴影，不管她将来如何面对，那过去将永远尾随着她。如果她觉得与精神科医生定期面诊对她会有帮助，我答应由我来付款，她却说不必，倒不如就跟我说说话。我，一个不满一年前刚潜回布鲁克林老家的孤独凄凉的人，一个确信生活已毫无意义的倦怠的人——我，笨蛋，“蠢货内森”，不想如何活得更好，只会平静地等死，现在却变成了一个知己和顾问，一个怀春寡妇的情人，一个拯救落难闺秀的游侠骑士。奥罗拉之所以选择我为说话对象，是因为我前往北卡罗来纳州把她救了出来，尽管在那天下午之前我们已失去联系多年，然而我毕竟是她的舅舅，她母亲的唯一兄弟，她知道她可以信赖我。我们每周常常一起吃午饭、交谈，只有我们两人，在第七大道上的“新纯小馆”，坐在一张靠后的餐桌旁。我们逐渐成了朋友，一如其兄与我成为朋友。现在琼的两个孩子都回到了我的生活之中，这就像我的妹妹还活着和我在一起，因为她是依然萦绕我心头的幽灵，所以她的孩子现在也成了我的孩子。

有一件事情奥罗拉从未向她母亲、哥哥和家里其他人透露，这就是谁是露西的生身父亲。这一秘密她已保守多年，看来就是端出这个问题也是徒然。可 4 月初一次我们一块儿吃饭时，我没做任何探听，答案就意外地漏了出来。

事情是由我问她还有无文身引起的。罗莉放下叉子，突然眉开眼笑，问道：“你怎么知道这个？”

"汤姆告诉我的。一只大老鹰在你肩上，是不是？我们好奇地想知道，你还有没有这文身，可露西没有告诉我们。"

"还在那儿呢。还那么大，那么好看。"

"大卫对此有看法吗？"

"可有看法呢。他把它看作我的历史糟粕的象征，要我去掉它。我同意他的意见，结果价钱太贵。大卫明白我们付不起这个钱，便来了一个一百八十度向后转。这倒让你清楚地了解，他是怎么想的，为什么我总是斗不过他。他说，或许文身是个好东西，我们就把它留在那儿吧，每当我们看上一眼，我们就记起你从青年时代的黑暗日子里走出来究竟走了多远。这是典型的大卫：我青年时代的黑暗日子。他说，这文身将是我的护身符，附在我皮肤上，可以保护我，使我不再受伤害、遭苦难。护身符？我不知道这是什么东西，便查了一下词典：一种挡住邪神的护身符。行，对此我可以接受。我跟大卫在一起时，这护身符对我并无多大用处，可也许现在有助于我。"

"你还留着它，我很高兴。不知为什么高兴，但我确实高兴。"

"我也高兴。我有点依恋那蠢东西。我是十一年以前在曼哈顿东村做的，为的是庆祝怀上了露西。那天早晨诊所的护士通知我说，我的妊娠试验是阳性的，我就冲出去做了我的文身。"

“一种奇怪的庆祝方式，不是吗？”

“我本就是一个奇怪的女孩，纳特舅舅。那也许是我一生中最奇怪的时光。我跟两个家伙，比利和格莱格，在C大道附近租了一套窄小简陋的公寓房间。比利弹吉他，格莱格拉提琴，我唱歌。真的，我们混得还不错，要知道我们当时还那么年轻。大多数时间，我们在华盛顿广场公园表演。要不然在时代广场地铁车站。我爱那些地下音乐厅里的回声，当人们往格莱格的琴盒里投硬币和钞票时，我唱得荡气回肠。有时我吸毒，唱时神志恍惚，比利就说我这个姑娘坏兮兮、昏兮兮、醉兮兮。有时不吸毒，唱时头脑清醒，格莱格就称我为‘X行星皇后’。啊，上帝。那是些快乐时光，纳特舅舅。当我们的音乐表演挣不到足够的钱，我就去商店行窃。他们把我叫作‘无畏福斯迪克*’。沿着超市里的过道走，肚子咕噜咕噜地响，把牛排和鸡往我大衣里塞。那时候什么都是逢场作戏。一星期我和格莱格相好，下一星期我和比利相好。我跟他们俩都睡觉，结果就怀孕了。我始终不知道谁是露西的父亲，既然他们两人谁也不想当父亲，我就把他们都甩了。”

“所以你从未告诉琼。你是不知道。”

---

* Fearless Fosdick，美国漫画家艾尔·卡普（1908—1979）笔下的大侦探。

"呸。我真是蠢到家了。呸，呸，呸。我对自己发过誓，永远不告诉任何人，可我现在讲出来了，讲完了。"

"没关系，罗莉。格莱格和比利对我来说只是两个名字。你不想再说，就什么也别说了。"

"露西生下约两年后，格莱格因吸毒过量而死。比利就此消失不见了。我不知道他遇到什么事了。有一次有人告诉我说，他回老家去了，读完了大学，现在中西部一所中学教音乐。可谁知道那是不是同一个比利 · 芬奇？也可能是另外一个人。"

即使奥罗拉到了布鲁克林，也远远不能肯定她就再也看不到大卫 · 迈纳了。我的姓名和地址都在电话簿上，他要通过我来追踪她并不困难。想到要和这个伪善的臭狗屎再度对峙，我就不寒而栗，但我把我的担心藏在心里，对罗莉则只字不提。对她来说，迈纳是这样一个使她痛苦而讨厌的家伙，她几乎不能提他，我也不愿引起任何新的忧虑，添加到她已经不得不与之争斗的问题上去了。几个月过去了，我开始感到更多的希望，但直到 6 月底我才终于不再担忧，这事情也就可以搁置不管了。一天上午，一个厚厚的白信封出现在我的邮箱里，由于我粗心，没有注意到此信不是寄给内森 · 格拉斯的，而是通过内森 · 格拉斯转给奥罗拉·伍德的，所以拆了信，拆后才知自己拆错了。里面一封手书短笺上写着：

亲爱的：

此方式更妥。

祝你好运——愿上帝永远怜悯你。

大卫

此短笺附于一份七页文件。文件原来是来自亚拉巴马州圣克莱尔县的离婚判决书，解除大卫·威尔科克斯·迈纳与奥罗拉·伍德·迈纳之间的婚约，理由为遗弃。

那天吃午饭时，我为拆信向罗莉表示道歉，然后把信递给了她。

“这是什么？”她问道。

“来自你前任的短信，”我说，“还有一份官方文件。”

“我的前任？什么意思？”

“你打开就知道了。”

我注视她读信和浏览文件，惊讶于她的神色没有什么变化。我以为她会笑起来，甚至会发出一两声大笑，可她的脸几乎没有任何表情。有一种深藏的神秘感情闪现了一下，但令人捉摸不透究竟是何种感情。

“好啊，”她终于说道，“我猜到了是什么。”

“你自由了，罗莉。如果你愿意，你明天就可以跟人结婚。”

“我今后的生活中再也不会让另一个男人来碰我。”

“你现在是这么说。万一有新人到来，你还是会考虑结婚的。”

“不，内森，我说话算数。我生命的一部分已经彻底结束。当大卫把我锁在房间里的时候，我对自己说，到此为止，再也不爱男人。从没有来过一件好事儿，今后也永不会有。”

“你忘了露西。”

“对，这是一件好事儿。可既然我已经有了自己的孩子，我就不要第二个了。”

“一切都还好吧？听起来你非常怨恨自己。”

“我很好。感到比任何时候都好。”

“现在你在这儿已经六个月了。你住在乔伊斯家里，为南希工作，照看你的孩子，可或许也是该考虑下一步的时候了。你知道，着手订订计划。”

“什么样的计划？”

“这不该由我来说。是你想要的计划。”

“可我喜欢事情就像现在这样。”

“想不想唱歌？有没有兴趣搞老本行呢？”

“有时候想。可演艺生涯我不想再要了。我倒不在乎周末在社区四周唱唱跳跳，但不再旅行，不再有大的野心。不值得这样做。”

“做珠宝你开心吗？能够使你满意吗？”

“太满意了。我每天都跟南希在一块儿，还有什么比这更好的呢？全世界没有一个像她这样的人。我非常爱她。”

“我们都爱她。”

“不，你没有弄明白。我说的是我真的爱她。她也爱我。”

“她当然会爱你。南希是我所知道的最有感情的人中的一个。”

“你还是没有搞清楚。我说的是我们相爱了。南希和我是情人。”

“……”

“你得瞧瞧你的脸色，纳特舅舅。你看起来好像吞进了一台打字机。”

“我很抱歉。只是我不知道这个情况。我看得出来你们俩很投缘。我看得出来你们彼此喜欢，但……但没有想到会走得那么远。这事儿有多久了？”

“3 月开始的。我搬进来后大约三个月。”

“以前你为什么没有告诉我？”

“我担心你会告诉乔伊斯。南希可不想让她知道。她觉得她母亲会气疯。”

“现在又为什么告诉我呢？”

“因为我相信你能保守秘密。你不会让我失望的，是不是？”

“不会，我不会让你失望。要是你们不愿让乔伊斯知道，我也不会告诉她。”

“那你没有对我失望吧？”

“当然没有。如果你和南希都快乐，你们就有更多力量。”

“你瞧，我们有那么多共同之处。我们情投意合，就像姐妹一样。我们总是知道对方的想法和感情。我交往过的男人，都总是在说话——空谈啊，解释啊，争论啊，尽在那儿瞎扯淡。而我们在一起时，我只要看着她，她和我就融为一体了。以前跟任何人在一起我都从来没有这种感觉。南希称之为神秘缘分，可我就说是爱情，圣洁而单纯的爱情，真正的情感。”

“就像托尼”

我遵守诺言，没有对乔伊斯说起什么。保守秘密对保护我自己及帮助女孩们同样重要。一旦乔伊斯发现实情，我不知道她会如何反应。我觉得她不会冷静以待，如果真是这样，她大发雷霆后的一个可能后果就是要找一个人来敲打敲打。而除了奥罗拉的舅舅，又有谁更适合充当替罪羊的角色呢？正是这个招摇撞骗干坏事的舅舅，把他精神错乱、伤风败俗的外甥女引进了马祖凯利家内部，于是她心怀叵测地把无辜的南希变成了一个欲火中烧的女同性恋者。我推测，乔伊斯会把奥罗拉和露西赶出家门，在紧接而来的家庭混战中，我将被置于不得不为我妹妹的女儿辩护的境地，这样一来就会使乔伊斯跟我敌对，最终也会把我赶走了之。那时我们在一起已有一年，上帝知道，驱逐出门是我最不愿意发生的事情。

暑假结束后一个暖和、安静的星期天，她在我公寓跟我共度一个观电影和吃泰国菜的晚上。在我们给餐馆打电话订菜之后，她转身对我说："你不会相信她们会干那种事儿。"

"你在说谁啊？"我问。

"南希和奥罗拉。"

"我不知道啊。做珠宝、卖珠宝呗。还照料她们的孩子。就那些苦差事呗。"

"她们睡在一块儿，内森。她们干那种事儿。"

"你怎么知道？"

"给我逮着了。星期四晚上我在你这里，你记得吗？第二天早晨我起得早，没有直接去上班，而先回家去换一身衣服。那天下午有水管工要来，我就上楼去提醒南希。我推开她卧房的门，见她们在那儿，两人一丝不挂地躺在床罩上，酣睡在彼此的手臂上。"

"她们醒了吗？"

"没有。我尽可能轻地关上门，蹑手蹑脚地下了楼梯。我该干什么呀？我痛不欲生，感到有刀子在切开我的手腕。可怜的托尼啊。自从他离开我以后，这是第一次我很高兴他死了。我很高兴他不在家，没有看到这……这件丑事。这会气得他心碎。他自己的女儿跟另一个女人一起睡觉。

每当我想起来时，我就要呕吐。”

“乔伊斯，你可以做的并不多。南希是个成年人，她可以跟任何她愿意的人睡觉。奥罗拉也一样。她们俩都经历了艰难时刻。她们俩的婚姻都使她们身心交瘁，所以对男人可能都有一点儿反感。可这并不意味着她们就是同性恋，并不意味着将永远这样下去。如果她们在这段时间里发现互相有所安慰，那又有什么害处呢？”

“害处是这事儿叫人恶心，不符合自然规律。我不明白你怎么可以这样泰然处之，内森，我真的弄不明白。看来你根本不在乎。”

“人们感其所感。我有什么资格对她们说三道四？”

“听起来你好像是个同性恋权利积极分子。过不了多久，你会告诉我说，你和男人们有染。”

“我宁愿割掉我的右臂也不会和一个男人同床。”

“那你为什么还替南希和奥罗拉辩解？”

“因为她们不是我，这是一方面。也因为她们是女人。”

“这又该怎么理解？”

“我也不大清楚。我自己深为女人所吸引，所以我想我可以懂得为什么一个女人为另一个女人所吸引。”

“你是一头猪，内森。你给惹得来劲儿了吧？”

“我可没说。”

“晚上呆坐在这儿，看女同性恋色情电影——这就是你单独一个人时干的事吗？”

“嗯。我从未想过这个。或许这比在打字机上打出我的拙著更有兴味吧。”

“别开玩笑。我这都处于精神崩溃的边缘了，你还在说笑话。”

“因为这一点也不是咱们俩的事儿，就这个理由。”

“南希是我的女儿……”

“奥罗拉是我的外甥女。那又怎样？她们并不属于我们。她们是我们暂借的。”

“内森，我该怎么做呢？”

“你就装作什么也不知道，别去打扰她们。要不然你就表示允许她们这样做。对此，你不必喜欢，但这是你仅有的两种选择。”

“我可以把她们撵出家门，行不行？”

“行。我想你可以，但你在余生的每天都会懊悔不已。别走到这种地步，乔伊斯。你要避免正面冲突。不要气馁。多多保重自己。每次选举都投民主党的票。到公园去骑车。梦见我完美的金身玉体。服你的维生素。一天喝八杯水。给大都会棒球队捧场。多看电影。工作不要太卖力。跟我一起去巴黎旅行。雷切尔生孩子后到医院来，抱抱我的外孙或孙女。每顿饭后都要刷牙。过马路不要闯红灯。保护小人物。也维护你自己。记住你有多美。记住我多爱你。

每天喝一杯加冰的苏格兰威士忌。要深呼吸。始终睁开你的眼睛。躲开油腻食品。心安理得地睡安稳觉。记住我多爱你。”

她对此奇事的反应多少在我意料之中。当时我最担心的是她会抓住我不放，要我为罗莉的行为负责，结果她却没有这样做。她为罗莉敞开家门，我觉得过意不去；事情竟以如此令人震惊、不可思议的方式显露在她眼前，我也觉得过意不去。但最终她会不得不屈从于这种状况，不管她喜欢不喜欢。订的菜送来了，我们便歇下来，有一小会儿不谈南希和奥罗拉而埋头用餐。我记得那天晚上我感到特别饿，在几分钟内就把开胃小吃和辛辣的虾炒紫苏狼吞虎咽了下去。然后我们打开电视机，开始看一部名为《骑马牧人》的电影，一部 1950 年的西部片，由乔尔 · 麦克里主演。有一处，牛仔们围坐在篝火旁嚼肉，那伙人中有个古怪的老头（我想是詹姆斯 · 惠特摩演的）说了一句台词，引得我哈哈大笑。“我好像巴不得变老，”他说，“人老了，生活就没有烦恼了。”我在乔伊斯脸颊上亲了一下，低声说道：“那个笨蛋不知道自己在说些什么。”我的仍然激愤不悦的心上人这天晚上也第一次笑了起来。

乔伊斯发出笑声后十分钟，我自己的生命竟然要临终了。我们坐在沙发上看电影，我突然感到胸痛。起初我以为是胃灼热，由我所吃食物引起的消化不良症，可疼痛不断加剧，扩展到我整个上半身，好像我体内着了火，好像我吞下了一加仑滚烫的铅水，不一会儿我的左臂发麻，我的下巴像被千根无形针刺得贼痛。我对心力衰竭有足够的了解，知道那是些心脏病的典型症状。由于疼痛还在加剧，还在往痛得甚至更无法忍受的程度发展，我就想我的时限到了。我想站起来，可走了两步就倒下了，疼得在地板上直打滚。我用双手紧抓我的胸，感到呼吸困难。乔伊斯双臂抱着我，看着我的脸，要我挺住。我听见她在远处什么地方说道："啊，我的上帝。啊，我的上帝，这就像托尼。"然后她就不再在那儿了，我听见她在对谁喊叫，要他把救护车开到第一街来。奇怪的是，我没有害怕。发病把我带到了另一个地域，生死问题在那个地方已无关紧要。你只有接受。你只有接受给你的赐予，假若那天晚上给我的是死亡，我已准备接受。当急救人员把我抬进救护车时，我注意到乔伊斯又在那儿，站在我身旁，泪流满面。如果我没有记错的话，我想我曾勉力朝她微笑。"别死在我眼前，宝贝，"她说，"内森，请别死在我眼前。"然后救护车的门关上了，一会儿我就走了。

灵感

我没有死。原来甚至也不是心脏病发作。引起我剧痛的是食道炎，但当时谁也不知道，那天后半夜和次日大部分时间我都确信我的生命已经结束。

救护车把我送到了第六街和第七大道交界处的卫理公会医院。由于楼上所有的病床当时都已满额，他们把我放在了楼下急诊室为心脏病人保留的一个围帘小隔间内。一道薄薄的绿色帘子把我和主服务台隔开（在护士们记得把帘子拉上的时候），除了清早到楼里的 X 光科做透视外，在那儿的所有时间，我就躺在那张窄床上无所事事。我的身体连上了心脏监护仪，静脉注射针置入了我的手臂，塑料氧气管插入了我的鼻孔，我只能躺着而别无选择。每四小时给我抽一次血。如果冠状动脉内有血栓形成，小块损坏的组织会从心脏内挣脱出来渗入血液，验血时这些小块组织最后会显现出来。一个护士解释说，二十四个小时后他们才会知道个究竟。在这期间，在我的血液逐渐讲述发生或没有发生在我身上的故事时，我得躺在那儿等结果，独自忧惧不安，独自可怕地想象。

急救人员不断地推进新的病人，一个接一个地从我旁边经过，有的是癫痫病发作，有的是肠梗阻，有的有刀伤，有的吸食了过量的海洛因，有的手臂骨折，有的头破血流。人们叫喊着，电话铃声响着，餐车在地板上发出咔嗒咔嗒的声音。这些事情都发生在近处，距离不超过我脚尖以上的躯体的长度，尽管对我都有影响，却也可能发生在另一个世界。我觉得，以前我从没有像那天夜里那样对周围情形麻木不仁，那样自闭，那样恍惚。除了我自己的身子，好像什么都不是真实的，就躺在那里，颓丧地辗转反侧，沉迷于想象它里面纵横交叉的静脉和动脉线路，想象内部黏性糊状物和血液的密集网络。我在那里一人独处，心烦意乱地寻觅，有一种绝望之感，但我又在远处，飘浮在病床上方，飘浮在天花板上方，飘浮在医院屋顶上方。我知道这都没有什么意义，而躺在这个被围起来的局促小天地里，身上连着嘟嘟发响的机器，皮肤上夹着电线，乃是我进入的最封闭状态，我无处可去，却既可待在我体内，又可待在我体外。

那是你住院时发生在你身上的情形。他们脱下你的衣服，给你穿上一身让你蒙羞的睡衣，你突然就不再是你自己。你成了一个栖息在你身体里的人，你现在不过是许多失灵零部件的综合体。被贬低到这种地步，也就是失去了所有的隐私权。医生和护士进来问你问题，你得回答他们。他们想让你活下去，只有不想活的人才不对他们说实话。如果你碰上待在一个围帘小隔间内，医生和护士正在向右侧一个离你仅三英尺的病人发问，你不能不偷听到那个病人说的话。事情并不是你非要知道他的回答不可，而是你发现自己处于想不听也不可能的状况。我和奥玛尔·哈希姆-阿里就是这样相识的。他是出租车司机，五十三岁，埃及人，有妻子，四个子女，六个孙子孙女和外孙子外孙女。他在载一名乘客驶过布鲁克林大桥时感到胸痛，凌晨一点稍过一点儿进入急诊室小隔间。几分钟内，我就知道他服过高血压药，尽管想戒烟，却每天还要抽一包，患有痔疮，偶尔有一阵阵头晕，1980 年以来一直生活在美国。医生离开以后，奥玛尔·哈希姆-阿里和我交谈了近一个小时，尽管我们素昧平生。当一个人觉得自己快死了的时候，他可以和任何愿意听的人说话。

那天晚上我睡得很少——有几次十分钟或十五分钟的假寐，可天亮后有一小时左右，我慢慢睡熟了。八点钟，一个护士来为我量体温，我向右面一看，发现我室友的床是空的。我问她哈希姆-阿里先生怎么啦，可她回答不了。她说，她这一班刚上班，不知道任何情况。

每四小时一次的验血结果都是阴性。上午来探视我的先后有乔伊斯，汤姆和哈妮，奥罗拉和南希，但没有人被允许多待上几分钟。午后，雷切尔也来了。他们一开始都问同一个问题——你感觉怎么样？我给他们的回答也都一样：很好，很好，很好，别为我担心。那时疼痛已经消失，我对自己平安地出院感到更有信心了。我说：我不会熬过了癌症而死于什么傻不拉几的心肌梗塞。这很荒谬，但随着这一天的过去，随着验血结果仍然是阴性，我坚信这是诸神宽恕我的合乎逻辑的明证，头天晚上的突然发病只是为了显示他们对我命运的控制力。是的，我随时都可能死去。是的，在我倒在起居室地板上躺在乔伊斯臂弯里的时候，我就确信我要死了。如果说从这次与死神擦肩而过中我学到了一些东西的话，那就是我的生命从最狭隘的意义上来说，不再属于我自己。我只需记住在炎症恶狠狠地袭击时我所感到的撕肝裂肺般的剧痛，从而懂得每一次充实我肺脏的呼吸都是那些率性任意的诸神给予的礼物，从今以后，我心脏的每一次搏动都是诸神随心所欲赐予我的恩惠。

十点半左右，三十九岁的屋顶工人罗德尼·格兰特占据了那张空床。这天上午早些时候他在爬楼梯时昏倒，他的同事叫了救护车。一个身体壮实、肌肉发达的黑人，穿着不够大的病号服，有一张娃娃脸，一副惊恐万状的模样。见过医生之后，他转身对我说，他很想抽烟。如果他上男厕所去抽一支，我是否觉得他会遇到麻烦？我回答说，你试一试才能知道。他从身上撤掉心脏监护仪，拖着静脉注射管出去了。几分钟后他回来了，对我笑了笑，说道："使命完成。"两点钟，一名护士拉开帘子，通知他要把他转到楼上心脏科。这位年轻人慌了，因为他以前从来没有头晕眼花，也从来没有诊断出什么比水痘和轻微的花粉热更令人担心的毛病。"看来还相当严重，格兰特先生，"护士说，"我知道你现在感觉好多了，但医生需要做一些检查。"

他临走时，我祝他好运，然后小隔间内又只剩下我一个人。我想着奥玛尔-阿里，试着记住他好多个孩子的名字，但不知他是否也转到楼上心脏科了。这是一个合乎情理的推测，但望着我右边的空病床，我不禁想象他已经死了。我并无丝毫证据来证实这个推测，但现在罗德尼·格兰特被护送到他模糊不清的未来去了，这张空床就似乎被某种神秘的磨灭之力所萦绕，把在这床上躺过的人毁灭掉，把他们送往一个黑暗和湮没的国度。这空病床象征着死亡，不管这死亡是真实的抑或是想象的。当我仔细考虑这一想法的含义时，另一个想法又逐渐抓住了我，并且压倒了其他一切想法。在看我自己去往何处时，我明白我产生了一个我从未有过的重要思想，一个重要得足以占据我余生每一天每一个小时的思想。

我是不存在的人。罗德尼·格兰特是不存在的人。奥玛尔·哈希姆-阿里是不存在的人。哈维尔·罗德利格兹——这位七十八岁的退休木匠在四点钟的时候上了这张床——是不存在的人。我们最终都会死去。当我们的遗体被运出去埋葬，只有我们的朋友和家人知道我们已经走了。我们的死亡不会在电台或电视台宣布。《纽约时报》不会登任何讣告。没有书会写我们。那是为权贵和名流、为才能非凡的人保留的荣誉，有谁会费心为普通人、为默默无闻者、为我们在大街上擦肩而过而不屑一顾的上班族出版传记呢？

大多数生命消失了。一个人死了，所有的痕迹一点一点地消失得无影无踪。一个发明家幸存于他的发明，一个建筑师幸存于他的建筑，但大多数人身后没有留下纪念碑或永久性的成就。一书架影集，一张五年级成绩报告单，一件保龄球奖品，一只在依稀可记的假期的最后一个早上从佛罗里达旅馆房间里顺手牵来的烟灰缸——只有几件实物、几份文件和零星印象留给了其他人。那些人一成不变地讲述着死者的故事，但往往把日期弄乱了，把事实给漏掉了，真相被歪曲得越来越走样，而轮到这些人一死，大多数故事也就随之消失。

我的想法是：成立一个公司，出版有关被遗忘者的书，抢救即将湮没的故事、事实和文件，把它们形成连续的记叙文，一个生命的记叙文。

传记可由传主的朋友和亲戚委托人来写，书的印刷数可以是少量而不公开的，从五十到三四百本不等。我设想由我自己来写书，如果需求量太多，我随时可以雇人帮忙：生计困难的诗人、小说家，以前的新闻记者，失业的学者，或许甚至是汤姆。撰写和出版这种书的价钱会很贵，但我不想让我的这些传记成为一种只有富人才能享有的奢侈品。我为收入较少的家庭构想了一种新的保险政策，即每月或每季度拨出一定的数额微薄的钱来交付出书的费用。不是房屋保险，也不是人寿保险，而是传记保险。

我是不是痴人梦想，觉得自己可以做成这个未必能做成的项目？我想不是。哪一个年轻女子不想读一读她父亲的最忠实的传记——尽管她父亲只是一个工厂工人或一个乡村银行助理经理？哪一个母亲不想读一读她儿子的生平事迹——他三十四岁值勤时遭枪击以身殉职？在任何情况下，这都应该是一个关于爱的问题。一个妻子或丈夫，一个儿子或女儿，一个家长，一个兄弟或姐妹——因为最强烈的情感。他们会在死者离世六个月或一年后来找我。这时他们虽已忍受住了死亡的打击，但仍然悲痛不已，现在他们重又开始了日常生活，他们会明白这悲痛难以抑制。

他们想使他们心爱的人起死回生，而我会尽我所能来实现他们的愿望。我将让死者在文字中死而复生，一旦一页一页地印了出来，故事被装订在了封面与封底之间，他们的余生就有物在手。不仅仅如此，这东西会比他们活得更长久，比我们所有的人都活得更长久。

永远不要低估书本的力量。

X 标志位置

刚过午夜，最后的验血结果出来了。此时出院已经太晚了，所以我一直待到早晨，一边看着疲惫不堪的哈维尔·罗德利格兹在对面病床上打盹，一边兴奋地谋划着我的新公司的结构。我想了好多个体现我今后工作的精神的名字，最后忽然想到一个中性而客观描述的传记无限公司。大约一小时之后，我决定我的第一个行动是与芝加哥的贝特·多姆布罗斯基取得联系，问她是否有兴趣委托我为她的前夫撰写传记。传记丛书的第一本应是写哈里的，这看来很合适。

然后，他们让我出院了。我迈步出去，呼吸着早晨的凉爽空气，我为自己活着感到那么高兴，真想放声大叫。头顶上方，深远的蔚蓝天空是一片最纯净的蓝色。如果我走得够快，我会赶在乔伊斯上班之前到达卡罗尔街。我们将在厨房里坐下来，一起喝杯咖啡，看孩子们像金花鼠一样活蹦乱跳，她们的母亲已为她们做好上学的准备。然后我会把乔伊斯送到地铁站，伸开双臂抱她一下，跟她吻别。

我是八点钟走上街头的，2001 年 9 月 11 日早晨八点——也即第一架飞机撞上世界贸易中心北楼之前仅四十六分钟。仅两小时之后，三千具尸体火化产生的烟雾将渐渐向布鲁克林飘移过来，把我们笼罩在骨灰和死亡的白色烟雾之中。

但现在还只是八点钟，我在明亮的湛蓝天空下沿着大街漫步，我很快乐，我的朋友们，就像任何活着的人一样快乐。

图书在版编目(CIP)数据

布鲁克林的荒唐事 / (美) 保罗 · 奥斯特著 ; 陈安译 .
-- 北京 : 九州出版社 , 2018.10

ISBN 978-7-5108-7505-2

Ⅰ . ①布… Ⅱ . ①保… ②陈… Ⅲ . ①长篇小说—
美国—现代 Ⅳ . ① I712.45

中国版本图书馆 CIP 数据核字 (2018) 第 226245 号

布鲁克林的荒唐事

作　者	(美) 保罗·奥斯特著 ; 陈安 译
出版发行	九州出版社
地　址	北京市西城区阜外大街甲35号（100037）
发行电话	（010）68992190/3/5/6
网　址	www.jiuzhoupress.com
电子信箱	jiuzhou@jiuzhoupress.com
印　刷	山东鸿君杰文化发展有限公司
开　本	1168mm × 850mm 1/32
印　张	11.375
字　数	210千
版　次	2019年1月第1版
印　次	2019年1月第1次印刷
书　号	ISBN 978-7-5108-7505-2
定　价	62.00元